내 마음의 집 짓기

작가의 탄생

우애령 에세이

내 마음의 집짓기

작가의 탄생

작가의 말

오래전 처음으로 글을 쓰려고 원고지 앞에 앉던 때가 먼 옛날의 꿈인 듯 느껴질 때가 있다.

40대 후반, 소설반에 나가 생애 첫 소설인 〈당진 김씨〉를 쓰게 되었다. 그때 떨리는 마음으로 급우들의 평을 기다리던 팽팽한 긴장감은 기억 속에 선연하게 남아 있다. 그 글을 쓴 후 마음속에 등불이 켜진 것처럼 따뜻한 위로가 다가오던 느낌도 마음에 깊이 새겨져 있다.

〈당진 김씨〉를 읽고 난 후, 한쪽 벽면을 세우듯 작은 작품을 짜임새 있게 썼는데, 앞으로 더 정진해주기 바란다는 사람들의 평은 내게 큰 격려가 되어주었다. 그 후 글쓰기에만 오로지 전념하지 못하고 다른 일들을 함께 해왔지만 마음속에 가장 크게 자리 잡고 있는 부분은 글쓰기였다. 하지만 아직도 내가 글을 쓰면서 한 벽면뿐만 아니라 다른 벽들도 세우고, 큰 지붕도 얹어서 아주 근사한 집을 지었다고 하기는 어려울 것 같다.

이제 새로운 책을 내면서 독자가 작고 소박한 집의 문을 열고 들어서듯 내 글들을 읽으며 쉬어 갈 수 있기를 바라는 마음이 간절하다.

부모님에게 전해 들은 피난길의 탄생 이야기와 삶의 기억들을 더듬어 글을 쓰면서 그동안 만났던 사람들과의 인연이 얼마나 내게 큰 도움이 되어주었는지 새삼 생각해보게 되었다. 오랜 세월을 함께 해온 가족과 친지들, 친구들 모두에게 고마운 마음뿐이다.

책 말미에는 글쓰기에 새로운 의미를 부여하는 계기가 되어주었던 단편 〈당진 김씨〉, 〈오스모에 관하여〉, 〈정혜〉를 함께 실었다.

첫 번째 책 《사랑의 선택》을 펴낼 때부터 꾸준히 나를 격려하며 한 권, 한 권의 책이 세상에 나올 수 있도록 도움을 아끼지 않은 하늘재 조현주 님, 그리고 아름다운 표지를 디자인해준 엄유진 님께 각별한 감사의 마음을 전하고 싶다.

2017년 11월

우애령

차례

작가의 말 4

1 삶의 골목길에서 11

내 마음의 집 짓기 13
난 늙지 않겠다-쿠마의 늙은 무녀 18
서울에서 김만복 아주머니 찾기 23
오스모 이야기 32
올리버의 슬픔 36
〈타이스의 명상곡〉과 소녀 정경화 39
아버지와 나의 영화 43
사람이 살려면 즐거운 일도 있어야지 49
유레일을 타고 56
이화여대와 인생 수업 59

2 함께 갈 수 있는 길 65

글라써를 만나며 67

우볼딩을 만나며 72

고단한 삶을 성심껏 살아낸 당진김씨 77

소설반에서 81

나의 정혜 85

트루먼스버그로 가는 길 89

3 우리들을 이끄는 인연 95

1945년 9월 97

인연의 시작 103

너희들이 세상에 온 날을 기억하며 109

그 아기는 여기서 태어났나요? 115

이민국에서 마신 커피 한잔 124

베라 오르토후의 조언 127

4 인생에서 기억하는 시간들 133

인생에서 한 일 년만 뚝 떼어내서 135

선유실리에서 140

국제관광공사에서 151

디트로이트의 가발가게 157

내가 만났던 미국 160

부모와 자식을 바라보는 몇 가지 시선 166

다시 삶과 죽음을 떠올리며 172

앵무새를 찾는 남자 178

소박한 생활을 후회하는 사람은 없다 182

5 작가의 탄생 187

당진 김씨 189

오스모에 관하여 208

정혜 235

1
삶의 골목길에서

내 마음의 집 짓기

"아 또 웬 부지런이여. 식전부터…."

김씨는 잠자리에 든 채로 새벽부터 방문을 드나드는 아내에게 냅다 소리를 질렀다.

"암것두 아니유. 그냥 주무시유."

마누라는 미안스러운 듯 목소리를 낮추며 어둑어둑한 방 한 귀퉁이에서 무엇인가를 찾아 들고 방을 나갔다. 가을걷이도 끝내고 이제 겨우 좀 늦게까지 눈을 붙일 수 있게 되었건만 마누라의 새퉁맞은 부지런 때문에 다시 잠이 들기는 틀렸다. 솔가지가 불에 탈 때 들리는 탁탁 튀는 소리나 방바닥이 뜨뜻해져 오는 감으로 보아 이 여편네가 또 두부를 한 솥 만들고 있는 것이 틀림없었다.

이십여 년 전 생애 처음으로 써본 소설 〈당진 김씨〉의 첫 구절이다. 용모에 자신이 없어 늘 기가 죽어 살던 아내가 먼저 세상을 떠나게 되면서 애틋한 정을 느끼는 쓸쓸한 시골 노인의 이야기였다.

어릴 때부터 책읽기를 좋아하기는 했지만 소설을 쓰겠다고 감히 엄두를 내어본 적은 없었다. 그런데 어느새 마흔을 훌쩍 넘어서면서 어쨌든 소설을 한 편만 써보고 단념을 해도 해야겠다는 생각이 들었다. 혼자서 노트를 펴놓고 책상 앞에 앉았지만 제대로 된 글은 써지지 않았고 관념적인 글들만 몇 줄 써놓은 다음에 '역시 난 안 돼….' 이렇게 낙담을 하고는 했다.

그러다가 어느 날 갑자기 문화센터 소설반에 등록을 해야겠다는 획기적인 아이디어가 떠올랐다. 무언가 요리할 재료를 가득 쌓아놓고 있는데 어떻게 요리를 해야 할지 도저히 알 수 없는 마음과도 비슷할 때라, 누군가가 이야기를 어떻게 엮을지 조금만 귀띔해주면 한 편은 써볼 수 있지 않을까 하는 생각이 들어서였다.

소설반에는 이미 소설을 많이 써본 사람들도 있었고, 나처럼 소설이라고는 생전 써본 적이 없는 사람들도 있었다. 책을 읽어본 경험은 많은 터라 다른 사람들의 습작을 이리저리 트집도 잡고 비판도 해보는 것은 보통 재미있는 일이 아니었다.

그렇게 몇 달이 지나자 그만 겁이 덜컥 났다. 이러다가 소설은 한 편도 써보지 못하고 다른 사람들이 쓴 글의 흠이나 잡다가 그만두는 게 아닌가 하는 생각이 들었기 때문이다.

그 후 심기일전해서 이화여대 정문 앞에 있던 '파리' 다방에 들어박혀서 며칠 동안 노트에 연필로 소설을 쓰기 시작했다. 신기하게도 원래 내 속에 있었던 것처럼 〈당진 김씨〉의 이야기는 그대로 풀려나오기 시작했다.

"객관적으로 굉장한 이야기가 아니라 자기 생애에서 일어났던 특별한 체험을 어떻게 진솔하게 쓰는가가 관건입니다."

소설반 선생님의 이야기도 격려가 되었다.

남편이 당진에 이십여 년 전 마련했던 농가 근처 사람들의 삶이 첫 번째 소설의 소재가 되어주었다. 그곳 농촌의 풍광과 마을 사람들과의 만남은 새롭고 경이로웠다. 기계적인 일상에 짓눌려 지쳐 있는 도시 사람들과 달리 가난하지만 인정 많은 마음씨를 지니고 삶과 화해하는 모습이 깊은 울림을 주어서였다. 어떤 경우에도 삶은 계속된다는 것을 소박하게 터득한 사람들의 이야기는 아주 가깝게 다가왔다.

이렇게 첫 번째 소설은 거의 단숨에 그 모습을 드러내었다. 떨리는 심정으로 그 소설을 소설반에 내고 나서, 평을 듣는 그다음 주까지 불안과 기대 때문에 가슴이 뛰어 아무 일도 손에 잡히지 않았다.

마침내 그날이 다가왔다. 밤새 잠을 설치고 교실에 일찍부터 가서 기다리다가 40명 가까운 사람들의 준엄한 평을 받게 되었다.

'재미있고 단숨에 읽히는 힘이 있다'는 좋은 평에서부터 '너무 평이해서 당선되기는 어려운 글이다', '사건의 매듭이 없어서 마치 장편소설의 일부 같다'는 지적까지 평은 다양했다.

안 좋은 평을 들을 때는 마음이 아파서 평소 다른 글들을 혹평했던 것을 속으로 뉘우쳤지만 무슨 소리를 들어도 괜찮은 척하고 앉아 있을 수밖에 없었다. 한 가지 인상적이었던 것은 평한 사람들의 반 이상이 그 글을 읽고 눈물을 흘렸다고 이야기한 점이었다. 마침내 소설반 선생님이 총평을 했다.

“가령 집 짓기로 비유한다면 이 글은 집을 한 채 완성했다기보다는 집의 벽 한 면을 완벽하게 만들어서 보여준 것 같습니다. 이렇게 삶의 본질을 추구하는 글을 쓰는 작가에게는 두 가지 미래가 있습니다. 하나는 한쪽 벽면은 완벽하게 지었지만 나머지 부분을 결국 완성하지 못하고 포기하는 경우와, 또 하나는 이 완벽한 벽면에 걸맞은 큰 집을 완성시켜 아주 큰 소설가가 되는 경우입니다. 되도록 후자가 되기를 바라지만 어떻든 정진해보기 바랍니다. 한 가지 놀라운 장점은 이 글이 사람들을 울게 만드는 힘을 지니고 있다는 점입니다. 사람의 마음을 움직이는 건 연습으로 되는 일이 아니기 때문입니다.”

충격적인 평이었다. 나중에 작가로 등단한 후 다시 펴본 노트의 글은 상당히 긍정적인 평도 많이 담고 있었다. 그러나 그 당시 그 이야기는 ‘당신의 글은 집은 짓지 못하고 벽만 세워놓았으며, 인생이니 뭐니 하는 큰 이야기만 쓰다가는 결국 당선되지 못할 것이니 알아서 거취를 결정하라’는 뜻으로만 들렸다.

그러자 한 편만 써보면 되었다고 스스로 달래던 마음은 어디론가 사라지고 사람들이 정말 집을 잘 지었다고 감탄할 때까지 쓰고야 말리라는 오기가 고개를 들었다. 그날 이후 밤을 새워가면서 이 이야기, 저 이야기를 써서 마침내 열 편의 단편소설을 그해에 다 썼다.

소설 열 편을 써낸 사람은 반드시 당선된다는 소설반의 전설을 믿고 싶은 마음도 있었지만 쓰고 싶은 이야기가 마음속에 가득 들어 있었기 때문이었다. 나중에 여성동아 공모에 장편소설이 당선된 후, 당진 사람들의 이야기를 모은 창작집으로 이화문학상을 받게 되었다. 첫 번째 소설이 내게 가장 중요한 글로 자리 잡게 되었던 것이다.

지금도 가끔 글이 잘 써지지 않으면, 가슴 설레며 썼던 첫 번째 소설 〈당진 김씨〉를 다시 읽어보면서 처음 벽을 세우던 그 마음으로 돌아가려고 노력하곤 한다.

난 늙지 않겠다
-쿠마의 늙은 무녀-

한참 복더위가 기승을 떨치는 날이었다.

우리 집이 있는 목동 아파트는 베란다 쪽 길에 나무들을 심고 조경을 해서 차가 못 다니게 되어 있다. 날씨가 너무 더워 에어컨을 켜려고 창문을 닫다가 한 노인이 작은 동산 앞 땡볕이 드는 길가에 큰대자로 누워 있는 모습을 보았다. 밖에 나가 집 앞에 있는 경비 아저씨에게 저 사람이 어디 다쳤느냐고 물었다.

"아니, 그게 아니구요."

경비 아저씨는 고개를 설레설레 내저었다.

"저 옆 벤치에 앉아 계시는 분이 아드님인데 누워 계시는 저분은 95세랍니다. 치매에 걸려 집을 몰래 나가신 걸 겨우 여기 와서 찾았는데요, 아까부터 여기가 좋다고 절대로 안 일어나시는 거예요."

"그럼 어떻게 하지요? 이런 날씨에 위험할 텐데, 그늘도 없고…."

"아, 그래서 저 아드님이 누이들에게 전화를 했답니다."

우리가 보통 아드님이라고 말할 때 흔히 상상할 수 있는 20대나

30대가 아닌 그 남자는 적어도 60세는 넘어 보였다. 조금 후 초로에 접어든 두 딸이 달려와 노인이 누운 양쪽에 쪼그리고 앉아 아버지를 부르며 그만 일어나시라고 달랬지만 노인은 끄떡도 하지 않았다. 딸들이 팔을 잡자 믿을 수 없이 센 힘으로 뿌리쳤다.

8월 한낮의 더위가 기승을 부리는 날씨라 지나가는 사람들도 많지 않았다. 발길을 멈추고 앰뷸런스를 부르라고 조언을 하는 사람도 있었지만, 젊은 사람들은 대체로 일별한 후 아무것도 묻지 않고 그냥 지나갔다. 지친 아들은 그 옆 벤치에 앉아 하늘만 보고 있고 딸들도 그냥 맥 빠진 어조로 하릴없이 아버지를 달래고 있을 뿐이었다.

노인이 일어나도록 중재하려 들던 경비원 아저씨도 속수무책이었다. 뿌리치는 힘이 천하장사라 혹시 노인이 뼈나 근육을 다치기라도 할까 봐 무리해서 일으켜 세울 수가 없다는 것이었다.

점심 준비를 하다가 걱정이 되어 찬 음료수라도 들고 나가려고 다시 베란다 창문으로 내다보니 네 사람 다 사라지고 없었다. 한낮에 실재하지도 않는 환상을 바라보았던 것만 같았다.

경비원 아저씨에게 물어보니까 홀연히 그 노인이 혼자 일어나서 방향 없이 걷기 시작하자 아들과 딸들도 다 노인을 따라서 걸어갔다는 것이다. 이 기이한 행렬이 어디까지 가고 있는지, 집에는 무사히 도착했는지 알 수 없는 일이었다.

사람들이 오가는 길가에 그냥 누워서 막무가내로 움직이기를 거부하는 노인의 자녀들은 마음속으로 무슨 생각들을 했을까.

'앞으로도 더 오래 사셔서 심심한 우리를 자극해주셔야 하는

데….'

'부모님을 너무 사랑해서 이런 일도 즐거워요.'

모르기는 몰라도 그런 생각을 했을 것 같지는 않다.

'어쩌다 노망이 들어서 이제 다 늙은 우리까지 괴롭히는 것일까.'

언어화하지 못한 이런 생각과 울화가 마음속에 맴돌고 있었을 가능성도 적지는 않다.

공교롭게도 바로 그날 호스피스 완화 의료 전문 간호사 출신인 노인이 1942년 이래 법적으로 안락사가 보장된 스위스에서 안락사를 택해 세상을 떠났다는 기사가 인터넷에 떴다.

그녀는 한마디로 늙은 게 싫다고 했다. "누구는 늙은 게 좋아 죽겠는 줄 아나…." 하고 중얼거리면서 다음 기사를 읽어보니까 사연은 이러했다.

그녀는 오랫동안 병든 채 죽을 날만 기다리는 노인을 돌보면서 관련된 책도 두 권을 써냈다고 한다. 이 책에 그녀는 과도한 비용이 들어가는 치료를 제한해야 한다는 내용을 담았다.

"평생 나이 든 사람들을 돌보면서 항상 '난 늙지 않겠다. 늙는 것은 재미없다'고 생각해왔다. 늙는다는 것은 암울하고 슬프다. 끔찍하다. 나는 이제 막 언덕 꼭대기에 올랐다. 앞으로 내려가기만 할 뿐 더는 좋아지지 않는다. 보행기로 앞길을 막는 늙은이가 되고 싶지 않다. 70세까지 난 매우 건강하다고 느꼈고, 원하는 어떤 활동에도 참여할 수 있으며, 여전히 바쁘고 쓸모가 있다고 느꼈다. 그러나 대상포진을 심하게 앓고 난 후에 모든 게 바뀌었다. 비록 지금 건강해도 내 삶이 다했고 죽을 준비가 돼 있다."

2년 전에도 그녀는 신문 기고를 통해서 병든 노인 문제를 현실적으로 지적했다.

"노인들이 사회에 짐이 되는 건 부인할 수 없는 현실이다. 나도 병든 노인들을 돌보다가 '꼭 이렇게까지 해야 하나'라고 생각한 적이 많았다. 병든 노인들은 정신적으로 이상하고, 신체도 무기력해 자신조차 돌보지 못하며, 심지어 찾아오는 방문객도 없다. 나는 너무 늦기 전에 이들에게 평화를 주기 위한 처방전을 써주고 싶었다. 자신도 모르게 대소변이 나오고, 욕설을 서슴지 않고, 주는 밥을 먹고 방 안만 돌아다니는 걸 원하는 사람은 아무도 없다."

그녀의 죽음은 스스로 선택하는 안락사에 대한 사람들의 논쟁에 불을 지폈다고 한다.

이제 나이 든 사람들은 이런 기사가 자손들의 눈에 뜨일까 봐 전전긍긍해야만 하는 것일까.

T. S. 엘리어트의 시 〈황무지〉에는 쿠마의 무녀 시빌의 이야기가 나온다.

신화에 따르면 그녀는 앞날을 점치는 힘을 지녔다. 그리고 아폴론신에게서 손 안에 든 모래알만큼 많은 햇수의 영생을 얻었으나 영원한 젊음을 유지해달라는 청을 잊고 말았다. 오랜 세월이 지나 점점 늙고 쪼그라들어 형편없는 몰골이 되자 무녀는 조롱 속에 매달려 살며 아이들의 구경거리가 된다. 아이들이 "무녀야, 넌 무얼 가장 원하니?" 하고 물었을 때 그녀는 대답한다. "난 죽고 싶어!"

문명의 발달이 가져온 지나친 장수는 축복이 아닌 재앙의 조짐을 이미 보이고 있다. 그렇다면 과연 노인들 자신은 자기 앞에 남은 생을 어떻게 지내고 견디어야 하는 것일까. 이제 나이 든 사람이 세상에 나누어줄 수 있게 양손에 무엇을 쥐고 있어야 할지 생각해 보아야만 할 것 같다.

전에는 손주들을 사랑하고 아랫사람들에게 인생의 지혜를 전수하며 주위 사람들을 헤아리는 배려의 마음을 실천하는 바람직한 노년의 그림이 있었다. 그러나 이제 바쁜 손주들은 만나기 힘들고 인생의 지혜는 인터넷이 전수하고 있으며 배려는 간섭과 잔소리와 동의어로 해석되는 경향이 팽배해 있다.

어느 노시인이 들려주는 시의 한 구절처럼 "쇠약하여 이제 남에게 아무런 도움을 줄 수 없어도 온유하고 친절한 마음을 잃지 않는 것"도 작은 답이 되어줄 수 있을까.

조롱에 갇혀 죽고 싶다고 말하는 쿠마의 늙은 무녀에게 무엇이라고 말해줄 수 있을지 곰곰이 생각해보게 하는 오늘날의 세태가 아닐 수 없다.

서울에서 김만복 아주머니 찾기

미국에서 학위를 마친 남편과 함께 어린아이들 둘을 데리고 8년 만에 귀국했을 때, 미아리 쪽에 있는 작은 집 한 채가 우리가 가진 재산의 전부였다. 그 집에는 우리가 집을 비운 동안 가까운 친척이 살고 있었다. 우리는 아이들이 여럿 있는 그 친척집과 합의를 해서 집을 판 다음에 그 돈을 나누어서 따로 이사를 하기로 했다.

부동산에 내놓은 집은 금세 원매자가 나타났다. 여기까지는 순조로웠다. 그런데 계약서에 도장을 찍고 난 며칠 후에 그 부동산에서 전화가 왔다. 복잡한 일이 시작되려는 서막의 벨 소리였다.

집의 등기부등본을 떼어야 하는데 그 집 주소로 된 등본이 없다는 것이었다. 집에 간직해두었던 등기부등본을 가지고 부동산에 갔더니 그건 10년도 더 된 것이고 그동안에 행정구역이 여러 번 바뀌어서 그 주소에 해당되는 집은 없다는 것이었다. 동회에서는 자기들도 모르는 사안이라고 했고 구청에 가서 알아보니 이건 시청에 가서 알아보아야 하는 사항이라고 했다.

시청에 가서 복잡한 단계를 거쳐 담당자를 만났더니 모든 자료를 찾아본 후 원래 주소를 추적하더니 괴상한 정보를 내어주었다. 그 집과 그 앞의 골목과 그 옆집이 함께 단독 필지로 되어 있었는데 원래 주인이 어떻게 편법을 썼는지 옆집만 떼어서 팔고 지금 우리 집과 골목만 그대로 그 문서 안에 들어 있다는 것이다. 그럼 어떻게 하느냐고 했더니, 유일한 방법은 옆집 주인과 우리와 등기상의 골목 주인이 함께 시청에 나와서 형식상으로 일단 모두 소유권 포기를 한 다음에 다시 세 필지로 분류하는 방법밖에 없다고 했다. 그런 법이 어디 있느냐고 했더니 그동안 우리 집이 주소가 바뀔 때마다 아무 조치를 취하지 않아서 그렇게 되었다고 했다. 우리가 집을 비운 10년 동안 집이 소속된 동이며 구가 행정적으로 하도 여러 번 바뀌어서 그렇게 되었다는 것이다.

구체적인 해결 방법을 물었더니 서류를 보여주면서 그 세 필지를 소유했던 사람의 이름을 가르쳐주었다. 그 사람을 어디 가서 찾느냐니까 여러 번 이사를 했는데 어디 가서 찾을 수 있는지 모르겠다고 했다. 수소문해서 알아볼 수도 있다곤 했지만, 문제는 우리 집을 사겠다고 한 사람이 이사 오기로 계약한 날이 두세 주밖에 남지 않은 것이었다. 이 문제는 어떻게 되느냐고 했더니 그건 우리도 모르겠다고 하며 그러게 왜 그동안 그 집을 그렇게 내버려두었느냐고 탓을 할 뿐이었다. 도대체 말이 안 되는 일이었지만 새로 왔다는 애꿎은 시청의 직원과 싸울 수도 없는 일이라 일단은 물러 나왔다.

그리고 그 옆집을 방문해서 달가워하지 않는 집주인에게 이런 사정을 이야기했더니 뜨아한 표정으로 우리 집은 작년에 새로 이사를 와서 그런 건 모르겠다고 할 뿐이었다. 그때만 해도 행정적인 일이 허술할 때라 세칭 와이로라고 부르는 수고비를 은근히 주어야 일이 빨리 돌아갈 때였다. 나중에는 전 주소의 끊어진 연결 고리를 찾느라고 불친절한 관공서 직원을 만나게 될 때는 점심값이라는 이름으로 봉투를 건네주어야 하나 망설이기도 했다.

부동산에 가서 사실 확인을 해보니까 그 옆집은 무슨 편법을 썼는지 관공서에서 임시 주소를 받아낸 다음에 그 주소로 집을 팔고 샀다고 했다.

당시 옆집에 거주하던 사람은 무슨 잘못이 없었지만 아무튼 그 집이 도와주지 않으면 매도 일자로 약속된 날에 집을 팔 수 없게 되었다. 이리저리 부동산에 알아보니까 그렇게 되면 말도 안 되는 헐값에 집을 처분해야 하니 따로 웃돈을 써서라도 새 주소지를 받아야 한다고 했다. 그런 법이 어디 있느냐고 따지니 자기들도 이런 경우는 처음이라 잘 모르겠다는 대답만 돌아왔다.

나는 우선 옆집으로 갔다. 그리고 저간의 사정을 털어놓았다. 그 집도 앞으로 문제가 없으려면 법적인 골목 주인을 찾아 함께 시청에 가서 세 사람이 재산 포기 각서를 쓰고 난 후 다시 법적으로 새 주소를 받아서 분할해야 한다는 이야기를 전했다. 그 사람은 아연실색해서 입까지 벌린 채로 내 이야기를 듣더니 복잡한 일에 휘말리기 싫다고 단박에 거절했다. 맥없이 그 집에서 나온 나는 곰곰이 생각하다가 다음 날 다시 그 집을 찾아갔다. 영화나 소설에서 은근한 협박범이 등장하는 것을 보기는 했지만 내가 그런 역할을 맡게 된 것은 처음이었다. 나는 조용조용히 이야기를 했다. 사정이 이런데 합의를 해주시지 않으면 아무 다른 재산도 없고 그냥 물러날 수도 없는 입장이라 소송을 걸 수밖에 없다고…. 시청 직원이 이야기하길 그렇게 되면 이 집 주소도 편법으로 받은 것이라 상당히 곤란해질 수밖에 없다고 하더라고 말하자 그 집주인은 이렇게 말했다.

"아니, 우리는 그렇다고 하더라도 그럼 그 골목길 소유자는 어떻게 찾으시려고 합니까?"

"그러니까 일단 골목길 소유자를 찾으면 함께 시청에 가시겠다고 합의해주시면, 제가 어떻게 해서라도 그 사람을 찾아보겠습니다."

"그 사람 이름은 아십니까?"

"이름만 알아요."

"이름이 뭡니까?"

"시청에서 그러는데 김만복이라는데요."

"어디에 사는지 아십니까?"

"모르지요."

"전화번호라도 있으십니까?"

"없다는데요."

"그런데 어떻게 찾습니까?"

"일단 이 댁에서 그렇게 해주시겠다고 언질을 주시면 그때부터 찾아보려고요."

그 사람은 어이가 없는지 실쭉 웃었다.

"아, 그럼 그 사람부터 찾아서 합의를 구해보세요. 그러면 우리도 생각해보겠습니다."

이건 안 될 이야기라고 생각해서 마음 놓고 하는 소리 같았다. 아무 소리 않고 물러 나오기는 했지만 기가 막힌 일이었다. 일단은 그 당시 백과사전보다 두 배는 두껍고 무거운 전화번호 책을 찾아보니까 김만복이라는 이름이 수십 개가 나왔다. 그 첫 번째 이름부터 전화를 하기 시작했다.

"안녕하세요. 혹시 십 년쯤 전에 이러이러한 곳에 사셨던 적이 있으십니까?"

이런 황당한 전화를 받고 대체 무슨 소리냐고 묻는 사람도 있었고, 어린아이가 받고 그분은 우리 할아버지인데 돌아가셨다는 곳도 있었다. 무슨 헛소리를 하느냐고 화를 내고 그냥 전화를 끊어버리는 사람도 있었다.

나라도 그럴 것 같기는 했다. 밑도 끝도 없이 "당신이 10년 전에 이러저러한 곳에 산 적이 있느냐"는 중년 여자의 전화를 받으면 황당하지 않을 도리가 없을 것이었다. 그런데 기적 같은 일이 일어났다. 전화를 건 지 열 번쯤 되었을까 제법 나이가 있게 들리는 목소리의 여자가 전화를 받았다. 혹시 그 댁의 어르신이 김만복 씨가 아니냐고 하자 잠시 침묵이 흐르더니 왜 그러시냐고 되물었다.

사실은 이만저만해서 여기서 살다 이사 가신 분을 찾는다고 했더니 김만복이라는 사람은 남편이 아니라 자기라고 했다. 그리고 자기가 그때 그 집을 분할해서 팔고 이사 간 사람이 맞다고 했다.

나는 수화기를 움켜쥐고 눈물이 쏟아져 나올 것 같아서 얼른 말을 이을 수가 없었다. 여기서 이상해 보이면 모든 것이 수포로 돌아간다고 생각하고 겨우 이성을 찾아서 이만저만하다고 될 수 있는 한 교양 있는 목소리로 사태를 설명했다. 그리고 그동안 경험했던 바에서 얻은 실력으로 우리가 미국에서 오래 살다가 대학에서 교수로 초청해서 온 사람이라고 말하는 게 의심을 푸는 데 첩경임을 깨달은 사람답게 그 이야기를 덧붙였다. 그 사람은 시원시원했다.

"아, 그때 내가 그쪽에 땅이랑 집들이 좀 있었는데 다 정리를 했었지요. 그런데 지금 문제가 정확히 무엇입니까?"

나는 되도록 간략하게 한 필지가 세 곳으로 나누어져 있는데 세 사람이 함께 시청에 가서 이만저만하지 않으면 소송을 해야만 하는 상태에 이르러 있다고 설명했다. 그녀는 잠깐 침묵하더니 한때 큰손답게 이렇게 말했다.

"딱한 사정이시구만요. 그럼 언제 어디로 가면 되나요?"

나는 얼른 대답했다.

"그건 옆집에 빨리 물어보고 날짜를 잡아서 알려드릴 수 있습니다. 시간이 촉박해서 그러는데 오늘, 내일, 모레 중에 언제가 좋으십니까?"

그녀는 아무 때나 좋다고 옆집 사람하고 의논한 다음에 다시 전화해달라고 했다. 내 이야기를 들은 옆집 사람은 어이가 없는지 고개를 설레설레 젓더니 내일 그럼 가자고 했다. 자기도 곰곰이 생각을 해보았는데 이게 내 일일 뿐 아니라 자기 일이기도 해서 함께 처리하는 게 뒤끝 없이 깨끗할 것 같다는 것이었다. 그래서 함께 시청 정문 앞에서 만나기로 했다.

그다음 날 옆집 사람과 함께 시청에 갔더니 시청 앞에 나이가 지긋한 여자가 서 있다가 다가오면서 자기가 김만복이라고 했다. 시청에 함께 들어가자 나하고 전화 통화를 했던 직원이 자리에서 일어서면서 웃음을 터트렸다.

“아니, 어떻게 설득을 하셨길래 다들 동의를 하셨습니까?”

옆집 사람과 김만복 아주머니는 내가 그냥 점잖아 보이는 사람이라 따라나섰다고 했다. 그 직원은 그 옆에 소파에 앉아서 잠깐만 기다리라고 하더니 오래 걸리지도 않아서 재산 포기 각서를 각자 쓰게 한 다음에 소유권자를 두 집으로 정하고, 김만복씨에게는 골목의 소유권은 인정이 되지 않는다고 이야기했다. 그러자 그 사람도 그런 줄 알고 있었는데 이번에 해결이 되어서 오히려 속이 시원하다고 말했다. 나중에 또 무슨 일에 걸릴지도 모르니까 깨끗이 정리를 하는 것이 자기도 좋다는 것이었다.

그런데 다음 날 의기양양하게 부동산에 나타난 내게 복덕방 주인이 또 다른 문제가 생겼다고 했다. 나는 맥이 탁 풀렸다. 지금 받은 집 주소가 오래된 등기부등본상의 주소와 일치하지 않기 때문에 그 주소로 변경을 해야 하는데, 그게 근거가 없어서 될지 모르겠다는 것이었다.

나는 이제 지쳐 거의 쓰러질 지경에 이르렀다. 그럼 어떻게 하면 좋으냐고 했더니 그가 서류를 찾다가 소리쳤다.

“아, 여기 그 옛날 주소로 나와 있는 집이 하나 있는데요.”

“그럼 어떻게 해야 하는데요?”

“일단 이 집으로 선생님이 주소 이전을 하셨다가 그 주소로 주민등록등본을 떼서 그 주소로 계약을 하신 후에 다시 새로 이사 가는 집으로 옮기시면 될 것 같은데요.”

“아니, 그 집에서 생판 모르는 사람이 주소를 옮기겠다는 걸 허락하겠어요?”

"그건 그렇지요."

그러더니 그가 갑자기 실죽 웃었다.

"그런데 지금까지 말도 안 되는 일을 다 해내셨으니까 그 집에 가서 한번 사정을 해보시면 어떨까요?"

기가 막혔다. 신세 한탄도 나오지 않았다. 그러나 어쩌겠는가 다른 방도는 없다는데….

이번에는 일면식도 없는 집에 가서 괴상한 이야기를 꺼내는 데 이력이 나서 작전을 세웠다. 우선 제일 좋은 옷으로 차려입고 최고급 빵집에서 큼지막한 케이크를 산 다음에 그 주소지의 집으로 찾아갔다.

그리고 이상한 사람이라는 의심을 받을까 봐 지난달에 미국에서 귀국했는데 남편이 아무개 대학의 교수라는 이야기부터 했다. 주인 남자는 의아한 낯빛이었지만 어쨌든 수상한 사람 같지는 않았는지 안으로 들어오라면서 차를 대접하며 사연을 물었다.

나는 이러저러한 사정을 설명한 후, 혹시라도 펄쩍 뛸 이야기는 생략하고 그냥 행정적으로 며칠 주소만 옮기게 해주면 다시 주소를 빼 가겠다는 이야기를 주섬주섬 했다.

그 사람은 이야기를 듣더니 정말 고생이 많으셨다고 오히려 위로를 한 후 선뜻 주소를 옮기시고 나서 반장한테 이사 보고를 하면 될 거라고 승낙해주었다. 얼마나 고마운지 이루 말로 다 할 수 없었다. 나도 다음에 딱한 사정에 처한 사람이 있으면 뭐든지 도와야 하겠다고 마음속으로 열두 번이나 맹세했다.

그 후 모든 일이 순조로워서 집 매매도 무사히 끝나고 친척과 우리는 돈을 나누어 가지고 각자 다른 집으로 이사를 하게 되었다.

압권은 이 추이를 내내 지켜보았던 부동산 아저씨의 대사였다.

"야, 정말 놀랐습니다. 이런 불가능한 일을 끝내시다니요. 혹시 우리하고 함께 일해보실 의향은 없으십니까?"

지금 되돌아보니 정말 적성에 맞는 직업을 그때 아깝게 놓친 것인지도 모르겠다는 생각도 든다.

오스모 이야기

과연 우리는 태어날 때 운명적으로 삶의 궤적을 지니고 태어나는가. 수많은 관상가들이 명맥을 유지하고 있는 것은 아마도 우리 인생에 어느 정도 이미 결정된 부분이 많이 포함되어 있다는 뜻일지도 모른다.

노철학자 리처드 테일러가 쓴 책《형이상학》중에 오스모에 관한 이야기가 나온다. 오스모라는 젊은 사람이 어느 날 물건을 사러 나간 아내를 기다리다가 들른 책방에서 우연히 자기 운명이 적힌 책을 발견하게 된다. 그 책의 내용은 실로 놀라웠다. 어려서부터 자신에게 일어났던 일, 성장 과정, 결혼과 아내 이야기… 그는 너무나 놀라 지금의 나이가 적힌 장을 서둘러 찾아 읽어본다. 그랬더니 실제로 오스모가 그의 아내를 기다리는 동안 서점에 들어와서 자기에 관한 책을 읽게 된다고 쓰여 있었다.

그런데 그의 운명이 담긴 책은 너무 얇았다. 그가 몇 년이 지나지 않아 비행기 사고로 죽게 된다는 것으로 책은 끝났다. 그는 충격을 받았지만 스스로 의심하고 비웃었다. 거기에는 그가 포틀랜드로 가는 비행기 안에서 죽게 된다고 쓰여 있었던 것이다. 그는 몹시 기분이 상했지만 내가 이미 이것을 알았으니 어떤 바보가 포틀랜드로 가는 비행기를 타겠는가 하고 스스로를 위로하고 달랬다.

몇 년 후 그는 비행기를 타게 되었다. 비행 도중에 갑자기 기상관계로 진로를 바꾸어 포틀랜드에 임시 기항하겠다는 방송이 나오자, 그가 일어서서 절대 그리로 갈 수 없다고, 자기는 그곳으로 가는 비행기 안에서 죽게 되어 있는 운명이라서 결코 갈 수 없다고 난동을 부리다가 결국 비행기 사고를 일으켜 죽고 만다는 이야기였다.

그 철학자가 책에서 들려준 이 이야기는 실로 의미심장했다. 그렇다면 우리는 예정된 운명의 끈을 따라가다가 자기 의지라고 믿으면서 속절없이 죽어가는 존재라는 말인가. 오스모의 이야기에 깊은 인상을 받은 나는 그의 이야기를 형상화해서 소설에 썼다. 지극히 사랑하나 운명의 장난처럼 헤어지게 되는 남녀가 오스모에 관한 이야기를 나누는 장면을 상징처럼 집어넣었다.

나는 이 단편 〈오스모에 관하여〉로 처음 등단하게 되었다. 인간의 삶을 움직이는 핵심적인 부분이 자유의지에 달려 있느냐, 이미 운명적으로 결정되어 있느냐 하는 철학적인 논쟁은 아직 결론이 나지 않은 부분이라고 볼 수도 있다.

"당신은 운명을 믿습니까?" 이런 질문을 받은 한 작가는 물론이라고 대답했다. 그 작가가 쓴 작품의 내용은 인간의 자유의지를 강조하고 있는데 운명론을 믿느냐고 하자, 그는 대꾸했다. 운명이라는 게 없다면 그 모든 모자라고 질 나쁜 인간들이 출세하고 잘사는 이유를 설명할 길이 없기 때문이라는 것이었다.

이즈음에 낙담한 젊은이들 사이에 금수저니 흙수저니 하는 말이 많이 떠돌아다니는 이유도 이 사회에서 자유의지로 할 수 있는 일이 너무 없다는 절망감에서 비롯된 것인지도 모른다.

옛날 우화에도 자신이 죽을 시간을 정확하게 알고 있어 번민에 시달리는 사람들의 이야기가 나온다. 사람들이 현미경이나 망원경을 들여다보듯이 자신의 미래를 미리 알게 된다면 과연 어떤 일들이 벌어지게 될 것인가.

우울증이라는 것을 아주 간단하게 이야기한다면 '자기 미래가 불행하리라는 확신을 가지게 된 사람들의 현재 상황'이라는 견해도 있다. 어떻게 그렇게 확신을 하게 되는 것일까.

그리스 신화에 나오는 오이디푸스 이야기를 읽어보면 왕의 아들로 태어난 오이디푸스는 나중에 자라나 아버지를 죽이고 어머니와 결혼하게 되리라는 끔찍한 신탁을 받는다. 그리고 왕의 명령을 받은 신하에 의해 양발을 묶인 채 숲 속에 유기되었다. 그래서 발이 부었다는 의미의 오이디푸스가 그의 이름이 되었다.

그런데 한 목동이 그를 발견하고 이웃 나라의 왕에게 갖다 바쳐서 그는 그곳에서 자라게 된다. 어느 날 우연히 자신이 아버지를 죽이고 어머니와 결혼하리라는 끔찍한 신탁을 알게 된 그는 그런 일을 피하기 위해 집을 떠난다.

그는 다른 나라를 방랑하다가 길에서 마주친 친아버지인 왕의 마차와 부딪혀 시비가 붙게 되고, 혈기 방장한 오이디푸스는 자신의 아버지인 줄도 모르고 그를 살해하고 만다. 그리고 스핑크스의 수수께끼를 풀고 약속된 대로 그 상으로 당시 왕비인 자신의 어머니와 결혼하게 된다.

오이디푸스가 풀어낸 그 스핑크스의 수수께끼라는 것이 또한 인생에 대한 상징적인 은유를 들려준다. 아침에는 네 발, 낮에는 두 발, 저녁에는 세 발로 걷는 동물이 무엇이냐는 질문에 그는 아기 때는 네 발로 기어 다니고, 성장한 다음에는 두 발로 걸어 다니다가, 노쇠한 후에는 지팡이에 의지해 세 발로 걷게 되는 사람이라고 그 답을 알아맞힌다.

그리고 비극의 정점으로 스스로 걸어 들어가게 된다. 가슴을 섬뜩하게 만드는 그리스의 격렬한 비극을 듣고 있으면 사람들이 자유의지라고 믿는 것이 얼마나 보잘것없는 허상인가 하는 생각이 들 때도 있다.

오스모의 이야기를 처음 듣고 나서 그 이야기를 상징적 테마로 담은 소설로 등단하게 되고, 후에 그것을 장편소설에 담아 소설가의 길에 들어선 것도, 모든 길을 정확하게 바라보고 갈림길마다 명료한 선택을 하며 앞으로 걸어온 자유의지의 결과만이라고 보기는 어렵다. 그렇다면 우리는 모두 운명의 여신 앞에서 자신의 의지와 상관없이 갈 길이 정해진 존재들일까.

열린 사회가 되지 못하고 닫힌 사회가 되는 경우, 젊은 사람들의 좌절과 절망은 그 끝 간 데를 모르고 이어질 것이다. 실제로 어떤 일이 일어나든 인생의 행로에서 운명보다는 자유의지를 가장 강력하게 믿어야 할 것은 우리 젊은이들일 것이다. 그런데 그들이 맥없이 금수저와 흙수저의 대비로 자기 운명의 마무리까지 비관적으로 예견하는 것을 보면 씁쓸하지 않을 수 없다.

올리버의 슬픔

서강대학교에서 꽤 오랫동안 교양과목으로 사회사업개론을 가르쳤다. 정책과 임상과 사회복지 역사를 함께 가르치는 수업이었는데, 영국의 사회복지사를 다룰 때에는 유명한 명작에 나타난 비참한 빈민과 가난한 어린아이들의 이야기가 아주 선명한 예가 되어주었다.

마크 트웨인의 소설《왕자와 거지》에 나오는 왕자 에드워드와 빈민의 아들 톰은 우연한 조우로 인해 서로 신분이 바뀌게 된다. 에드워드와 놀랍게 닮은 톰은 왕자 대신 궁정에서 큰 어려움을 겪게 되고, 톰의 역할을 하게 된 왕자는 빈민들의 비참한 삶에 처음으로 눈을 뜨게 된다는 설정이었다.

그 당시 구빈법은 범죄자에 대한 처벌을 극단적으로 강화시켜, 결국은 먹을 것이 없어 남의 물건에 손을 댈 수밖에 없는 빈민을 가혹하게 처벌하는 법이 되어버렸다. 아기 돼지를 훔친 정도의 범죄에 대한 응징은 사형이었다. 이것은 범죄에 대한 처벌이 아니라 굶어 죽지 않으려고 안간힘을 쓰는 빈자의 가난에 대한 처벌이었다.

찰스 디킨스의 소설《올리버 트위스트》에 나오는 가난한 소년 올리버의 파란만장한 일생을 보면 과연 이것이 순전한 개인의 문제인가 하는 질문을 하지 않을 수 없다. 빈민원에서 배가 고픈 아이들이 죽을 더 달라는 청원을 하기 위해 그 청원을 할 아이를 제비로 뽑게 되고, 올리버가 그 역할을 맡아야만 했다. 올리버의 청원을 들은 윗사람들은 올리버를 감사할 줄 모르는 아주 죄질이 나쁜 아이로 판단하고 구빈원 밖으로 내쳐버린다.

그리고 웅크려 앉은 그의 곁에 팻말을 세워놓는다. 죄질이 나쁜 아이로 누구든지 데려가도 좋다는 내용이 적힌 팻말이었다. 장의사 집에서 올리버를 데려가고 그는 밤이 되면 장례식에 쓸 관들 사이에 누워 파리한 얼굴로 잠이 든다. 그는 어린아이들의 장례식이 있을 때 검은 옷을 입고 창백한 얼굴로 관을 인도하는 행렬의 맨 앞에 섰다. 올리버는 달리 분장이 필요 없었다. 초췌하고 슬픈 그의 표정은 장례식을 이끌기에 너무나 적역이었다.

사생아인 자신의 엄마를 모욕하는 아이를 두들겨 패고 도망친 올리버는 런던에 도착해서 버려진 인간들의 소굴인 소매치기 집단의 악당 두목 페이긴의 마수 아래 떨어지고 만다. 온갖 우여곡절 끝에 그는 친할아버지를 찾고 행복한 가정의 일원이 되는 해피엔드로 끝나지만, 그동안의 사연은 가슴 아파서 볼 수가 없을 정도이다.

합리적인 비평가들은 찰스 디킨스가 그런 혹독하고 어려운 일을 겪고 난 후에도 선량한 심성이 훼손되지 않은 아이로 올리버를 그린 데 대해서, 현실감이 없다는 비판을 하기도 했다.

온갖 범죄와 빈부 격차, 신분 차등의 문제에 시달리는 빈민들이 복지의 기틀이 잡히기 전에 범죄의 희생양이 되거나 스스로 범죄자의 길을 걷게 되는 과정은 찰스 디킨스의 명작《위대한 유산》에서도 나타난다. 그 당시 '형장의 소매치기'라는 인용어로 유명한 역사적인 사건이 등장한다. 가난한 아이들이 범죄 집단의 훈련을 받은 소매치기로 성장해서 기하급수적으로 늘어나는 것을 막기 위해 공개처형을 실행해, 범죄에 대한 경각심을 불러일으키려고 한 것이다.

사람들은 구름처럼 모여들어 실제로 그 처형을 구경하려고 했으며, 더 기가 막힌 사실은 소매치기를 하면 이렇게 된다는 경각심을 불러일으키려고 기획한 공개 처형의 현장에 오히려 소매치기들이 들끓었다는 것이다. '형장의 소매치기'라는 말은 사회적인 문제를 개인을 처벌함으로써 해결하려는 사람들에게 들려주는 경구로 알려져 있다. 범죄자의 문제를 나쁜 심성의 문제가 아니라 굶어 죽지 않으려는 빈민들의 최후의 호소라고 본 것이다.

사회복지의 기반을 가장 탄탄하게 구축할 수 있었던 영국의 정책이 실시되기 이전, 빈민과 범죄자를 거의 동일시하던 실정은 엘리자베스 여왕의 구빈법에 의해서 어느 정도 체계를 잡아가기 시작했다. 그러나 인구론을 주장했던 맬서스는 빈민에 대한 서투른 구호가 존립하기 어려운 극빈자들을 확장시켜 빈민을 확대재생산한다는 경고를 내리기도 했다. 형장의 소매치기라는 말은 그 이후에도 처벌이 능사가 아니라 그 아래 숨은 본질적인 문제를 살펴야 한다는 주장을 뒷받침하고 있다.

〈타이스의 명상곡〉과 소녀 정경화

지금도 내가 다녔던 이화여중에 들르게 되면, 나무들이 줄지어 늘어선 길을 지나 언덕 한편에 로마식 콜로세움의 내부를 본뜬 듯한 노천극장에 가서 앉아보곤 한다. 우리는 그곳에서 아침 조회에도 참석하고 예배도 보고 음악회를 열기도 했다.

그중에서도 잊을 수 없는 장면이 있다. 어느 날 아침 공기가 맑은 노천극장에서 어린 소녀 정경화가 바이올린 연주로 〈타이스의 명상곡〉을 들려주던 장면이다. 그 아침의 기억이 삶의 아름다움의 정형처럼 지금도 기억에 남아 있다. 머리를 뒤로 단단하게 모아서 묶고 단아하고 열정적인 모습으로 바이올린을 켜던 소녀의 모습, 가슴을 뒤흔들던 〈타이스의 명상곡〉의 유려한 흐름, 푸른 하늘빛과 노천 좌석을 메운 제복의 소녀들….

교실에서 등나무 길을 지나 도착하던 노천극장은 하늘 문을 열어주는 듯한 느낌을 우리에게 나누어주었다.

무희 타이스를 교화하러 그에게 다가갔던 엄격한 수도자, 빠프뉘스. 타이스는 그에게 감화를 받고 성스러운 세계로 들어가고 있으나 그녀에게 매혹된 수도자는 정념을 견디지 못하고 고통에 몸부림치게 된다. 명상의 세계에 들어간 타이스의 영혼의 정결함….

어린 정경화가 바이올린을 켜던 그날 아침의 장면은 지금도 어제 본 그림처럼 선명하게 떠오른다.

내가 학교에 다니면서 저질렀던 일들에 대해 이해와 관용으로 대해주던 교장선생님과 담임선생님….

지금도 교육자의 힘을 경시하는 이야기를 들을 때, 그렇지 않다고 생각하게 되는 것은 바로 그 두 선생님 덕분이다. 그 당시 교칙을 어기는 행동에 대해 엄격하고 가혹한 처벌을 했다면 그 결과는 과연 어땠을까. 그런 생각을 해보면 모골이 송연하다. 학교의 교칙인 자유와 사랑과 평화가 굴곡이 많았던 사춘기 시절을 넘어가는데 얼마나 큰 기여를 했는지 감사하는 마음이 내 안에 깊이 내재해 있다.

지금도 그 아침의 기억과 아나톨 프랑스의 소설《타이스》의 이야기는 함께 뒤섞이며 기억이 난다.

'도덕'이라는 이름의 괴물을 비웃어주거나 질타하는 자유분방한 소설은 적지 않다. 이런 소설들은 대개는 성적인 금욕주의에 도전하는 내용이 많다.

도덕을 방패로 내세워 스스로의 명예욕을 채우고 권력이나 기득권을 챙기는 지식인들은 지금도 적지 않다. 위선적 도덕과 사회적 통념에 도전하는 것을 문학이 할 일이라고 생각했던 작가들은 주로 도덕군자나 종교인들의 성적인 파계나 자아분열을 소재로 많이 다루었다.

그런 내용의 소설 가운데 대표작으로 꼽히는 것 중 하나가 바로 19세기 후반의 프랑스 작가 아나톨 프랑스가 쓴《타이스》이다. 프랑스의 작품은 고매한 수도승이 유녀에게 광적으로 빠져 정신의 분열 상태에 이르는 과정을 그리고 있다.

《타이스》의 시대적 배경은 6세기의 중세 암흑시대다. 이집트의 사막에 있는 수도원에서 금욕과 고행의 수도를 하고 있는 젊은 수도승 빠프뉘스는 도덕적 신앙생활로 신망이 높은 인물이었다. 그러던 중 그는 알렉산드리아의 유명한 무희이며 유녀인 타이스에 대한 소문을 듣게 된다.

가난한 집 딸로 태어난 타이스는 남달리 아름다웠기 때문에 남성들의 마음을 사로잡게 되어, 상류사회 유녀로서의 생활을 호화롭게 꾸려 나가고 있었다. 빠프뉘스는 타이스를 윤락과 죄의 구렁텅이에서 구출할 결심을 하고 알렉산드리아로 간다.

타이스는 빠프뉘스의 설득과 전도로 마침내 타락한 생활을 청산하게 되고, 진정한 기독교도가 되어 성녀와도 같은 생활을 하다 청결한 영혼을 지닌 채 죽어간다. 그러나 그녀를 회개시킨 수도승 빠프뉘스는 타이스의 미모에 빠져 관능과 정욕의 노예가 되어 성직자로서의 길을 버리게 된다. 그리고 제자들과 신앙인들의 조롱을 받으며 거의 광적인 상태가 되어버리는 것이다.

이 작품은 관능적 자유에의 예찬이면서 19세기 후반, 유럽을 풍미했던 위선적 도덕주의에 대해 신랄한 야유를 보내고 있다. 말하자면 작가는 쾌락주의자와 탐미주의자의 입장에 서서 근엄한 도덕군자들이 내세우는 금욕주의를 비판하고 있는 셈이다. 이 소설은 마스네가 작곡한 오페라로 더욱 인기를 모았는데, 오페라 초반에 나오는 〈타이스의 명상곡〉은 지금껏 사람들에게서 사랑받는 주옥같은 명곡이다.

19세기 후반의 유럽은 도덕적인 엄격함과 문학적인 경건함이 득세하던 시기였다. 플로베르의 소설 《보바리 부인》도 형사기소를 당했고, 보들레르의 〈악의 꽃〉도 기소를 당했다. 아나톨 프랑스의 《타이스》가 극단적인 모럴리스트들의 눈을 피할 수 있었던 것은 수도승 빠프뉘스를 결국 정신이 분열되는 환자가 되는 것으로 만들어 일종의 '권선징악적' 플롯을 채택했기 때문이라고 보는 견해도 있다.

흥미 있는 일은 《보바리 부인》 역시 무죄 선고를 받아 판매 금지를 시킬 수 없었는데, 무죄 판결의 이유는 작가가 보바리 부인을 결국 자살하게 함으로써 불륜을 저지른 여인의 비참한 말로를 보여줬다는 점에 있었다는 것이다.

생생한 삶의 아름다움과 추함을 함께 보여주는 문학의 힘을 꺾어 권선징악적인 결말을 요구하는 극단적인 도덕주의자들은 사실 자신들이야말로 감정이 메마른 박제된 삶을 살아가고 있는 것이 아닌가 하는 생각이 든다.

아버지와 나의 영화

아버지는 영화광이셨다. 해방되기 전부터 상영했던 외국 영화나 한국 영화들 중에 안 본 것이 거의 없었다니 그 시대로서는 상당한 모던 보이였던 셈이다. 내가 초등학교 다니던 시절에도 아버지가 모아둔 영화 팸플릿들은 집 안에 있는 서재 책상 서랍을 가득 채우고 있었다. 엘리자베스 테일러, 마릴린 먼로, 오드리 헵번, 그레이스 켈리, 데보라 카 등의 매력적인 미모와 로버트 테일러, 장 가방, 커크 더글러스, 말론 브란도, 버트 랭커스터 등의 강렬한 남성미를 보여주던 그 팸플릿들은 소설책과는 또 다른 매혹의 느낌을 주었다.

아버지의 영향을 받아서인지 나도 상당한 영화광 그룹에 속했다. 무어라고 설명할 수 없는 영화의 흡인력은 중고등학교 때 혼자서 혹은 친구들하고 남몰래 영화를 보러 다니던 추억을 지니게 했다. 두 고모들도 아버지의 영향을 받아서인지 영화광들이었다. 일본식 발음의 영향을 받아 〈로마의 휴일〉의 여주인공인 오드리 헵번을 헤프방이라고 부르면서 머리 커트를 하던 장면을 이야기하며 즐거워하고, 그레고리 펙과의 가슴 아픈 이별을 이야기할 때는 눈물이 고이고는 했다.

감성적인 아버지보다 오히려 이성적인 측면이 강했던 어머니는 영화를 좋아하긴 했지만 영화광인 남편과 시누이들의 현실감이 결여된 광적인 관심과 지나친 열광에 대해서는 비판적이었다.

"그저 혈통이 그래서 그런지 영화감독보다 더 열들을 내고 있네. 그렇게 잘 알면 아예 영화를 한 편 찍지 그러슈."

"내가 가족이나 사업만 아니면 다 집어치우고 오늘이라도 영화판으로 가서 감독이 되고 싶다니까."

아버지의 대꾸였다.

좋은 영화를 보는 기쁨은 다른 어떤 취미보다도 더 강렬했다. 고등학교 때는 교복을 입은 채 학생 관람 금지 영화를 상영하는 영화관에 갔다가 단속반에 쫓겨 옥상으로 올라가 물탱크 옆에 한참을 숨어 있기도 했다.

오래전에 함석헌 선생님이 내가 일하던 산골 학교에 오셨을 때 냇가에 앉아 이런저런 이야기를 하다가 한마디 했던 영화 얘기가 지금도 기억에 남는다.

"대체 학생 입장 금지라니, 학생들이 봐서는 안 되는 영화라면 저희들은 뭣 때문에 본다는 것이냐."

그 당시에는 학생 관람 금지 영화가 대부분이었고 학생 관람을 허용하는 영화들은 대개 우리 성에 차지 않는 어정쩡한 영화인 경우가 많았다. 영화 〈시네마 천국〉에 나오는 영화관에서 세칭 야한 장면인 키스신들이 신부님의 원천적인 가위질에 의해 잘려지듯이 예전에는 일반 영화도 혹독한 검열과 가위질을 거쳐야 하는 경우가 드물지 않았다.

사춘기 시절에는 영화처럼 한 세상을 살아보겠다는 원대한 꿈을 꾸어보기도 했고, 영화에서 받은 감동 때문에 공상에 사로잡혀 잠을 이루지 못해 학기말 시험을 망치기도 했다.

그리어 가슨이 주연한 〈마음의 행로〉라는 영화를 보고 기억상실에 걸린 남주인공과 여주인공의 애절한 사랑에 마음이 아팠던 기억도 난다. 고등학교 때 단체 관람으로 〈벤허〉를 보고 인간이 만들어낼 수 없을 것만 같은 광대한 상상의 현실화에 전격적으로 압도되기도 했다. 한때 친구였지만 서로 원수의 입장에 서게 된 벤허와 멧살라의 전차 경주 장면은 지금도 눈앞에 생생하다. 인간의 마음속에 불타오르는 애증의 관계를 그 속도로 보여주듯 죽음을 무릅쓰고 달리는 전차들의 무서운 질주…. 경기 도중에 부상을 입고 죽어가는 멧살라의 광기 어린 복수의 마지막 말, 벤허의 어머니와 누이가 문둥이 촌락에 살고 있다는 이야기. 그러고는 잔인한 회심의 미소를 지으며 죽어가던 멧살라의 피투성이 얼굴은 가히 전율할 만해서 인간성의 본질에 대해 깊은 회의를 느끼게 했다.

우리가 흔히 말하는 '영화 같은 삶'이란 어떤 것일까. 살아보고 싶은 이상적인 삶이나 완벽한 사랑의 모습, 목숨이라도 걸 것 같은 절친한 친구들의 모습이나 원한 때문에 삶의 모든 것들을 버리고 죽음의 위험으로 뛰어드는 모습을 그린 영화들은 평면적인 책이 줄 수 있는 상상력의 세계에 극단의 도전을 던져주었다.

문학작품을 읽을 때 동원되는 상상력의 여지를 남기지 않고 실제의 모습으로 변형시켜 보여주는 영화는 치명적인 약점과 강점을 함께 지니고 있다. 우선 주인공들이 마음속에서 마음껏 상상을 펼치며 보이지 않는 다른 세계로 들어가던 장면과 일치하지 않는 경우가 많았고, 대체로 상영시간이 두 시간 남짓한 제한도 있지만 중요한 부분과 중요하지 않은 부분을 다루는 비중도 마음에 들지 않는 경우가 많았다. 그러나 영화의 강점은 누가 무어라고 해도 화면에 나타나는 사람과 사건들에 동화되면서 마치 나 자신이 스스로 경험했던 생생한 사실처럼 깨어 있는 상태에서 우리들을 꿈나라로 인도하는 점이었다.

애달프고 격렬한 사랑의 끝에 자살로 삶을 마무리하는 여주인공을 상상하고 가슴 아파하며 읽었던 톨스토이의 《안나 카레니나》는 여러 번 영화로 만들어졌지만 아직까지 여자 주인공이나 남자 주인공이 소설 속의 바로 그 사람이라는 느낌을 주었던 적은 한 번도 없다.

하기야 비비안 리와 클라크 케이블이 나오는 영화 〈바람과 함께 사라지다〉는 마가렛 미첼의 소설 속 주인공들이 생생하게 되살아나 우리들이 상상했던 이미지와 완벽할 정도로 맞았기 때문에 아무도 다시 영화로 만들려는 시도를 하지 않는 것 같다는 이야기가 있다. 일각에서는 현실적인 삶에서 실제로 만나거나 붙잡을 수 없는 소녀 시절 꿈속의 왕자 같아야 할 애슐리를 레슬리 하워드가 너무 매력이 없는 캐릭터로 연기했기 때문에 다른 사람이 연기하는 애슐리가 나오는 영화를 다시 보고 싶다는 사람이 있기도 하다.

그에 반해 《안나 카레니나》는 여러 번 다른 영화감독과 배우에 의해서 만들어졌지만, 사람들의 마음속에 새겨진 안나 카레니나와

브론스키 공작의 이미지에 맞지 않기 때문에 계속해서 새로운 판이 만들어진다는 이야기도 있다.

영화에서 만났던 충격적이거나 감동적인 장면의 그림은, 책과는 다른 의미에서 오랜 세월이 지난 후에도 머릿속에 저장되어 마치 인생의 한 모퉁이에서 실제로 겪었던 일처럼 생생하게 다가온다.

영화 〈에덴의 동쪽〉에 나오는 제임스 딘은 아버지의 사랑을 갈구하는 좌절한 청춘의 모습을 존 스타인벡의 글을 뛰어넘어 보여준다. 특히 마지막 장면에 자기 곁에 남아 있어 달라는 병든 아버지와 그의 침대 곁에 앉던 제임스 딘의 눈물어린 화해의 모습은 언제 보아도 가슴이 아플 정도로 감동적이다.

이즈음 영화들은 발달된 컴퓨터 그래픽이나 여러 가지 과학기재의 도움을 받아 화려하거나 압도적이거나 현란한 장면들을 지치지도 않고 만들어낸다. 하지만 화려하고 자극적인 시각적 기술에 가려 인간에 대한 깊은 생각을 다루는 잔잔한 작품들이 설자리가 줄어드는 것에 대한 아쉬움도 있다.

지나친 노출이나 폭력적인 장면 때문에 오히려 흥미를 잃게 하는 경우도 적지 않다.

젊은 시절에 가슴을 두근거리면서 보았던 그 아름다웠던 영화의 기억은 지금도 마음의 한구석에 깊이 각인되어 있어 이즈음의 영화들이 흉내 낼 수 없는 보물상자처럼 남아 있다.

부모 세대와 함께 같은 사람의 같은 이야기들을 시간과 공간을 뛰어넘어 공유했던 추억에 잠기며, 흘러간 영화에서 상영해주는 명화들을 볼 때면 아버지와 함께 영화를 보고 그 영화 이야기를 나누던 추억이 지금도 마음 한구석을 어루만져준다.

과연 한 편의 영화나 한 편의 소설이 한 사람의 생애 방향을 바꿀 만큼의 강력한 영향을 미칠 수 있을까?

나는 그렇다고 생각한다. 방향을 잃고 좌절하는 사람들에게 삶의 의미를 다시 생각해볼 수 있게 해주는 장면들, 정의감으로 무장한 사람들이 상상 속의 세계에서 악을 물리치고 정의를 구현하는 사람들로 등장하는 서부 영화가 청소년 시절에 미치는 영향은 실상 작은 것이 아니었다.

그러나 이제 모든 사회적인 억압과 거짓의 이면이 파헤쳐지고 서부 영화에 정의의 화신으로 나타나 사람들을 구하고 환호의 대상이 되던 주인공들이 그 땅의 원주민인 인디언들을 잔인하게 학살하고 생의 터전에서 몰아내는 역할을 한 것이라는 다른 해석이 일어나면서, 우리들의 마음속에 자리 잡을 영웅의 자리는 점점 더 축소되어 가고 있는 것 같아 안타까운 마음이 든다.

사람이 살려면 즐거운 일도 있어야지

랜싱 양로원은 혼자서는 관리하기 어려운 질병이 있는 노인들이 혼자, 혹은 부부 단위로 들어와서 사는 곳이었다. 동쪽과 서쪽 양쪽에 간호사 스테이션이 있었는데, 서쪽 스테이션은 금발 머리의 젊은 백인 여성이 책임을 지고 있었고, 동쪽 스테이션이 내 담당이었다. 한 스테이션에 간호보조원들이 여러 명씩 근무하고 있었다. 전문적인 조치는 전담 의사가 담당했다. 처음 오리엔테이션을 받을 때 간호보조사가 말을 듣지 않거나 횡포하게 굴 때는 그 즉시 해고할 권한이 스테이션 책임자인 우리에게 있다는 이야기를 듣고 기함할 뻔했다. '당신은 해고야'라고 하는 말이 그대로 실행되어 즉시 일을 중지하고 떠나야 한다는 것이었다.

그런 말도 안 되는 법이 어디 있느냐고 하자 가끔 간호보조원들 중에 도를 넘게 난폭한 사람이 있거나 노인들에게 어떤 형태의 폭력을 행사하는 경우도 있어서 불가피한 규정이라고 했다.

그리고 책임자가 동양 여성이라 얕볼 수도 있으니까 강력하고 엄하게 대해야 한다고 주석을 달았다. 내가 책임지는 노인들의 수는

50명 정도였다.

그곳은 세계 각 나라 노인들이 모여 있는 인종 전시관 같은 곳이었다. 인디언 후예도 있고 백인, 흑인, 멕시칸계 노인들도 있었다. 동양 사람들만 없었다. 아마도 끝까지 노인을 집에서 모시려고 하는 아시아의 가치관도 영향을 미친 것 같았다.

인디언 추장처럼 생긴 멕시코 노인은 일체 말이 없었다. 잘 걷지를 못해 휠체어를 타고 다니는 그는 식사시간에 식당에 가는 것을 빼고는 뜰이 보이는 창가에 말없이 하루 종일 앉아 있고는 했다. 혼자 살 수는 없고 병원에 입원할 만큼 증세가 위중하지는 않지만 누군가가 돌보고 투약을 하지 않으면 안전하지 않다고 가족들이 판단한 사람들이 대체로 그 양로원의 입주자들이었다. 아침, 점심, 저녁은 공동식당에서 함께 하고 몸이 불편하거나 우울증에 걸려 완강하게 저항하는 사람들의 식사는 방으로 가져다주기도 했다. 낮에는 빙고나 노래, 게임 등 놀이 시간들이 있었고 반 정도의 노인들은 그 모임에 참석해서 시간을 죽이기도 했다.

노인들은 대체로 서로 좋아하지 않았고 친구들처럼 다정하게 이야기를 나누는 경우도 드물었다.

추수감사절이나 크리스마스가 되면 가족들이 그들을 집에 초청하려고 방문했다. 약이며 여러 가지 주의사항을 꼼꼼히 따진 후에 가족들을 순순히 따라가는 노인들도 있었고, 인상을 쓰며, 혹은 화를 내고 집에 가지 않겠다고 거절을 해서 한나절을 애를 먹인 다음에 따라가는 노인들도 있었다. 아무도 찾아오지 않는 사람들은 간혹 식음을 전폐하거나 입을 꼭 다물고 묵비권을 행사하거나 약이나 주사를 거절하기도 했다.

그중에서 기억이 나는 한 노인은 자녀들이 데리러 오면 절대로 가지 않겠다고 거의 난동을 부리다시피 애를 먹였다. 다른 때는 들여다보지도 않다가 이렇게 오는 건 자기들의 체면이나 위신 때문이지 나를 보고 싶어서는 아니라는 것이 난동의 골자였다. 그리고 방에 들어앉아서 얼른 돌아가라는 통고를 전해달라고 했다. 그러고는 30분마다 간호데스크로 전화를 걸어 그 귀신들이 아직도 거기 있느냐고 묻고는 했다. 그런 식으로 서너 시간을 애를 먹인 다음에야 겨우 함께 자녀의 집에 가는 것을 허락하고는 했다.

그중에 한 할머니는 자녀들이 올 때마다 집에 절대 안 간다고 생떼를 쓰고는 했다. 내가 보기에 딱해서 혼자 계시는 게 우울해서 좀 떼를 쓰시는 것 같다고 하면 자녀들도 억지로 웃으면서 사실은 전에도 늘 그러셨다고 하소연을 했다. 그렇다고 단 한 번도 안 가는 적은 없었다. 간호보조사들도 그 할머니라면 머리를 절레절레 흔들었다. 내가 약을 줄 때면 나에게도 약 이름과 용량을 외워보라고 지시하고 약 색깔이 이상하다는 등 트집을 잡으면서 한 번도 순순히 약을 받는 법이 없었다. 그러니까 직원들이 다 그 사람을 피해 다니고 꼭 필요한 일이 아니면 그 방을 들여다보지 않으려고 들었다. 한 방을 두 사람이 쓰게 되어 있는 시스템이었는데 언제나 룸메이트하고 말썽을 부리고 싸움을 하고는 했다.

그중에 가장 인상적이었던 사람은 에릭이라는 노인이었다. 그는 언제나 아침부터 정장을 차려입고 위 포켓에는 흰 손수건을 꽂고 다녔다.

그는 이 할머니 저 할머니하고 사귀는 바람에 직원들로부터 플레이보이라는 별명을 얻게 되었다.

백발의 머리를 단정하게 빗고 온화한 미소를 잃지 않는 그는 할머니들에게 대단한 인기가 있었다.

푹신한 카펫이 깔려 있고 두 사람이 한방에 묵게 되어 있는 양로원 시설은 금빛 벽지나 자줏빛 커튼이 잘 어우러져 장안의 일류 호텔 못지않았다. 커다란 식당에는 가운데 매달린 샹들리에를 중심으로 십여 개의 하얀색 원형 테이블이 놓여 있었다.

노인들은 시간에 맞추어 그곳에 와서 식사를 했다. 그러나 대부분의 노인들은 무표정하고 우울했고 죽음의 사신이 자기를 데리러 오기도 전에 이미 관 속에 들어 있는 것 같은 표정을 짓고 있었다.

노인들은 서로 바라보거나 이야기를 나누는 경우도 별로 없고 식사만 하고 자기 방에 틀어박히거나 응접실에 몇 명씩 짝지어 앉아서 서로 듣지도 않으면서 웅얼웅얼 자기 이야기만 중얼거리고는 했다.

그 사람들 중에서 에릭의 존재는 독특하고 낯설기까지 했다. 그는 아주 친절한 남자였다. 사람들에게 잘 대해야 한다는 의미로 보면 그가 잘못하는 일은 아무것도 없었다. 그는 그저 할머니의 손을 잡고 같이 복도를 걸어가기도 했고 정원의 나무 그늘 의자에 앉아 할머니가 중얼거리는 소리를 잘 들어주기도 했다. 식사시간에 남겨두었던 레몬 푸딩이나 사과 파이를 들고 와 할머니들에게 나누어주기도 했다.

양로원 직원들이 이런 일에 질색을 하는 이유는 당뇨나 고혈압,

심장질환 때문에 각기 식단이 다른 노인들에게 그가 달콤한 음식들을 준다는 점이었다. 그러나 에릭은 질책에 대해 언제나 이렇게 대답했다.

"그렇게 오래 살 것도 아닌데 뭘 그래. 다이어트는 무슨… 먹고 싶은 것 먹고 살다가 가는 게 낫지."

그러면 억척스러운 간호보조사들도 영양사 알면 자기가 야단맞을 거라는 둥 하면서 투덜거렸지만 슬그머니 물러났다.

미국의 양로원이라는 곳은 사람들의 자유와 즐거움의 욕구를 거의 다 분쇄하는 요새 같았다. 음식이나 주거 환경은 아주 좋은 수준이지만 가깝고 다정한 사람도, 생활의 자유도, 인생의 즐거움도 누리기 어려운 곳 같은 느낌을 주었다. 자본주의 국가의 산업폐기물처럼 그 쓰임새가 없어지자 폐기해버린 사람들을 모아놓은 곳 같은 느낌도 주었다. 가족들은 의무적으로 한두 달에 한 번씩 왔다. 가족이 거의 방문하지 않는 사람들도 많았다. 아주 드물게 일주일에 두세 번씩 오는 가족도 있기는 했다. 자주 오는 사람들은 대개 딸들이었다.

그곳에 들어오는 사람들은 여러 가지 질환 때문에 거동이 불편해서 혼자 살 수 없다는 의사의 판정을 받은 사람들이라서 자유로운 출입이 금지되었다. 집 밖으로 나갈 때는 반드시 가족의 동의서와 의사나 간호사의 허가서가 있어야 했다.

치매에 걸려 몰래 빠져나가는 사람들을 시설 내에 가두어두기 어려울 경우에는 침대에 묶어둘 때도 있었다. 그의 안전을 보장하기 위해서라지만 가슴 아픈 일이었다. 실제로 몰래 양로원을 빠져나간 사람들이 교통사고를 일으켜 병원으로 실려 가거나 문제를 일으켜 경찰의 보호를 받으면서 되돌아오거나 했다. 팔목에 찬 인식표를 보고 양로원에 데려다준 것이었다. 얼마 전에는 몰래 나간 할아버지가 근처의 작은 강에 빠져 사망한 일도 있다고 전임자가 슬그머니 귀띔을 해주었다. 좀 더 자유를 주어야 하지 않느냐는 내 질문에 대해 은근히 겁을 준 셈이었다. 양로원의 모든 문은 특수 단추를 누르지 않고 열면 경보음이 나도록 장치가 되어 있었다.

잘 찾아오지 않는 가족일수록 사고가 나면 관리 소홀이니 뭐니 하며 고소하겠다고 덤비는 통에 간호보조사들이 노인들에게 거칠게 구는 경우도 없지 않았다.

비교적 몸과 정신이 건강한 사람은 데스크에 보고만 하면 집 밖으로 나갈 수 있는 허가를 받았다.

에릭이 그중 한 사람이었다. 그가 저지르는 문제는 치매나 다른 무거운 병에 걸린 할머니들을 몰래 동반하고 밖으로 나가 근처의 햄버거 집이나 아이스크림 집에서 데이트를 하는 점이었다.

그런 일이 자꾸 생기면 자신의 출입권도 통제될 수 있다고 경고해도 마이동풍이었다.

"사람이 살려면 좀 즐거운 일도 있어야지."

그는 경고를 들을 때면 이러고는 그만이었다.

즐거운 일도 각별히 사랑해주는 사람도 없이 부자유스럽고 불편한 육체를 이끌고 어제와 똑같은 오늘, 오늘과 똑같은 내일, 그리고 그 미래의 끝에 별로 슬퍼해주는 사람도 없는 죽음이 기다리고 있는 양로원에서 그의 존재는 사실 놀라운 일이었다.

그는 어느 날 심장마비로 자는 듯 세상을 떠났다. 그의 시신이 장례식장으로 실려 나가는 날 여러 할머니들이 울고 식사하기를 거부했다.

쓸쓸한 해변의 가엾은 과부나 노처녀들에게 다정하게 굴어 결혼한 후에 그들의 돈을 다 가지고 도망쳐버리곤 하던 서머싯 몸의 소설에 나오는 초라한 중년 사내는 부도덕하다는 세상의 비판에 대해 이렇게 항변한다.

"그들은 죽은 거나 마찬가지였습니다. 나는 그들에게 사랑을 주었습니다. 그처럼 메마른 인생에 약간의 행복을 던져준 것이 바로 나였던 것입니다. 아시겠습니까?"

유레일을 타고

여행은 우리들을 생각하게 한다. 기차나 비행기나 큰 배들은 우리들 마음속에 일상생활을 뛰어넘는 무엇인가를 떠오르게 하는 미묘한 힘을 지니고 있다. 눈앞을 스치면서 계속 지나가는 낯선 집이며 나무며 숲이며 사람들을 보면서 우리가 고정된 장소에서 같은 속도로 살아가고 있었다면 내부의 삶 속에 깊이 잠겨 있었을 다양한 생각들이 살아 일어나 우리에게 다가오는 것 같다.

이 다양한 여행의 방법 중에서도 우리를 가장 많이 생각에 잠기게 하는 것은 아마 완행 기차를 타고 어느 낯선 곳에 가는 것일지 모른다. 빠르고 편리하다는 KTX를 타고 있으면 여행하는 느낌이 들기보다는 어쩐지 어디에서 다른 곳으로 내가 운반되고 있는 것 같은 느낌이 더 강렬하다. 최대한 빨리 이동하기 위해 고안된 작고 좁은 좌석에 앉아서 거의 생각할 여지를 주지 않는 속도로 달려가는 열차는 내적인 생각이나 추억, 새로운 생각을 끄집어낼 기회를 제거하고 무덤덤하게 만드는 느낌도 준다.

내가 기억하는 기차여행의 압권은 유레일패스를 지니고 유럽을

종횡으로 가로지르며 겨울 한 달 동안을 여행했던 기차여행이었다.

시간과 경비를 절약하기 위해 대륙을 가로지르는 밤기차를 타고 새벽에 내리기도 했고, 어떤 때는 일부러 걷는 것보다 조금 더 빠른 정서를 느끼기 위해 한낮 내내 달리는 기차를 타기도 했다. 어디 어디를 들르겠다는 기본적인 틀은 있었지만 처음에는 뚜렷한 목적지도 없이 기다리는 사람도 없는 곳을 향해 무조건 기차를 타고 움직였던 그 겨울여행은 많은 것을 생각하게 해주었다.

저명한 학자들이 어디어디에 살고 있다는 정보나 집 주소, 전화번호에 의지해서 낯선 곳을 기차를 타고 지나가 그 집에 갈 때 선물로 주기 위해 꽃이나 과자, 작은 한국식 선물을 챙기는 경험은 인생의 한 부분에서 멀리 떨어져 있는 느낌을 주기에 충분했다.

어려서부터 수도 없이 읽었던 작품들에 등장했던 장소를 방문하는 기쁨, 역사적인 소용돌이가 들끓었던 장소를 가이드의 판에 박힌 설명 없이 걸어 들어가던 기이함, 가끔씩 사이사이에 묵었던 시골의 작은 여관집에서 느끼던 아늑하고 불편한 느낌들이 지금도 그대로 떠오른다.

자기 집이 주는 편안함과 일상적인 환경은 우리를 어떤 형태의 정형으로 붙박이의 형태로 고착시키려는 경향이 있지만, 낯선 장소에서 낯선 사람들 사이를 계속해서 여행하면서 겪었던 느낌들을 한데 묶어서 제공했던 유럽의 여행은 기존 생각의 틀을 뛰어넘을 수 있는 계기를 마련해주었다.

한 달 동안 기차를 타고 유럽을 여행하면서 각 나라의 사람들을 만났던 일들이 아주 오래된 과거의 일이었던 것만 같이 느껴진다.

기차를 타고 유럽의 여러 나라를 여행하면서 느꼈던 것들은 세월이 지나고도 생생했던 기억으로 남아 있다.

이화여대와 인생 수업

그해 처음으로 신입생을 모집하는 독문과에 지원했을 때 내가 꿈꾸었던 건 미칠 듯한 독서와 인생에 대한 깊고 의미 있는 탐색이었다. 학교는 화사하고 교정은 아름다웠다. 그러나 대강 넘어가는 것처럼 엉성하게 느껴지는 학교생활에 여러 가지로 적응이 안 되는 부분이 많았다. 더구나 신설된 과라 담당 교수님도 단 두 분뿐이었다. 일주일에 세 번씩 채플에 의무적으로 참석해야 하는 것도 고역이었다.

아마도 그때 사춘기 저항이 뒤늦게 찾아온 것 같았다. 학교에 다닌 지 3주 만에 학교를 그만두면 안 되겠느냐고 어머니에게 물었다가 정신 나갔느냐고 호되게 꾸지람만 들었다. 밤에 잠들기 전에도 머리가 무거웠고 아침에 일어나도 머리가 무거웠다. 지루한 수업을 받으러 학교에 갈 생각만 해도 병이 날 것 같았다. 그러던 어느 날부터 나는 학교에 간다고 집을 나가서 학교에는 가지 않고 다른 곳을 돌아다니기 시작했다.

세 오빠와 남동생과 막내 여동생 사이에서 온순하고 말썽 없이 자란 것으로 알려졌던 내가 말하자면 본격적인 비행 청소년들이 하는 일을 시작했던 것이다. 아침에 집을 나가 도서관에도 가고 남산에도 올라가고 영화를 두세 편씩 상영하는 변두리 영화관에 가서 하루를 보내기도 했다. 어디에 가도 학교보다는 나았다. 남자들을 부러워하기도 했다. 군대에 가버리면 되니까 일단 학교를 벗어나 진로를 바꿀 시간을 벌 수 있지 않았을까 하는 생각도 들었다.

아무튼 비행 청소년이 되는 건 생각보다 쉬웠다. 그냥 누구나 언제나 군소리 없이 가야 하는 학교에서 이탈해서 누구에게도 알리지 않고 서울 시내 방랑생활을 시작한 것이다. 몇 달 후에 학교에서 온 연락 때문에 부모님은 내가 학교에 안 나가고 있는 것을 알게 되었고 기함을 하셨다. 그래도 원래 이북 출신에 사업가 출신이라 집안의 체통 따위를 들먹이는 일은 없었다. 두 분은 강단 있는 이북 사람답게 결론을 내렸다. 공부를 하든, 일을 하든 사람이 그렇게 유령같이 살면 안 되니까 학교가 그렇게 싫으면 집안일을 도우며 지내라고 하셨고, 집에서 일하던 가정부 두 사람 중 한 사람을 내보내고 그 일을 내게 맡겼다. 주로 장보고 청소하는 일이었다.

아침이면 커다란 한옥집을 청소하고 오후에는 시장에 가서 장을 보고 저녁이 되기 전에 대청마루며 다른 곳들을 물걸레질하고 닦았다. 신데렐라가 따로 없었다. 앞뜰에 각종 나무가 자라는 정원이 조경되어 있는 아주 커다란 한옥집이어서 집안일은 흔적도 없고 끝도 없었다. 처음에는 그런 일상이 학교에 가거나 학교에 가는 척하고 다른 곳을 돌아다니다가 집에 돌아오는 것보다는 나았다. 그러나 시간이 흐르면서 이렇게 반복적인 일만 하며 살다가 앞으로 뭐가 되려나 하고 고민이 되었다. 저녁 청소가 끝난 후에는 도서관에서 빌려온 책을 얼마든지 읽을 수 있었지만 아무 다른 잔소리도 없이 그냥 그렇게 사는 게 좋으면 그렇게 살라고 하는 부모님께 뭐라고 더 청할 말도 없었다. 지금 생각해보면 부모님이 워낙 고단수라 나를 달래거나 야단치지도 않고 스스로 삶의 방향을 정하는 시간을 갖도록 내버려두었던 것 같기도 하다.

그 한 해 동안 말하자면 인생수업을 철저하게 한 셈인데 이러다가 무엇이 될지 답이 나오지를 않았다. 다음 해 입학철이 지나고 마침내 용기를 내어서 이화여대 문과대 학장실을 찾아갔다. 다시 학교에 다닐 수 있느냐고 물으려는 것이었다. 그때 학장님이셨던 교수님은 큰 키에 조용하고 사려 깊은 느낌을 주는 분이었다. 그분은 이렇다 저렇다 이야기도 없이 작년에 입학하고 얼마 지나지 않아 학교를 그만두었다는 이야기에 휴학계를 내었느냐고 물으셨다. 그런 건 낸 적이 없다고 했더니 학기 전에 중간고사 시험이라도 본 적이 있느냐고 물으셨다. 시험 보기 전에 학교를 그만두었다고 했더니 그분은 잠시 침묵하셨다. 무단 휴학한 경우에 구제할 수 있는 방법은 그전 학기 성적이 B가 넘으면 교수진이 의논을 해서 합의를 한다든지 할 수는 있는데 시험도 본 적이 없으면 구제 방법이 없다는 것이었다. 아무 말도 더 하지 못하고 가만히 앉아 있다가 그냥 인사를 드리고 돌아 나오려는 내게 선생님은 좀 더 알아볼 테니까 다음 주에 어머니 모시고 함께 찾아오라고 약속 시간을 정해주었다.

정말 면목이 없었지만 어머니에게 자초지종을 이야기하자 두말도 없이 그날 함께 가자고 하시며 나섰다. 공들여 좋은 옷을 갈아입은 어머니를 보며 이건 초등학교 선생님을 뵈러 가는 것도 아닌데 무슨 오버인가 하는 생각도 들었지만 어머니는 이북 사람다웠다. 이런 일로 학교에 가자고 해서 죄송스럽다고 기어 들어가는 목소리로 이야기하자, 어머니는 사람이 살다 보면 별일을 다 겪는데 네가 이제야 한 번 혼이 나서 앞으로는 철없는 짓을 안 하는 액땜이 될 거라며 걱정 말라고 했다.

학장실에서 어머니는 불량한 초등학생 딸을 데리고 온 줄 아셨는지 이렇게 철없는 딸을 두어 심려를 끼쳐드려서 너무나 죄송하다는 말만 되풀이했다.

선생님은 기쁜 소식을 전해드리게 되어서 정말 다행이라고 했다. 아무 근거도 없이 학생의 학업 미래를 점칠 수는 없기 때문에 시험을 보지 않은 것이 문제가 될 수 있지만 입학 성적이 상당히 좋은 편이라 그것으로 자신이 앞으로의 학업을 보증하겠다고 해서 재입학 허가를 받아두었다는 것이다. 그리고 온화한 음성으로 이제 한 번 큰일을 겪었으니까 앞으로는 공부에 열중해 좋은 결과를 거두기 바란다고 조언을 해주었다.

그 후 어머니는 몇 번이나 그 자리에 엎드려 그분께 큰절을 드리고 싶었다고 이야기하고는 했다.

다시 학교에 나간 나는 일학년 신입생들과 한 반에서 공부를 해야 했고 함께 들어왔던 동급생들은 2학년이 되었다. 교정에서 마주치면 동기생들은 어떻게 된 거냐고 반색을 했다. 학교라는 곳이 얼마나 좋은 곳인지 다시 들어가서야 깨닫게 되었다. 큰 나무 그늘에 앉아 책을 읽고 지나다니는 행복하고 자유로운 사람들을 바라보고 있을 수 있다는 것은 젊음이 누릴 수 있는 최대의 특권이라는 걸 그제야 새삼 깨달았다. 채플은 여전히 많이 빠져서 졸업반일 때는 그 일수를 채우느라고 한 학기 내내 매일 채플에 참석했다.

나중에 나이 들어 작가가 된 졸업생의 자격으로 채플 시간에 짧은 강의를 해달라는 의뢰를 받았을 때 응낙은 해놓고 보통 고민이 되는 것이 아니었다. 무슨 이야기를 해야 할지 그 많은 학생들에게, 그 짧은 시간에….

그러자 이화여대에 다니고 있던 딸이 조언을 해주었다.

"엄마, 전혀 걱정하지 않으셔도 돼요. 무슨 이야기를 해도 아무도 듣는 사람이 없어요."

함께 폭소를 터트리고 나니 정말 발상의 전환이 저절로 이루어졌다. 다음 날 채플 시간에 바로 딸과 나누었던 이야기로 말을 꺼내기 시작했다. 그러자 폭소가 터지고 모두들 눈을 반짝이며 경청하기 시작했다. 지금 이 순간이 바로 내 삶의 가장 중요한 시간이라는 이야기를 흥미 있는 예를 들어 짧게 이야기했고 학생들의 열렬한 박수를 받았다.

그날 교정을 걸어 나오다가 마주치며 인사하는 학생들하고 이야기를 나누면서 신입생일 때 느꼈던 그 소외되고 방향감각을 잃었던 시간들이 내게 삶의 본질에 다가가는 기회를 주었다는 생각을 새삼 하게 되었다.

그리고 그 핵심에 잘못했던 일에 대해 정죄하지 않고 용서하고 받아들여주었던 교수님과 학교의 관대함과 배려가 놓여 있었던 것이다.

2
함께 갈 수 있는 길

글라써를 만나며

처음 현실치료의 창시자 윌리엄 글라써의 통역을 맡게 되었을 때 보통 긴장이 되는 것이 아니었다. 현실치료의 창시자이며 대가로 알려진 사람이라 혹시라도 부실한 부분이 생길까 봐 책도 미리 읽고 마음의 준비도 단단히 했지만 좀체 긴장이 가시지 않았다. 그런데 막상 만난 글라써는 소탈하고 편안한 사람이었다. 미리 강의 자료를 줄 수 있느냐고 묻자 그는 간단히 물었다.

"내 책을 읽었어요?"

"네."

"그럼 그 이야기를 그냥 하는 거라 쉽게 통역할 수 있습니다."

"그래도, 혹시…."

"잘 이해가 안 되면 내게 물으세요. 그럼 다시 이야기할게요."

그는 악수를 하면서 격려했다.

"아무 염려하지 마세요. 지금 알고 있는 이야기로 충분히 통역할 수 있습니다."

이상하게도 그의 말을 듣고 있는 동안 마음이 편안해지고 자신감이 다시 생겼다. 잘 못 알아들으면 몇 번이라도 물으면 다시 이야기 해주겠다는 말이 격려가 되었다. 그는 단순명료한 단어와 간단한 구조로 깊이 인간의 내면을 이해하는 이야기를 강연에서 들려주었다. 유머감각도 대단한 사람이었다.

그는 현실치료의 근간을 이루는 철학인 선택이론에 대해 강력하게 반론을 제기하는 친구가 한 사람 있었다고 했다. 어떤 상황에서는 인간에게 선택의 여지가 전혀 없다는 것을 무시한 이야기라고 그가 늘 말했다는 것이다. 글라써는 그 이야기를 짧고 간결하게 들려주었고 나는 어렵지 않게 그의 말을 따라가며 통역할 수 있었다.

한번은 그 친구가 라스베이거스의 도박장에 가서 화려한 호텔에 묵게 되었다고 했다. 데스크에서 여러 번 들은 주의사항 중 하나가 호텔 룸에 들어서자마자 바로 문부터 잠그라는 것이었다. 그런데 그는 가방을 끌고 일단 안쪽으로 들어간 후에 되돌아와 문을 잠그려고 했다. 그런데 그가 문을 열고 들어간 순간 강도가 바로 뒤따라 들어왔다.

손들어! 강도는 말했다. 그는 손을 들었다. 지갑을 내놓든지 네 목숨을 내놓아! 그는 순간 갈등에 사로잡혔다. 그 지갑은 특별한 추억이 담긴 아주 소중한 것이었다. 그는 지갑에서 얼른 현금을 다 꺼내 강도 앞에 놓고 말했다. 돈은 다 주겠다. 그렇지만 지갑은 안 되겠다. 이건 우리가 상상할 수도 없는 위험한 선택이었다. 사실 강도 사건이 일어날 때 어쨌든 제일 긴장해서 제정신이 아닌 건 강도 자신이기 때문이었다. 그는 의외의 대답을 하는 엉뚱한 고객(?)을 어떻게 해야 할지 순간적으로 당황했다. 강도는 자신의 말을 그대로 듣지 않고 멋대로 선택한 이 고객을 앞에 놓고 잠깐 갈등을 일으켰다. 그는 지갑이냐, 목숨이냐, 둘 중에서 하나를 선택하라고 선언을 했는데 이 정신 나간 남자는 돈은 주겠지만 지갑은 못 주겠다고 나온 것이다. 이제 이 강도가 선택할 차례였다.

글라써는 잠시 침묵했다. 강도는 총을 쏠지 아니면 그냥 돈을 받을지 선택해야 하는 입장에 놓인 것이었다. 청중 속에서 갑자기 한 사람이 소리쳤다. 강도가 총을 쏘았습니까? 그는 빙그레 웃었다. 그랬다면 내가 이 이야기를 누구에게서 전해 들었겠습니까? 청중들이 폭소를 터트렸다. 그는 말을 이었다.

"아무튼 그때 이후로 그 친구는 내 선택이론의 신봉자가 되었습니다. 그렇게 목숨이 걸린 상황에서도 인간은 나중에 생각해보면 말도 안 되는 행동을 선택한다는 것을 깨닫게 된 것이지요. 말하자면 우리는 운명의 희생자가 아니라 같은 상황에서도 다른 행동을 선택할 수 있는 힘을 지니고 있다는 것입니다."

이 이야기는 얼마나 인상적이었는지 다른 어떤 말보다도 내 뇌리에 깊이 새겨졌다.

그는 또 부부간의 갈등을 어떻게 해결하는지 역할연습을 보여주기 위해 두 사람의 자원자를 강단으로 불렀다. 현실치료에서는 역할연습을 할 때 자기 자신으로서 내담자 역할을 하는 것이 아니라, 배우처럼 자신이 상담한 적이 있는 내담자의 역할을 하는 경우가 많다.

두 사람 다 상담의 대가인 남자와 여자였다. 어떻게 해서 상담소에 오게 되었는가 하는 질문에 대해 남자는 아내에게 비난을 여자는 남편에게 비난을 퍼부었다. 글라써는 두 사람이 다 어려운 상황에 있는 것을 알겠다고 말한 후에 아내에게 물었다.

"남편의 좋은 점은 무엇인가요?"

아내는 당황해서 일순 머뭇거렸다. 왜냐하면 이제 자기 이야기에 공감을 하고 들어주면 모든 인생의 불행이 어째서 이 남자 때문에 비롯되고 있는지 숨도 쉬지 않고 떠들 준비가 되어 있는데, 느닷없이 좋은 점을 묻자 당황스러웠던 것이다.

"저는 지금 좋은 점이 문제가 아니라…."

"아니 아주 작은 점이라도 좋습니다."

"글쎄요…. 좋은 아버지라는 점일까요?"

"그건 충분히 좋은 점이군요."

그는 남편에게 고개를 돌렸다.

"아내의 좋은 점은 무엇입니까?"

그는 잠시 머뭇거렸다.

"… 마음만 먹으면 나한테 잘해요."

그는 몇 가지 이야기를 더 나누었다. 두 사람이 원하는 것은 행복한 결혼인지 불행한 결혼인지 물었다. 물론 두 사람은 다 행복한 결혼을 원한다고 대답했다. 그러나 그 행복한 결혼을 가로막고 있는 것이 상대방이라는 것이 주장의 골자였다. 그는 조금이라도 나은 결혼을 위해 배우자가 아니라 내가 할 수 있는 일이 무엇인가를 묻고 그 대답을 들었다. 글라써는 다음 쉬는 날에 다른 이야기는 아무것도 하지 말고 두 사람이 함께 공원에 가서 산책을 하고 돌아오는 것이 어떠냐고 제안을 했다.

그의 핵심 아이디어는 인생이 원하는 방향으로 가기 위해서 상대방이 무엇을 선택해야만 하는가에 매달리지 않는 것이다. 그리고 내가 무엇을 선택해야 하는가를 끈질기게 물어서 마침내 두 사람이 자신이 해볼 수 있는 일을 생각해볼 계기를 만들었다. 역할연습이 끝난 후에 그는 두 사람의 기분이 어떠냐고 묻자 아내가 불평을 했다. 내 불행감과 고통에 대해 공감을 해주시지 않아서 답답했다고 이야기하자 글라써는 빙그레 웃었다. 그는 대답했다.

"한 사람을 대할 때는 그 부분이 매우 중요하지요. 그렇지만 두 사람을 상담할 때 한 사람의 호소에 대해 깊이 공감해주면 상대방이 자신을 나쁜 사람으로 평가한다고 생각해서 반론을 제기할 가능성이 많습니다."

그때만 해도 공개 상담이나 역할연습을 공개적으로 하는 경우가 많지 않았기 때문에 그가 보여준 역할연습은 많은 사람들의 감탄을 이끌어내었다. 그는 이어서 말했다.

"지금부터 내가 이야기하는 것이 여러분에게 좀 생소하게 들릴 수도 있습니다. 사람들은 불행에 대해 상대방이나 타인이나 사회처럼 외부적인 상황에 모든 책임을 돌리고자 하는 경향이 있으니까요."

그는 진지한 표정으로 자신이 오랜 세월에 걸쳐 상담해오고 가르쳐 왔던 현실치료의 핵심 아이디어를 명료하고 깊이 있게 들려주었다.

우레와 같은 박수를 받은 그의 강의는 청중에게 우리가 언제나 다른 방식으로 생각하고 선택할 수 있는 힘이 있다는 믿음을 받아들일 수 있는 신선한 계기를 마련해주었다.

우볼딩을 만나며

로버트 우볼딩은 창시자 글라써와 함께 현실치료의 방법론의 초석을 놓은 대표적인 후계자이다. 인생의 기로에 섰을 때 어떤 선택을 할 것인가 하는 깊고 어려운 철학적인 문제를 그는 독특한 체계와 방법론을 내세워 전 세계를 여행하면서 가르치고 실연을 보여주었다. 그는 많은 사람들에게 현실치료의 방법론을 따라 상담을 하거나 자신을 깊이 이해할 수 있는 길을 열어주었다.

그 체계의 기본 틀은 아주 간결하다. 일단 내담자를 만날 때 어떤 환경을 조성해야 하는가에 핵심 아이디어가 있었다. 그와 함께 어떤 절차를 거쳐 내담자가 자신의 문제를 헤쳐나갈 수 있는 길을 찾도록 도와주는가 하는 점에 무게 중심을 두었다.

그 절차의 핵심을 이루는 요인은 희망, 공정함, 원칙 지키기 등이었다. 잘 듣고 공감해주며 이해해주는 환경을 조성하고 함께 지켜나가야 되는 절차로 그는 그 유명한 WDEP를 들려주고 있다. W는 바라는 것Want의 약자이고, D는 행동하기Doing의 약자이다. E는 자기-평가Self-Evaluation의 약자이다. 마지막 P는 계획하기Planning의 약자이다.

불평과 불만과 한탄을 두서없이 되풀이해서 이야기한다고 해서 우리 마음이 편해지기는 어렵다. 일단 타인에 대한 비난과 불평을 멈추고 자기가 무엇을 원하고 있는가 하는 것에 대해 자신의 마음을 이해하고 들어주는 상담자와 함께 탐색해보는 것이 우선 해볼 수 있는 일들 중 하나일 것이다.

실상 우리들의 불행감의 핵심은 대인관계이거나 경제적인 문제이거나 성취의 문제이거나 간에 한마디로 요약하자면 원하는 대로 되고 있지 않는다는 이야기이기 때문이다. 그다음에 진정으로 원하는 것은 무엇인가에 대한 탐색이 따라올 수 있는데, 그 원하는 것을 얻은 후 궁극적으로 무엇을 얻고 싶은가 하는 데 관한 질문이다.

예를 들어 돈을 많이 벌고 싶은 게 바람이라면, 그 돈을 벌면 무엇을 하고 싶은가 하는 것이 진정한 바람에 가까울 것이다. 결혼하고 싶은 게 바람이라면 결혼해서 무엇을 얻고 싶은가 하는 것이 진정한 바람에 가까울 것이다.

이는 사람들마다 다를 것이다. 좋은 집을 원하는 사람도 있을 것이고 공부를 마음껏 더 하고 싶은 사람도 있을 것이고, 어머니를 편하게 해드리고 싶은 사람도 있을 것이고, 자유롭게 여행하면서 실생활에 얽매여 살고 싶지 않은 바람이 있을 수도 있다.

강력한 신분제 사회에서는 진정한 바람이라는 것은 하위 계층의 사람에게는 원천 봉쇄되어 있었다고 볼 수 있다. 그렇지만 모든 사람이 자유롭고 모든 사람이 원하는 삶을 살아갈 수 있는 것처럼 부추기는 민주주의의 환상적인 틀 안에서 사람들의 불행감이 더 깊어지는 것은 인생의 아이러니가 아닐 수 없다.

사실 우리가 식당이나 호텔이나 공항 같은 데서 불친절하다고 화를 내는 것은 내가 원하는 것을 원하는 대로 해주지 않기 때문이다. 우리는 원하는 것이 있으면 어쨌든 행동을 하게 되어 있고 그 행동의 구성 요소가 생각과 행동, 느낌, 신체반응이라고 보는 것이다.

중요한 사실은 원하는 것이 있을 때 내가 어떤 행동을 하는가를 스스로 살펴보고 자신의 행동이 원하는 것을 얻게 해주는지 스스로 평가해보도록 하는 것이다. 만약 자신의 행동이 원하는 것을 순조롭게 얻는 방향으로 가고 있다면 우리가 상담 받으러 가지 않을 것이다.

그렇다면 원하는 바를 바꾸든지 행동을 바꾸든지 아니면 둘 다 바꾸든지 할 수 있다면 불행감의 극치에서 어느 정도 헤어나올 수 있을지도 모른다.

물론 우리가 절대빈곤이나 불치병 같은 문제에 이렇게 쉽게 접근하기는 어려울 것이다. 그러나 중요한 사실은 우리가 좀 더 나은 방향으로 가고 싶으면 지금과 다른 행동을 선택할 수 있고, 그것에 대한 계획을 상담자와 내담자가 함께 세워볼 수 있다는 것이다.

계획을 세울 때 가장 좋은 것은 내담자가 스스로 내어놓는 계획이고, 두 번째로 좋은 계획은 상담자와 내담자가 함께 의논해서 세우는 계획이고, 세 번째로 좋은 계획은 상담자가 제안해볼 수 있는 계획이라는 것이 이 아이디어의 핵심을 이룬다.

글라써는 이런 방법이 상담이라기보다는 지시에 가까운 것이 아니냐는 비판도 가끔 받았지만, 그는 관념적인 계획에 머물지 않고 실제적이고 구체적인 세상에서 자신과 타인에게 도움이 되는 아주 간단하고 단순하고 긍정적인 계획을 세우는 것이 현실치료 상담의 초석을 이룬다고 보았다.

예를 들어 부자가 되겠다, 좋은 대학에 가겠다, 애인을 사귀고 싶다, 이런 크고 막연한 일들이 계획대로 안 된다고 아무 일도 안 하면서 불평만 하는 것보다 원하는 곳으로 갈 수 있는 방향을 향한 첫 번째 스텝, 말하자면 오늘 밤에 공부하겠다라든가 마음에 드는 사람에게 먼저 말을 걸어보겠다는 식으로 첫걸음을 떼어보는 과정이 중요하다는 것이다.

현실치료는 스토아 철학의 핵심 아이디어와 유사하다는 평을 듣기도 한다. 다른 사람이나 환경에 대해 화를 내거나 거부감을 갖기 전에 내가 무엇을 원하고 있는데 이루어지지 않아서 화를 내고 있는가를 한번 되돌아보는 것이 도움이 된다는 것이다.

그리고 원하는 것을 얻기 위해서 할 수 있는 가장 작은 단위의 계획을 세워본다는 것이다. 물론 이렇게 간단하게 모든 일이 진행되는 것은 아니지만 우리가 가끔 신문지상이나 주위를 통해 듣게 되는 감동적인 이야기들은 거의 다 상황의 열악함에도 불구하고 마음의 평화를 찾고 주위 사람들에게도 행복을 전해주는 작고 단순한 실천을 하고 있는 사람들의 이야기이다.

불치병에 걸려 어려움을 겪고 있지만 항상 주위 사람들에게 밝은 미소와 인사를 건네던 어린 소년의 이야기나 환경문제를 거세게 비난하기 이전에 쉬는 날 야산에서 쓰레기들을 치우는 청소년의 이야기, 양로원에서 자기보다 더 찾아오는 사람이 없는 노인을 위해 말

동무를 해주는 행동 같은 것들도 이런 범주에 들어가는 일들일 것이다.

글라써와 우볼딩과 함께 현실치료를 처음으로 우리나라에 소개하고 불행감과 우울감에 젖어 있는 많은 사람들을 돕기 위해 심혈을 기울여온 한국심리상담소의 김인자 소장님의 노고가 이런 일들을 가능하게 했다. 한 사람의 노력이 얼마나 많은 사람들이 새로운 인생의 길을 찾아가는 데 도움을 줄 수 있는가 하는 모범을 보여주는 사례가 아닐 수 없다.

남북분단의 본질적인 어려움 앞에서 마음 놓고 자라나지 못하는 나무 같은 입장에 처해 있는 우리나라 사람들이 불행감과 괴로움을 이겨내고 서로 이해하고 돌보며 함께 갈 수 있는 여러 길 중 하나를 현실치료도 담당하고 있다는 생각이 든다.

고단한 삶을 성심껏 살아낸 당진 김씨

유학생이었던 남편과 함께 미국에서 지낸 팔 년 반의 세월 동안 내가 그리워했던 건 태어나고 자란 도시가 아니라 햇살이 내려 쪼이는 툇마루며 밭의 흙과 마당이 경계 없이 어우러진 시골집의 정경이었다. 대학을 졸업한 후 강원도 간성에 있는 화전민 학교에서 일 년여 가르쳐본 기억과 여름방학, 겨울방학 때면 3주 동안 꼭 따라나서던 농촌봉사의 경험이 내가 기억하는 내 나라와 고향의 이미지였다. 그 산골학교에서 가르치면서 냇가에서 빨래를 하고 집 앞의 텃밭에 오이며 상추, 호박, 감자 등을 길러 먹던 정경이 미국에서 살 때도 꿈처럼 눈앞에 아른거리고는 했다.

1970년대의 대부분을 미국의 광활한 중서부, 미시간 주에서 보내고 1980년대 초에 귀국했을 때 보금자리로 마련한 6층 꼭대기의 작은 아파트는 세상의 한 귀퉁이에 매달려 겨우 살아남은 것 같은 느낌을 주었다. 남편이 당진읍에서 차로 십 분쯤 들어가야 하는 원당리 은곡의 야산 앞에 작은 집과 텃밭을 마련했을 때에야 비로소 귀국한 것 같은 안도감과 소속감을 느낄 수 있었다.

대학에서 가르치던 남편은 당진의 시골집에 마음대로 가지 못해 늘 조바심을 냈고, 나는 세 아이의 치다꺼리와 학교 강의 등에 밀려 자주 가볼 수가 없었다. 옛날식 그대로의 화장실과 샘터를 갖춘 시골집은 허줄하고 엉성했고, 겨울 추위와 여름 더위는 극심한 데다가 모든 시설은 불편하기 짝이 없었다. 그러나 감나무, 호두나무, 자두나무, 밤나무, 은행나무, 백일홍 등으로 둘러싸인 맑고 품 넓은 자연의 풍광과 사람들의 인정은 그 불편함을 덮고도 남았다.

그곳에서 처음 만난 무던한 아낙이 〈당진 김씨〉에 나오는 아내의 모델이 되었다. 가끔 남편이 자기를 인물이 없다고 구박한다고 지나가는 농담처럼 말하던 그 아주머니가 갑자기 말기 위암 선고를 받았다. 아내의 생명의 불이 꺼져가는 동안 그 남편은 병원 가까운 곳으로 거처를 옮겨 가며 수발을 들었다. 그러나 모든 정성도 효험이 없어 그녀는 세상을 뜨고 말았다. 그 장면들을 여기저기서 지켜보면서 마음속에 한 이야기가 구성되어 자리를 잡았는지도 모른다.

그 아낙은 성품이 강직하고 인정이 넘치며, 김치 한 사발이나 부침개 하나, 나물 한 접시라도 나눠 먹자고 들고 내려오던 사람이었다. 그녀가 세상을 떠났다는 전갈을 들으면서 마음 한구석이 비어 휑해지는 것만 같았다. 내가 지니고 싶었던 고향의 이미지에 가장 가까운 사람이 그녀였기 때문이었다.

그 후 소설 습작을 시작하면서 그녀의 이야기를 쓰고 싶었던 것은 단순한 우연만은 아니었다. 어떤 의미로 나는 그녀를 위한 진혼곡을 쓰고 싶었다. 책의 한 구절에 쓴 대로 "고단한 삶을 성심껏 살아낸" 한 아낙의 삶을 세상의 쨍쨍한 햇볕 아래 내어놓고 싶었는지도 몰랐다.

새로 들어온 후처의 이야기도 거의 사실에 가깝다. 그러나 그 부분을 제외한 다른 사람들은 전혀 개인적인 모델이 없이 형상화되어 태어난 인물들이다. 사건 하나하나는 단순한 에피소드로 알려졌던 일들이었지만 구체적으로 그 모델이 된 사람의 기질을 그대로 드러낸 것은 아니다. 이 사람에게 느꼈던 부분, 그리고 저 사람에게 느꼈던 부분들이 모여서 한 인물로 형상화되고는 했다.

《당진 김씨》에 등장하는 부동산업자 '덕칠이' 외에 이 글에 등장하는 사람들은 다 이름이 없다. 심지어는 이 소설집을 관통하다시피 등장하는 김씨조차도 이름이 없다. 이미 마음이 고향을 떠난 덕칠이 말고는 나는 아무에게도 일부러 이름을 주지 않았다. 그들이 그대로 우리 속에 내재해 있는 자기 자신의 일부인 것처럼 느껴져서였다. 우리가 지녀왔던 한국인의 정서, 인정, 갈등, 용서, 화해 이런 장면들이 한 사람 한 사람에게서 드러나면서 결국 그 모든 다양한 인물들이 내게 고향이라는 큰 이름으로 찾아와 주었는지도 모른다.

《당진 김씨》의 이야기들을 하나씩 써나갈 때는 가장 작은 일에 우주가 깃들인다는 생각이 마음속에 조금씩 스며들던 때인 것 같다. 〈자두〉에 등장하는 박씨네며 〈가로등〉에 등장하는 박씨, 〈수의〉에 등장하는 박씨네 친척들이며, 〈문지기〉의 최씨, 〈학자〉에 나오는 김주사, 〈첫사랑〉의 고씨, 〈자전거〉에 나오는 임씨, 〈대화〉에 나오는 정씨, 첫 번째 작품 〈당진 김씨〉와 마지막 작품 〈귀가〉에 등장하는 김씨들이 모두 다 지난번 들렀을 때 겨울 밭두둑에서 만났던 정다운 한 사람처럼 내게는 느껴진다.

처음에 김씨와 그 아낙의 이야기를 썼을 때는 이곳의 이야기를 열 편이나 써서 한 권의 책으로 묶여 나오리라고는 상상도 하지 못했다. 그러나 이야기가 쌓여가면서 다른 종류의 글들이 섞이지 않은 당진 마을의 이야기만 오붓이 한 책 속에 다듬어 넣고 싶은 생각이 샘솟듯 했던 것도 사실이다.

《당진 김씨》가 책으로 나온 후 많은 사람들에게 인사를 받는다. 들어서 제일 흐뭇한 말은 이 글이 자기에게 다시 고향을 되찾게 해주었다는 인사이다. 무던한 아낙의 죽음을 보면서, 또 새 아낙이 들어와 적응하는 것을 보면서 쓴 글들이 살아 있는 생명체처럼 숨 쉬며 사람들과 만난다는 생각을 하면 큰 보람이 느껴진다.

이제 아주 작은 일들이 모여 큰 구성을 이루게 된다는 것을 경험하면서 새로운 세상의 지평이 또 한 번 눈앞에 펼쳐지는 느낌을 갖게 된다. 사람들이 이 책과의 만남을 정다운 고향 사람과의 조우처럼 흐뭇하고 편안하게 여길 수 있게 되기를 바랄 뿐이다.

소설반에서

1990년대에는 여기저기에서 소설창작반이 대성황을 이루었다. 각 신문사에서 운영하는 문화교육반이 있었고, 기성 소설가들이 자신에게 사숙하는 작가 지망생들을 그룹을 만들어 작품 지도를 하기도 했다.

대학원 박사학위 논문을 쓰기 전에 한 학기를 쉬면서 나는 소설을 써보고 싶다는 열망에 사로잡혔다. 당선을 바라는 것도 아니고 그저 한 편만 써서 마무리라는 것을 해보고 싶었다.

노트와 연필을 들고 이리저리 소설을 써보려는 시도를 해보았지만 어림도 없었다. 우선 이야기가 연결이 되지 않는 데다가 어디서 끊고 어디서 다시 연결을 해주어야 하는지, 혹은 오늘 주인공이 누군가와 약속을 했는데 일주일 후가 그 약속시간이라면 그 일주일을 어떻게 뛰어넘어 약속 장소까지 가는 묘사를 해야 하는지 알 길이 없었다.

중요한 것은 두 사람이 만나 주고받는 이야기인데 그 이야기까지 가기 전에 어떻게 그날을 기다렸나, 또 어떻게 그 약속 장소에 갔나

하는 것들을 구구절절, 중언부언 쓰는 바람에 글은 늘어지기만 했다. 장면 전환의 방법이라는 것이 따로 있는 것일까? 아무튼 그때 처음으로 소설창작반에 다니면서 공부를 해보아야겠다는 생각이 들었다.

동아일보사에서 운영하던 문화센터의 소설반은 상상 이상으로 흥미진진했다. 삼십여 명의 사람들이 모여 창작반 강사의 강의를 듣고 누군가가 단편소설 한 편을 써서 준비해오면 바로 복사해서 나누어주었다. 그러면 그 주에 그 작품을 읽고 다음 주에 와서 각자가 총평을 하면 강사가 거기 덧붙여서 가감을 하거나 최종 비평을 하고 소설의 이론을 가르치는 형식으로 두 시간 강의를 끝맺고는 했다.

과거로 돌아가 시작할 것인가, 현재에서 바로 들어갈 것인가, 아직 일어나지 않은 미래에 대한 고민이나 불안 혹은 행복의 예감에서 시작해야 할 것인가.

총평과 질문은 끝이 없이 밀려나왔다. 대체적으로 문학 지망생들의 특징 중 하나는 대단히 날카로운 비판의식을 가지고 다른 사람이 쓴 소설 습작의 문제점을 조목조목 지적할 힘이 있는 것이었다. 그렇지만 진짜 문제는 자신이 쓴 글도 타인의 비판의 칼날을 비켜갈 수 없다는 점이었다. 총평이 끝나면 눈물이 글썽해서 그냥 밖으로 나가버리는 사람도 있었고, 그게 왜 그렇게 될 수밖에 없는지에 대해 간절한 해명을 하는 사람들도 있었다. 그 속에 숨은 뜻을 깊이 헤아려 달라고 읍소를 하는 경우도 있었다.

직접 생각하거나 말한 적도 없었지만 나는 스스로 이해하지 못할 정도로 정말 소설가가 되고 싶은 간절한 욕구가 있었던 것 같다. 소설반에 나도는 농담이 있었다. 진정한 문학인은 시인뿐이라는 것이었다. 그리고 도저히 시가 안 써지면 소설이나 써볼까 하고 이런 저런 소리를 두서없이 중얼중얼 쓰기 시작한다는 것이다. 도저히 줄거리도 안 잡히고 구성이 안 되면 수필을 써보고, 피천득의 글처럼 간결하고 매력적인 글이 써지지 않으면 일기를 쓴다는 것이다. 별로 할 이야기도 없고 아무 이야기도 자기 삶에 대해서 쓰고 싶지 않으면 그다음에 가계부나 수입지출 내역서를 쓰게 된다는 것이다.

그래서 우리들끼리 혹평을 듣거나 도저히 습작이 진행되지 않거나 자기가 쓴 글이 정말 헛소리처럼 느껴질 때는 이제 슬슬 경계를 스스로 뛰어넘어 가계부나 쓰러 갈까 하는 농담들을 하기도 했었다.

내가 제출한 소설의 비평을 듣던 나는 옆에 앉은 짝에게 작게 속삭였다. 얼른 끝나고 가계부나 사러 가야겠어. 우리 두 사람은 쿡쿡 웃었다.

“지금 웃음이 나옵니까?”

강사가 말했다. 우리는 둘 다 조용해졌다. 사실 웃고 싶었던 것은 아니었다. 어쩌면 울고 싶었는지도 모른다.

왜 그렇게 일반적인 말들이 다 가슴에 와서 박히는 혹평으로 들렸던 것일까. 비웃는 소리 같기도 했다. 그러나 강사는 진지한 어조로 총평을 시작했다.

“가령 집을 짓는 데 비유를 한다면 이 작가는 집의 한 벽을 완벽하게 세우는 작업에는 성공을 한 것으로 보입니다. 이제 앞으로 온 힘을 기울일 일은 어떻게 다른 벽을 세우고 지붕을 그 위에 잇는가

하는 것입니다. 아직 미숙한 점도 있고 소설의 정통적인 측면이나 기교를 따라가지 않은 점도 있지만 그 부분은 나아지리라고 생각이 됩니다."

그는 잠시 말을 멈추었다가 이었다.

"만사를 제치고 내가 이 작가에게 가장 높이 평가하는 점은 이 글을 읽은 사람들을 울게 만들었다는 점입니다. 사람들을 울게 만드는 힘은 아무에게나 있는 것은 아닙니다. 사람들의 마음속 깊은 곳에 있는 무엇인가를 움직였다는 점이지요. 아무쪼록 정진해서 좋은 글을 많이 쓰는 큰 작가가 되기 바랍니다."

이 장면과 대사는 지금도 또렷하게 기억 속에 살아 있다. 한 사람의 격려가 마음에 들어오는 어느 한 순간이 한 사람의 인생에 얼마나 큰 영향을 주는지 생각나게 하는 순간이었다. 그다음에 습작이 잘되지 않을 때에도 나는 스스로에게 다시 들려주었다.

'나는 사람의 마음을 움직일 수 있는 힘이 있어. 그렇게 격려해준 사람이 있어. 정말이야….'

〈당진 김씨〉는 창비에서 처음으로 《창작과비평》에 실어주었고, 나중에 이어서 쓴 〈자두〉, 〈가로등〉이나 〈학자〉 등의 작품을 같이 묶어 창작집 《당진 김씨》로 출판해주었다.

나중에 이화동창문인회에서 주관하는 이화문학상을 그 작품집으로 인해 수상하게 되기도 했다. 〈당진 김씨〉는 생애 최초로 내게 소설가라는 칭호를 지닐 수 있게 해주었던 잊지 못할 첫 작품이 되었다.

나의 정혜

어느 날 오후 낯선 사람의 전화를 받았다. 그 사람은 자기가 영화 코디네이터라고 소개를 했다. 출판사에 전화해서 전화번호를 받았노라고 하면서 영화감독 이윤기가 내가 쓴 소설 〈정혜〉라는 작품을 영화화하고 싶어 하는데 한 번 만나서 의논할 수 있느냐고 물었다.

느닷없는 제안이라 의아하기는 했지만 호기심이 생겼다. 만날 시간이 언제가 좋으시냐고 했더니 지금 괜찮으시면 오늘이라도 덕수궁 옆에 있는 조용한 찻집에서 만나자고 했다. 그럼 그러자고 하고 나갈 채비를 하면서도 어떻게 그 잔잔하고 짧은 단편을 영화화하겠다는 생각이 들었는지 마음 한구석에 의아하기는 했다.

사실은 그전에 여성동아 장편 당선작이었던 《트루먼스버그로 가는 길》을 어느 TV 방송국에서 미니시리즈로 하자는 제안을 받은 적이 있었다. 이야기가 진행되다가 미국과 한국을 오가야 하고 제작비가 너무 든다는 이유로 윗선에서 거절당했다는 연락을 받았었다.

그런데 〈정혜〉라니…. 내가 쓴 장편이나 단편 중에서 가장 영화화가 불가능한 작품을 꼽으라면 바로 〈정혜〉일 것이기 때문이었다. 이렇다 할 사건도 없고 두드러진 러브스토리가 있는 것도 아니고 움직임의 동선이 완전히 우체국과 아파트로 제한되어 있는, 어떻게 보면 영상화하기가 거의 불가능한 글이기 때문이었다.

처음 찻집에서 만난 이윤기 감독은 조용하고 내향적인 느낌을 주었다. 그는 의외의 이야기를 들려주었다. 자기가 조감독 일을 하던 때 여성동아 동인지에서 〈정혜〉라는 단편을 읽고 앞으로 감독 일을 하게 되면 그 첫 번째 작품으로 정혜를 만들어보리라고 마음속으로 혼자 결심을 했다는 것이었다.

어쨌든 나는 어떤 이견도 없이 대찬성이었다. 책들을 몇 권 내기는 했지만 도대체 내 소설을 읽는 사람들이 있기는 한지 의아할 때였기 때문이다. 그래서 원작료에 관해 감독이 천천히 입을 열자 나는 일언지하에 그런 건 다 필요 없고 영화 만드는 데만 전념하시면 좋을 것 같다고 이야기했다. 감독과 프로듀서 그리고 나는 한 자리에 앉아 아주 오랫동안 문학과 영화에 대해 이야기를 나누었다. 오래 기억에 남게 되었던 즐거운 모임이었다. 얼마 후 정부의 지원금도 받을 수 있게 되어서 영화를 제작하는 일은 잘 진척이 되고 있다는 연락이 왔다.

작품이 완성되기 전에 감독이 조심스럽게 제목을 조금 바꾸어서 '여자, 정혜'로 해도 좋겠느냐고 물었다. 영화는 소설과 다르니까 물론 그렇게 해도 좋다고 대답했다. 다른 때 같으면 이제는 영화 제목에서 남녀의 성별을 밝혀야 한다는 법규가 생겼느냐고 농담을 했을지도 모르지만 그럴 계제가 아닌 것 같았다.

이 작품은 부산영화제에서 공개가 되고 외국의 여러 가지 상을 두루 받으면서 한동안 초미의 관심을 끌었다. 자기가 쓴 글이 형상화되어 그 주인공이 실제로 살아 있는 사람으로 책 속에서 걸어 나와 말하고 움직인다는 것은 실로 신기한 경험이었다.

내가 쓴 글 속에서 나온 정혜는 화면 속에서 조용히 걸어 다니고 움직이며 외롭게 살아가면서도 세상을 향해 자기 마음을 드러내 보이고 싶어 하고 있었다. '정혜'라는 제목의 그 여자 모델이 있느냐는 질문을 여러 번 받은 적이 있다. 이런 일은 신기한 경험인데 그런 모델은 전혀 없었고 이름도 어느 날 그냥 떠오른 이름이었다. 우리 집 앞에 있는 큰 길을 건너면 골목길 안에 작은 우체국 취급소가 있었다. 편지나 책을 보내러 자주 들르던 그 장소가 이 작품의 아이디어를 처음으로 내게 주었다. 정혜라는 이름의 상처받은 외로운 영혼은 스스로 일어나 내게로 걸어왔던 것이다. 가끔 글을 쓴다는 일의 신기함을 경험하게 해주는 사건들이 있다. 그 상상 속의 이야기에서 주인공인 정혜가 깊은 고독 속에서 다른 사람들에게 자신을 드러내며 걸어가게 되었던 장면이 실제로 우리 앞에 나타난 것이다.

영화 시사회에서 그 영화를 찍은 스태프들을 만나 이야기를 나누다가 한 사람이 이윤기 감독의 별명이 무언지 아느냐고 내게 물었다. 물론 나는 모른다고 대답했다. 그는 웃음을 참지 못하더니 그의 별명을 들려주었다. '남자, 정혜'라는 것이었다. 나는 웃음을 터트렸지만 사람들의 마음속에 밀물처럼 스며드는 어떤 삶에 대한 동일한 느낌이 우리가 영혼의 교류라고 부르는 것이 아닐까 하는 생각도 들었다.

그리고 정혜의 이야기가 영상으로 우리 앞에 나타나게 되었던 것이다. 자기가 쓴 글의 주인공이 실제로 화면에 나타나 움직이고 이야기하고 소외감 속에서 사랑을 갈구하는 조용한 모습을 보는 것은 생애 처음 느껴보는 경이로운 기분이었다.

트루먼스버그로 가는 길

박완서 작가의 등단지로 알려진 여성동아의 장편소설 공모는 지금 아쉽게도 중단되었지만 한동안 소설가를 꿈꾸는 예비 여성 작가들이 가장 많이 타깃으로 잡는 등용문이었다. 여기 응모하기 위해 오랜 시간 공들여《트루먼스버그로 가는 길》이라는 장편소설을 준비했다. 〈오스모에 관하여〉라는 단편소설에서 확대되어 과연 사람의 생애에서 자유의지와 운명론은 어떻게 공존할 수 있는가에 대한 질문이 소설의 내면에 깔려 있는 글이었다.

글을 함께 쓰던 선배가 "12월 초까지 연락이 오지 않으면 거의 떨어진 걸로 생각하면 돼"라고 조언했다. 11월은 정말 더디게 흘러가고 12월이 되어서 7일이 되고, 8일이 되고, 9일이 지나도 아무 소식도 오지 않았다. 드디어 10일이 지나자 낙담은 말할 수도 없이 깊어졌다. 하기야 단 한 편을 뽑는 응모에 수십 명이 지원하는데 자기가 당선되어야만 한다는 생각은 하릴없는 독선에 가까운 일인지도 몰랐다.

나는 10일이 며칠 지난 후에 내가 보냈던 장편소설 원고 복사지를 숨겨놓았던 책장에서 꺼내 다시 읽어보았다. 응모한 후에 결과를 알게 되기까지 다시는 보고 싶지 않았던 글이었다. 이제 떨어졌다는 확신이 든 후에 읽어보니까 정말 허술하고 엉성하고 말도 안 되는 소설이었다. 나는 크게 한숨을 내쉬고 원고를 제자리에 돌려놓았다. 아무려면 당선이 되겠어? 이런 말로 스스로를 마음 놓게 하는 연습을 매일 해왔지만 막상 떨어졌다고 생각하니까 보통 낙망이 되는 것이 아니었다.

'할 수 없지.' 나는 스스로에게 속삭였다. 이렇게 나이 든 감성으로 대체 누구의 마음을 움직이겠다는 거냐. 그리고 잠자리에 들었지만 좀체 잠이 오지 않았다.

다음 날 오후에 강의에 나가려고 준비를 하고 있는데 전화가 울렸다. 나갈 시간이 촉박해서 받을까 말까 잠깐 망설이다가 전화를 받았다. '여보세요?'라는 응답에 저쪽에서 차분한 음성이 들려왔다. '여기 여성동아인데요.' '네?' 나는 전화를 움켜쥐었다.

"우애령 씨 계십니까?"

"전데요."

"저, 이번에 저희 장편소설 당선작으로 우애령 씨의 작품이 선정되었습니다."

한동안 숨이 멎는 것 같았다. 아무 말도 하지 못하고 있자 그쪽에서 다시 물었다.

"혹시 본인이 아니신가요?"

그제야 말문이 터졌다.

"정말인가요? 정말 제가 당선되었나요?"

그쪽에서 웃음 섞인 어조의 대답이 들려왔다.

"네. 그렇습니다. 최종 작품 결정에서 조금 시간이 걸렸습니다."

"감사합니다. 정말 감사합니다."

나는 목이 메어 더 말을 잇지 못했다. 그날 강의를 마치고 돌아와서 다시 읽은 소설은 정말 의미 있고 깊은 메시지를 전달하는 좋은 소설인 것처럼 느껴졌다. 살아가면서 다른 사람들의 인정을 받는다는 것이 자신의 삶에 얼마나 자신감을 되찾게 해주는 것인지 새삼 생각해 보게 되었다.

이 소설의 모티브는 결혼과 사랑에 대해 깊이 생각해보게 된 인상적인 사건에서 생겨났다. 바로 숲 속에 은둔해서 살고 있는 노철학자인 리처드 테일러와 그의 젊은 아내를 만난 일이다.

남편과 미국을 여행 중일 때 나이아가라 폭포를 지나 코넬 대학으로 가는 도중에 트루먼스버그에 있는 노철학자의 집을 찾아들어 그 집에 묵은 적이 있다.

철학자는 집 앞 정원 한쪽에 서재를 따로 짓고 거기서 책을 읽고 글을 쓰며 지낸다고 했다. 집으로 들어가는 입구에 서 있는 나무 그늘 아래서는 손수 벌을 길러 모은 꿀을 병에 넣어 팔고 있었다.

그는 칠십이 다 된 나이로 열아홉 살의 처녀와 결혼하여 큰 화제를 불러일으켰다. 아내가 된 젊은 처녀는 원래 대학에서 그의 강의를 듣던 신입생이었다고 한다.

그의 집에 가는 동안 나는 호기심과 함께 기이한 느낌이 들었다. 석양 무렵의 시골길은 호젓하고 고즈넉했고 숲의 향기가 주위를 뒤덮고 있었다.

그렇게 나이 차이가 많이 나는 결혼이 과연 결혼의 의미를 지닐 수 있을 것인가. 거기다 이제 결혼한 지 몇 년이 지나 아들까지 낳았다니 호기심은 더 커지기만 했다.

두 사람은 아주 친근하고 편안해 보였다. 나이 차이가 나서 이상해 보이는 점은 전혀 없었다. 젊은 아내가 요리를 하는 동안 노철학자는 아기를 안고 어르며 정원을 산책했다. 나는 부엌에서 그녀와 이야기를 나누며 사소한 일들을 거들었다.

정성껏 대접받은 저녁식사 후에 노교수는 차를 마시며 여러 가지 이야기를 들려주었다. 그는 자신과 아내에 대한 세상의 관심을 알고 있다며, 소탈하게 천천히 이야기를 이어나갔다.

자기가 욕심이 많다고 말하는 사람들도 있는 것을 알고 있다고 했다. 남편이 먼저 죽고 나면 아내가 혼자 남아 더 큰 고생을 할지도 모르는데, 그런 상태에서 결혼하는 것은 너무 이기적인 태도라고 대놓고 말하는 사람도 있었다고 했다.

그는 말했다.

"나도 생각을 많이 해보기는 했지요. 우리 두 사람은 서로를 너무 가깝게 느껴 함께 있고 싶어 했는데, 결혼이 아닌 어떤 명분으로도 함께 있기는 어려웠습니다. 하숙을 할 것도 아니고 동거인으로 세를 들 것도 아니고요. 나이 차이는 많이 나지만, 서로 사랑하게 된 한 남자와 한 여자가 함께 지낼 수 있는 가장 편안한 방법은 결혼이었지요."

그는 친근한 눈으로 아기를 안은 아내를 바라보며 말을 이었다.

"아마 자연의 섭리가 순서대로 온다면 내가 먼저 세상을 떠나겠지요. 아내는 세상에 살아남아 더 많은 삶을 누릴 겁니다. 그리고 누군가 다른 사람을 사랑하게 되겠지요. 나를 잊지 않는다고 다른 사람을 사랑할 수 없는 것은 아닙니다."

그는 파이프에 연초를 채워 넣었다.

"전에는 내게 중요한 일들이 너무 많아서, 중년이 되어서도 아이들하고 놀아줄 시간이 없었습니다. 항상 야심 찬 계획이 눈앞에 놓여 있었고, 성취와 진전은 매우 중요한 덕목이었지요. 이제 인생의 석양에 서서 삶에서 제일 중요한 부분이 무엇인가를 깨닫게 된 것 같습니다. 아기를 안을 때, 아내의 머리카락이 목덜미에서 날리는 걸 볼 때, 숲의 향기가 바람을 타고 전해질 때, 그것이 제일 중요하다는 것을 이제는 좀 알게 된 것 같습니다. 아내는 내가 인생을 다시 바라보고 살 수 있도록 도와주었지요. 그녀에게 감사할 뿐입니다."

젊은 아내는 아기를 안은 채 다가와 미소 지으며 그의 어깨에 손을 얹었다.

"모차르트를 듣다가 품에서 잠든 아기를 살며시 내려 요람에 눕힐 때, 나는 살아 있다는 황홀감에 전율하게 됩니다. 이제는 아내와 아기의 앞날의 삶에 대비해서 여러 가지 준비를 하려고 현실적인 문제에도 마음을 쓰고 있지요."

그는 젊은 아내와 함께 경로잔치에 참석해서 사람들을 놀라게 했던 이야기를 해주며 파안대소했다.

그가 들려주는 이야기는 가히 충격적이었다. 흔히 지니고 있는 결혼이라든가 육아라든가 미래에 대한 생각들이, 얼마나 우리가 만들어놓은 껍질에 불과한지가 새삼스럽게 느껴졌다.

그의 자유로운 사고에서 느꼈던 놀라움이 여성동아 당선작인 장편소설《트루먼스버그로 가는 길》을 쓰기 시작한 동기가 되었다.

그를 만난 이후 나는 전보다 훨씬 더 유연하고 자유로운 결혼관을 지니게 되었다. 현재를 얼마나 소중하게 바라보아야 하는가에 대해서도 새로운 눈을 뜨게 되었다.

전에도 책을 통해 그를 접하기는 했었지만, 노철학자를 직접 만나면서 아주 짧은 시간에도 삶의 전환점이 될 만한 만남을 가질 수 있다는 사실이 새삼 놀라웠다.

인생에서는 실제로 겪은 일인데도 오래전에 등불을 켜고 걸어갔던 꿈속의 일처럼 느껴지는 일들이 있다. 내게는 그 부부와 조우했던 숲 속 집에서의 시간들이 그렇게 느껴진다.

그가 살던 트루먼스버그로 인도해주던 나무들 사이의 오솔길이 지금도 기억 한가운데 선연하다.

3
우리들을 이끄는 인연

1945년 9월

만주 목단강가에서 살며 어린 세 아들을 두고 나를 가져 산달이 가까웠던 어머니는 해방 직전에 일본 군대에 끌려 나갔던 아버지의 전사 통보를 받았다.

눈앞이 아득해진 어머니는 경황이 없는 중에 아들이건 딸이건 상관없다는 이웃 부자 중국인에게 나를 태내 입양시켰다. 아기가 태어나자마자 그 집에 양자로 주기로 한 것이다. 그러나 해방이 되고 팔로군이 들어오는 바람에 부자 중국인 식구들은 다 도망가거나 죽고 그 집안은 풍비박산이 되었다.

해방이 되자 일본 사람들은 하나둘 철수했다. 어머니는 몸을 풀기만 하면 아이들을 데리고 고향인 황해도 사리원으로 내려가리라고 벼르며 해방의 소용돌이 속에서 집을 지키고 있었다.

태어나는 아기를 어떻게 해야 할지 근심은 어머니의 마음을 무겁게 내리누르고 있어 별별 궁리를 다 해보았다고 했다. 어떤 생각을 해도 뾰족한 대책은 없어 그저 막막한 상태에서 세월이 지나가기만 기다리는 형편이었다. 8월의 태양 아래서 어머니는 이 아이를 낳으면 그대로 두고 갈 수밖에 없다는 생각도 하고 장독대에 놓고 갈까, 집에다 그냥 두고 갈까, 별생각을 다 하면서 번민으로 밤을 지새웠다고 한다. 두세 살 터울인 어린 사내아이들 셋을 데리고 갓 태어난 아기와 함께 조선 땅으로 돌아가기는 거의 불가능한 세월이었기 때문이다.

그러던 9월 어느 날 검게 탄 얼굴에 까칠하고 지친 모습의 남자가 휘적휘적 집 안으로 들어서더라는 것이었다.

아버지였다.

아버지의 시계와 옷을 빼앗아 간 탈영병이 폭사하는 바람에 그 유류품만 보고 전사통지를 냈던 것이다. 반가워하고 이야기를 나누고 할 시간도 제대로 없이 식구들은 보따리를 이고 지고 길을 나섰다. 네 살 된 셋째 오빠까지 짐을 짊어졌다.

"서둘러 삼팔선을 넘어 이남 땅에 가야 한다. 이북 땅에 남으면 노동자 농민이 아닌 부유한 상인의 가족이라는 출신 성분 때문에 숙청당한다는 소문이 파다하다"고 아버지는 채근했다. 몸을 풀고 떠나면 안 되겠느냐고 간청하는 어머니를 아버지는 다그쳤다. 기다릴 시간이 없으니 가는 곳까지 가서 거기서 아기를 낳아야 한다고 아버지는 주장했다.

목숨을 걸고 사지를 헤치며 가족을 데리러 그곳까지 온 아버지는 모든 신경이 곤두서 있어 마치 낯선 다른 사람처럼 보였다고 어머니는 그 후에도 이야기하곤 했다.

광복 이후의 민심은 흉흉하고 어디 한군데 교통수단도 제대로 운영되는 곳이 없었다. 잠깐씩 인심 좋은 운전사를 만나 트럭을 얻어 타기도 했지만 타박타박 걷는 아이들과 임산부를 이끌고 남쪽으로 남쪽으로 걸어 내려오던 아버지 일행은 며칠 후 저녁 무렵에 함경도 고원에 도착했다.

마을에 몇 개밖에 없는 작은 여관들은 올망졸망한 아이들 셋과 만삭의 임부가 딸린 일행에게 방을 주려고 하지 않았다. 두 군데서나 거절당한 아버지는 어머니와 셋째 오빠를 밖에 숨겨두고 큰오빠와 둘째 오빠만 데리고 다른 여관으로 들어섰다. 전에 병원이었다는 이층 양옥 건물을 개조한 여관에서 아버지는 창문이 큰 아래층 방을 얻었다. 날이 어두워질 무렵, 셋째 오빠를 앞세운 어머니는 무거운 몸을 끌고 창문을 넘어 여관방으로 숨어들었다.

식구들이 걷기에 지쳐 죽은 듯 잠든 새벽 두 시 반쯤 어머니는 산기를 느꼈다. 어머니는 아버지를 깨워 해산 도움을 받으며 수월하게 아기를 낳았다. 걷느라고 고생한 끝인 데다가 경산부여서 산기가 있고 삼십 분도 안 된 새벽 세 시에 아기는 세상에 나왔다. 아버지가 아기를 받아 준비했던 가위로 탯줄을 끊고 깨끗이 빨아놓았던 아버지의 헌 옷으로 아기를 감쌌다.

새벽에 깜짝 놀랄 소식을 전해 들은 여관집 할머니는 다행히 후덕한 사람이어서 미역국을 끓여주고 소창으로 끊은 기저귀감을 내어주며 사흘을 쉬게 해주었다. 그 집에서 해주는 마지막 국밥을 얻어먹고 온 식구는 짐을 이고 지고 다시 남쪽을 향해 걸었다. 어머니는 몸조리도 제대로 하지 못한 채 아기를 안고 식구들을 따라 길을 나섰다.

그리고 다시 이어지는 대장정이 시작되었다. 그때로서는 자유와 희망을 찾아가는 길이었다. 삼팔선이 칼처럼 그어졌다고 했지만 그러다가 풀리려니 하고 머뭇거리는 사이에 삼팔선은 점점 더 굳어져 가기만 하는 시기였다.

임진강에 다다라 남하하는 마지막 관문을 건널 때는 혼란 속에서 배도 구할 수 없었다. 아버지 일행은 남하하다 만난 사람들 십여 명과 합세해서 베어놓은 큰 통나무를 얼기설기 엮은 어설픈 뗏목을 겨우 구해 어두운 강을 건넜다. 이쪽에 갓난아이가 있다고 태우기를 꺼린 일행도 있었지만 어머니가 절대 울지 않는 아이라고 사정사정하며 애원을 했다.

나는 얼마나 순한 아기였는지 눕히면 눕힌 채로, 안으면 안은 채로 가만히 있어 우는 법이 없었다고 했다. 그 당시 이북군은 월남하는 이탈자를 막는 본보기를 보인다며 들키기만 하면 남하하는 사람들에게 무차별 공격을 가한다는 소문이 흉흉했다.

뗏목이 강을 건너는 동안 아기는 울지 않았다.

달도 뜨지 않고 별만 총총한 밤, 아기는 눈을 뜨고 골똘히 별을 바라보고 있는 것 같았다고 아버지는 회상하고는 했다.

서울에 내려오자 세상이 뒤숭숭하기는 했지만 활기에 차 있었다. 혼란 통에 첨단 기계며 자동차들을 감당할 능력이 있는 일본 사람들은 철수하고 기술자들의 숫자는 적었다.

젊어서부터 새로운 기계문명에 관심이 많았던 아버지는 처음으로 차를 몰고 다니며 고향 사람들을 놀라게 했던 솜씨를 발휘해 자동차 관련 사업에 손을 대었다. 자동차 사업을 하면서 아버지는 막대한 부를 누리기도 하고 몰락을 경험하기도 했다.

원래 낭만적인 성향이 강해 기타 치기를 즐겨 하고 원고지 몇백 매 분량이 넘도록 소설을 쓴 적도 있었던 아버지에게 애당초 사업은 맞지 않는 일이었는지도 모른다. 아버지는 아들들과 달리 책 읽기를 좋아하는 내게 책장이 가득 차도록 책을 사주고는 했다.

어려서 가장 되고 싶었던 것은 비행사였고 그다음으로는 배우가 되고 싶었다는 아버지에게 사업은 원래 다른 세상의 일이었을 것이다.

해방둥이라는 이름으로 불렸던 첫딸을 아버지는 애지중지했고 이제 곧 통일이 되기만 하면 고향인 사리원으로 돌아갈 수 있으리라는 희망의 상징으로 딸을 대했다.

그 후 남북 분열은 고착되고 해방둥이라는 애칭이 우리 모두에게 부끄러운 징표로 남을 만큼 오랜 세월이 흘렀다.

월남한 이후 한국전쟁을 겪고 어지러운 정세와 상황의 격변을 겪으면서 생존의 어려운 길을 헤쳐 온 아버지와 어머니는 이제 여주 땅에 잠드셨다.

해방되던 해에 얻은 아기였던 나는 이제 인생이 그 시작한 시점으로 되돌아온다는 환갑의 나이도 훌쩍 뛰어넘은 노년기에 접어들었다.

한 사람의 인생이 꿈만 같다는 이야기가 아기를 안고 강을 건너던 이야기를 들려주던 아버지 생각을 할 때면 저절로 떠오른다. 아기일 때 임진강을 건너는 뗏목을 스치던 찰브락거리는 물결소리가 마치 들었던 것처럼 아련하게 느껴진다.

나는 문자 그대로 자유를 찾아가는 길에서 태어난 아기였다.

세상은 혼란스러웠지만 낙담하면서도 남한 상황이 아무리 나빠도 이북에서 노예처럼 꼭두각시로 사는 것보다는 사람 사는 자유가 있는 이곳이 백배 낫다고 하시던 아버지가 그립다. 뗏목을 타고 표류하듯이 격동의 한세상을 살았던 아버지.

자유로운 삶은 억압과 강제를 제일 싫어하셨던 아버지가 목숨을 걸고 추구했던 가치였다.

이제 아버지와 어머니는 타향 땅인 여주에 누워 계시지만 소원대로 안식과 자유를 함께 찾으셨길 빈다.

인연의 시작

대학 졸업후 강원도 산골인 선유실리에 있는 선혜학원에서 일 년 동안 아이들을 가르치고 서울에 돌아온 후 지인에게서 방송국에 영어 스크립트를 번역하는 프리랜서 일을 소개 받았다. 세계의 풍물을 비디오로 소개하면서 그 자막들을 한국어로 번역해서 내레이션으로 내보내는 일이었다. 그러다가 담당자가 다른 부서로 옮기면서 실질적으로는 필름 선택에서부터 거기에 따라오는 배경음악까지 담당하게 되고 영어 번역도 함께 하게 되었다.

각 나라의 유수한 대사관들은 자국의 풍물이나 역사, 문화를 소개한 필름들을 많이 보유하고 있었다. 나중에는 방송국 차를 타고 대사관마다 방문하면서 그 필름들을 골라서 가지고 오는 일도 함께 하게 되었다. 제일 필름을 많이 빌려오던 곳은 광화문에 있던 미국 공보원이었다.

필름들은 대체로 매우 흥미가 있었다. 미국의 필름들은 다양한 문화와 기회의 나라라는 이미지를 최대화한 필름들을 다채롭게 지니고 있었고, 프랑스 문화원은 예술적인 감각을 지닌 문화의 측면들을 다양하게 보여주었다. 독일의 필름들도 그 나라의 역사와 문화, 환경 등을 지방의 특색들을 살리면서 독일 문화를 여러 가지 각도에서 바라볼 수 있게 해주었다. 1970년대 초반인 그때만 해도 지금처럼 비디오나 여러 가지 다채로운 필름을 서로 나누고 전송하던 시대가 아니었다. 그래서 일일이 대사관을 방문해 필름을 빌려와서 15분 남짓한 시간에 맞게 편집을 하고 음악과 내레이션을 한글로 넣는 작업을 해야만 했다. 작업은 아주 흥미 있었다.

그러던 어느 날 방송국으로 걸려온 전화가 결정적인 인연의 시작이 되었다. 낯선 남자의 음성인데 자기가 공보원 필름 라이브러리의 책임자라고 했다. 내가 늘 만나던 사람의 음성이 아닌 젊은 음성이라 좀 의아하기는 했지만 무슨 일이시냐고 정중하게 묻자 내가 빌려간 필름들을 돌려주어야 하겠다고 대답했다. 아직 돌려줄 기한이 안 되었다고 하자 어쨌든 그 필름이 당장 필요해서 그런다는 대답이 돌아왔다. 마침 편집도 끝나고 방송도 아침에 나갔던 터라 오후에 방송국 차가 여의한 시간에 가져다 드리겠다고 했다.

그다음부터 진부한 전개라고 지탄을 받을 만한 전형적인 드라마의 한 장면이 시작되었다. 필름 라이브러리에 들어서자 안쪽 중앙 책상에 앉아 있던 젊은 남자가 내 이름을 듣더니 자기가 이곳 책임자라며 앞으로 나섰다. 그리고 보내주신 크리스마스카드는 고맙게 잘 받았다고 이야기했다. 앞쪽 책상에 앉아 있던 중년 남자에게 시선이 가서 멎으면서 나는 물었다. 선생님이 책임자 아니셨어요? 그는 아니라고 대답했다. 그 사람은 필름 관리를 맡은 직원이라고 했다.

나는 그만 웃음을 터트리고 말았다. 말하자면 내가 늘 만나던 직원에게 보낸 카드에 받는 이름을 책임자라고만 썼기 때문에 그 부서 책임자인 젊은 남자에게 간 것이었다. 내 이야기를 듣고 그는 좀 멋쩍어하면서 무언가 오해가 있었던 것 같은데 이왕 오셨으니 차나 한 잔 하자고 권하는 것이었다. 그거야 어려울 것이 없었다. 방송국에서 일하면서 남자와 여자가 거의 차별이 안 가는 중성적인 선머슴같이 되어버린 나는 서슴없이 물었다.

"여기서요?"

그는 바로 이 앞에 커피를 잘하는 찻집이 있다고 그 다방에 가자고 했다. 우리는 찻집에 마주 앉았고 그는 엉뚱하게 자기가 형이 일곱 명이라고 자기소개를 우선 했다. 그렇게나 많으냐고 눈이 둥그레진 내게 그는 누이도 일곱 명이라고 했다. 이 놀라운 다산가족의 이야기에 어리둥절해하는 내게 그는 사실 누이가 일곱인데 모두 다 결혼해서 형님처럼 지내는 매형이 일곱 명이라고 부연 설명을 했다.

아마 과거에 누이가 일곱이라고 이야기를 처음에 했다가 맞선이나 소개팅에서 모두 실패한 아픈 과거가 있는 모양이라고 했더니 그는 파안대소를 했다. 나도 따라 웃었다. 사실 그런 면도 있다고 했다. 그렇지만 나는 아무렇지도 않았다. 일하다가 만난 어떤 남자가 누이가 일곱이라는 것은 나하고는 실상 아무런 인과관계가 없는 일이었기 때문이었다. 이건 꼭 백설왕자와 일곱 누이의 새로운 동화판인 것 같다고 나는 웃음을 터트렸다.

후에 그는 누이가 일곱이라는 데 아무런 특별한 경악의 반응을 보이지 않는 내게 사실은 크게 낙담을 했다고 고백했다. 자기에게 조금이라도 마음이 있으면 무언가 실망의 기색을 보여야 하는데 너무나 씩씩하게 농담까지 하는 내가 자기에게 이성으로 대하는 마음이 전혀 없는 것 같았다고 덧붙였다. 찻집에서 그는 사실은 그 카드가 자기에게 온 것인 줄 알고 자기를 먼발치에서 그리워하던 방송국 사람이 카드를 보낸 것인 줄 알았다는 상상초월의 과대망상 증상을 실토했다.

어쨌든 첫 만남에서 우리는 둘 다 너무나 많이 웃었고 그는 최근에 이렇게 많이 웃어본 적은 처음이라고 다음에 또 만날 수 있느냐고 물었다. 시간이 되면 필름도 빌리러 가니까 다시 뵐 수 있게 될 거라고 하자 그는 애타게 거기서 말고 근무가 끝난 후에 다시 만날 수 있느냐고 물었다. 시간이 되면 방송국으로 연락하라고 하자 그는 그러겠다고 했다.

헤어지기 전에 그는 조심스럽게 자기는 아버지가 4살 때 돌아가셨고 홀어머니는 얼마 전에 돌아가셔서 자기 집에서 셋째 누이네 가족하고 함께 살고 있다고 말했다.

그는 나름대로 선보이러 나온 줄 아는 것 같았다. 어쨌든 그는 당시 기준으로 보면 자신이 최악의 결혼조건을 지니고 있다고 생각했던 모양이었다. 누이가 일곱이라고 하면 소개팅도 하기 전에 한두 번 딱지를 맞은 것이 아닌 것 같았다.

자기는 이렇게 만나자마자 친구처럼 즐거운 사람은 처음 만났다면서 이런저런 쓸데없는 인생사들을 거의 앞뒤 분별없이 고백하는 그를 보며 나는 웃음을 참을 수가 없었다.

"지금 맞선 보러 나온 줄 아시는 거 아니에요?"

그도 따라 웃었다.

그리고 우여곡절을 거쳐 그를 여러 번 만나면서 가까워졌다. 로타리 장학생으로 뽑혀 있다는 그의 고백에 의하면 일 년 동안 미국에서 친선대사 역할을 하러 각 도시를 돌아다녀야 하는데 뽑을 때 전제조건이 그 기간 동안은 미혼이어야 한다는 것이라고 털어놓았다. 결혼하자고 프러포즈한 것도 아니면서 더듬더듬 말하는 그의 고백은 가히 초고속이었다.

그 후 가까워진 우리는 양가 가족들이 모인 가운데 조선호텔에서 약혼식을 하고 그는 먼저 떠났다. 그가 각지를 돌면서 로터리 친선대사의 역할을 수행하는 동안 우리는 많은 편지를 주고받았다. 지금도 내가 작가가 될 수 있었던 원동력은 그 당시 했던 수많은 편지쓰기 실습에 기인한다는 그의 학설은 여전히 변하지 않고 있다.

일 년 후, 미국에 있어 보니까 이런 좋은 기회를 놓치고 싶지 않아 미시간대학에서 더 공부를 하고 싶다고 결심한 그는 내게 초청장을 보냈다. 그 당시만 해도 비자 기준이 상당히 엄격했기 때문에 비자를 받는 과정에서 여러 가지 어려운 고비가 있었지만 무사히 비자를 받게 될 수 있었다.

디트로이트에서 그를 만나 우리는 간소한 결혼식을 올렸다. 그동안 사귀었던 한국인 유학생들과 한인들이 정성을 다해서 결혼식 준비를 도와주었고 감리교회 담임목사님이 결혼식 주례를 서주셨다.

가까운 친구가 마침 그 근처에 갈 일이 있다고 우리를 나이아가라 폭포까지 태워주었다. 우리는 영화에 나오는 신혼부부처럼 나이아가라에서 며칠을 지냈다.

마릴린 먼로가 출연했던 영화 〈나이아가라〉에 나오는 폭포가 그대로 눈앞에서 펼쳐지는 광경은 실로 장관이었다. 거기서 바로 다리 하나만 건너가면 캐나다가 나타난다고 했다. 그쪽에서 바라보는 나이아가라 정경이 더 웅장하다고 해서 우리는 다리를 건너가서 나이아가라 정경을 바라보고 사진을 찍었다. 인간의 분출하는 욕망을 상징하는 듯한 나이아가라 폭포의 물줄기는 상상을 초월하게 장엄했다.

그 후 오랜 세월이 지난 후에 다시 나이아가라 폭포를 방문하면서 기이한 인연으로 이어지게 된 과거와 현재, 미래의 고리에 관해 더 많은 생각을 해보게 되었다.

너희들이 세상에 온 날을 기억하며

1973년 5월에 미국 디트로이트에 도착해 결혼식을 올린 다음 해인 1974년에 큰아들 진우가 디트로이트의 허츨 병원에서 5월 12일에 태어났다. 만삭이 거의 다 될 때까지 가발가게에서 일을 하다가 일을 그만두고 난 후 태어난 아기였다.

병원은 그 인근 병원들 중에서 가장 뛰어나게 좋다는 명성이 있는 병원이었다. 아기는 태어나서 건강하게 무럭무럭 자라났지만 태어난 지 몇 달이 지나자 교포 부인에게 어린 아기를 맡기고 일을 나가지 않을 수가 없었다. 그 당시만 해도 한국에서 돈을 가져다 쓴다는 것은 상상도 할 수 없이 환율의 차이가 났기 때문에 어쨌든 일을 해야 생활을 해나갈 수 있는 상황이었다.

아기를 낳고 처음 나간 곳이 부부가 운영하는 가발가게였다. 백화점 안에 있는 그곳은 깔끔하고 단정하게 정돈되어 있었고 찾아오는 손님들도 중산층 이상의 사람들이었다. 그곳에서 어느 날 젊은 백인인 이민국 직원의 방문을 받았고 다음 날로 이민국에 불려가게 되었다. 그 당시 유학생 부인의 신분인 F-2 비자를 갖고 일하는 것은 법적으로 금지되어 있었다. 나는 그 법을 알고는 있었는데 고용되는 것은 안 되지만 자신이 등록한 사업체를 운영하는 것은 괜찮은 줄 알았다고 진술했다. 그리고 미국 시민으로 태어난 아기가 있는 정황과 아일린 위그샵이라고 내 이름으로 정부에 등록한 것이 인정되어서 추방이나 다른 법적 처벌의 강력한 제재를 받지 않고 넘어갈 수 있었다.

그 후 우여곡절을 거쳐 간호대학에 들어가게 된 후에 돌이 지난 아기는 이 집 저 집에 맡길 수밖에 없었다. 새벽에 잠든 아기를 깨우고 하루 종일 먹일 것과 기저귀를 챙긴 다음 베이비시터 집에 맡기고 가는 일은 보통 힘든 일이 아니었다. 그쪽 사정에 따라 베이비시터는 자주 바뀌었고 아이에게 미안한 마음은 말로 다 할 수 없었다. 그 어려운 시기를 함께 고생하면서 별 탈 없이 버티어준 큰아이가 지금도 고맙고 대견하다.

학교를 졸업한 후에는 바로 그 도시에서 제일 큰 종합병원인 잉함 메디컬센터에서 일하게 되었다. 거기서 일하면서 1978년 3월 21일에 랜싱의 스패로우 병원에서 딸아이, 유진이를 낳게 되었다. 아기는 순산이었다. 그러나 산후 휴가 몇 달을 쓴 다음에는 다시 일하러 나가지 않을 수가 없었다. 이제 아이가 둘이라 어디에 맡길 수가 없어서 유학생 부인이 집으로 와서 아기를 돌봐주었고 주말에 일하게 될 때는 남편이 보아주었다. 아이들이 크게 앓지도 않고 건강하게 자라주어서 고마울 뿐이었다.

둘째인 딸을 가져서 만삭이었을 때는 사회복지대학원 시험을 볼 때라 대학원 규정에 따라 GRE 시험을 보러 갔었는데, 작은 책상과

의자가 달려 있는 자리에 겨우겨우 앉을 수가 있었다. 문자 그대로 책상과 의자 사이에 만삭인 내가 앉으니까 1센티미터의 빈틈도 생기지 않았다.

대학원에 첫 수업이 있던 날 돌이 안 된 딸아이를 아침에 어린이집에 맡겼는데 4시쯤에 찾으러 갔더니 너무 울어서 얼굴이 다 부어 있었다. 백인 어린이집 원장이 방에 들어오게 해서 이제 진정한 아기를 안고 들어갔더니 이 아이가 내가 놓고 간 순간부터 지금까지 하루 종일 자지도 먹지도 않고 울었다는 것이었다. 아마 백인과 흑인이 뒤섞인 그곳의 직원들이 너무 낯설어 보여서였는지도 몰랐다. 원장은 이 아기는 도저히 자기들이 맡을 자신이 없으니까 좀 클 때까지 집에서 개인적인 베이비시터를 고용해야 할 것 같다고 했다.

조금만 적응하면 괜찮을 거라고 사정했지만 자기들이 경험이 있어서 아는데 그럴 가능성이 거의 없어 보이는 고집 센 아기라는 것이었다. 하릴없이 아기를 안고 돌아와서 다음 날 당장 아기를 어디에 맡기고 일을 가야 할지 방향이 잡히지를 않았다. 할 수 없이 그 당시 아는 유학생 부인들에게 사방에 전화를 해서 아기를 볼 사람을 구했다.

그때 집에 와서 베이비시터로 아기를 보아줄 수 있다는 젊은 유학생 부인을 어떤 사람이 소개해주었다. 정말 제일 어려울 때 부처님을 만난 것만 같았다. 그 젊은 부인은 아직 아기가 없어서 아침이면 집에 와서 저녁때까지 지극정성으로 아기를 돌보아주었다. 사람이 죽으란 법은 없는 모양이었다. 지금도 그 부인을 생각하면 너무나 고마운 마음이 든다.

양로원 일은 그 당시 주말에만 했다. 주말에는 남편이 아기를 돌보았다. 아기를 돌보는 별별 장치를 다 발견해내는 그의 창의력은 거의 노벨상 수상감이었다. 일테면 철사 옷걸이를 구부려서 끝에 원형 홀을 만들고 그곳에 우유병을 낀 다음에 베게 두 개를 이용해서 옷걸이를 고착시켜서 아기가 우유를 먹게 한다든가, 자지 않는 아기를 목욕탕에 안고 들어가 똑똑 물 떨어지는 소리가 들릴 만큼만 물을 틀어놓고 한 발씩 발을 바꾸어가며 흔들어 주어 아기가 5분 내에 잠이 들게 하는 식이었다.

물론 이러한 놀라운 아이디어와 발명품들에 아기 보는 일을 전적으로 의존해서는 안 된다고 역설을 했지만 소용이 없었다. 아기 보는 데 창의력을 발휘하지 않으면 공부는 언제 하느냐는 것이었다. 문제는 아빠의 놀라운 발명품과 아이디어 때문에 한낮에 실컷 자고 일어난 아기는 낮밤이 바뀌어서 밤에는 자지 않고 계속해서 놀자고 보채는 점이었다. 아빠들은 아기를 잠재우는 것이나 힘을 덜 들이고 돌보는 방법을 고안해내는 데는 거의 천재적인 소질이 있는 것 같았다.

그래도 큰아이가 자라서 유치원에 다니고 딸아이는 유학생 부인이 봐주고 하니까 그런대로 버티어나갈 수 있었다.

한국에 돌아온 후 우여곡절 끝에 작은 아파트도 장만하고 대학에서 문학 강의도 맡아 편하게 지낼 만할 무렵 남편이 아이 하나만 더 낳자고 조르기 시작했다. 6대 독자나 꿈꾸어 볼 만한 '야담과 실화' 같은 이야기라 들은 척도 하지 않았지만 그는 실로 집요했다. 지금 아이가 둘인데 무슨 아이가 또 필요하냐, 내가 지금 나이가 몇 살이냐 하는 지청구는 들리지도 않는 모양이었다. 그러고는 아들과 딸 둘만 있는 것이 무슨 은행 광고에 나오는 판으로 찍은 듯한 모범 가정 같아서 좀 그렇다는 둥, 부모님 산소에 성묘하러 갔을 때 어쩐지 도리를 다하지 않은 것 같은 느낌이 들었다는 둥 거의 영화에 나오는 무당의 수준으로 여러 가지 증례를 들기 시작했다. 자기는 정말로 아들을 하나 더 원하는 것이 아니고 딸이면 더욱 좋다는 괴상한 고백까지 하는 지경에 이르렀다.

그다음이 흥미 있었다. 아기 하나만 더 낳아주면 내가 박사학위를 하든 소설을 쓰든 무엇을 하든 다 찬성이라는 것이다. 새로 낳는 아기는 자기가 지극정성으로 돌보고 유모도 집에 오게 하겠다는 등 별소리를 다했다.

한 친구에게 아기를 하나 더 낳자고 내 나이나 상황에 맞지 않게 말도 안 되는 소리를 하는 남편 때문에 힘들어 죽겠다고 하소연을 했더니, 자기는 처음부터 남편이 아이를 원치 않는다고 하다가 하나를 낳은 다음에 절대로 더 나을 생각이 없다고 해서 오히려 마음에 아쉬운 부분이 있었다고 했다. 마음대로 한다면 자기는 아이를 더 갖고 싶었지만 남편이 하도 강경해서 그만 단념했다는 것이었다.

그리고 그다음 말이 흥미진진했다. 이 지경에 이르렀으면 앞으로 인생의 결론은 두 가지밖에 없는데 그렇게 원하는 아기를 낳지 않아 내가 앞으로 내내 남편에게 어쩐지 미안한 마음으로 살든가, 아니면 아기를 낳아 내가 힘들어지면 남편이 앞으로 내내 미안한 마음으로 살게 될 것이니까 어느 쪽이 나을지 잘 생각해보라는 것이었다.

말도 안 되는 소리 하지 말라고 일축했지만 근거도 없이 졸라대는 남편의 성화에 견딜 수가 없어 화도 내고 싸움도 하다가 마침내 타협안을 내어놓은 것이 몇 달 안 남은 연말까지 아이가 생기면 낳고 그렇지 않으면 둘 다 아예 이런 문제에 대해 더 논의할 것이 없이 단념하자고 했다. 그리고 거짓말처럼 아이가 생겼다. 아마 운명론에 의하자면 태어날 운을 가지고 세상에 오기를 기다리고 있던 아기의 강렬한 힘이 남편에게 메시지를 계속 보냈던 것인지도 몰랐다.

막내아들 성우는 그다음 해인 1982년 7월 15일에 서교동에 있는 김산부인과에서 태어났다. 그리고 자신의 운이었는지 성품이 훌륭하고 따뜻한 분이 유모처럼 집에 와서 지극한 사랑으로 오랫동안 아기를 돌봐주었다. 막내가 태어난 후 큰아들이나 딸아이가 함께 어울려 잘 놀아주어서 크게 더 힘들지는 않았다.

삼남매는 성장하면서 서로 사이좋게 지내고 이제 다 결혼도 하고 아기들도 낳았다. 지금도 세 아이들을 볼 때마다 그들이 자신이 좋아하는 일을 찾아 열심히 살아가는 것이 흐뭇하다. 셋 다 자신의 자녀들을 사랑하며 기르는 모습을 보며 인생에 가장 보람 있는 일을 한 것은 세 아이들을 낳은 것이 아닌가 하는 생각이 든다.

그 아기는 여기서 태어났나요?

첫아이를 낳고 몇 달 후 새로 이민 온 한국 부부가 한 아파트에 살게 되었다. 오며 가며 몇 번 인사나 하고 지내던 처지였는데 어느 날 우리 집에 찾아와서 자기가 새로 여는 가발 가게에서 일을 하면 어떻겠느냐는 제안을 해왔다. 가게를 두 개 열 예정이라 큰 가게는 자기 부부가 돌보고 백화점에 여는 작은 가게를 내가 돌보면 주급도 상당히 지불해주겠다는 좋은 조건이었다. 나는 머리를 디자인하는 솜씨가 별로 좋지도 못하고 혼자서 가게 전체를 맡을 자신이 없다고 했더니 주인 남자는 아내가 양쪽 가게를 오가면서 봐주게 되기 때문에 염려 없다고 했다. 학생 부인의 신분인 것도 별로 문제될 것이 없고 자기들이 바라는 것은 정직한 사람이어야 하는 것이 첫 번째 조건이라 믿기 어려운 외국 사람보다 꼭 한국 사람에게 맡기고 싶다고 했다.

그 후 새 백화점에 있는 가발가게가 문을 열면서 일을 시작하게 되었다. 그리고 얼마 되지 않아 손님들이 날로 늘어나기 시작했다. 문제는 바로 그 백화점에서 멀지 않은 곳에 가발가게가 먼저 자리를 잡고 있었다는 것이 화근이 된 것 같았다. 나를 고용한 사람은 상당히 감각이 빠른 남자였고 재정적인 여력도 있어 손쉽게 새로 나오는 각종 가발 등을 구입하고 보다 더 낮은 가격으로 판매할 수 있어서 박리다매 주의로 나가자 옆집 가게가 타격을 받기 시작한 모양이었다.

그러던 어느 날 나는 짙은 색깔 양복을 입고 넥타이까지 맨 정장을 한 젊은 백인 남자의 방문을 받았다. 그는 내게 그린카드를 보여 달라고 했고 나는 그때까지도 이 모든 일이 무슨 의미인지를 이해하지 못했다. 나는 그런 것이 없다고 태연히 대답했고 그는 어이가 없다는 눈빛으로 한참 동안 나를 바라보았다. 그린카드는 바로 미국에 입성하기 위한 영주권 카드를 말하는 것이었고, 그것이 없이 일한 나는 미국의 실정법을 어긴 것이라는 게 그의 설명이었다. 무슨 일인지 자세히는 모르겠지만 이러다가 큰일이 날것만 같아 두려워진 나는 어린 아기가 있는데 남편이 유학생이라 내가 일하지 않으면 생활비를 구할 수가 없다고 사정을 했다. 그러나 그 사정이라는 것은 한국에서나 통할까 말까 하는 일이었다. 나는 덧붙여서 공부만 끝나면 절대로 미국에 남아서 살아볼 생각을 안 할 것이며 칼같이 돌아갈 것이라고 원대한 포부를 밝히기도 했다.

그때 기이하고 딱하다는 투로 바라보던 그 푸른 눈빛은 지금도 기억에 생생하다. 그는 더 이상 아무 소리도 안 하고 들고 있던 서류 가방에서 무슨 서류를 꺼내더니 거기에 사인을 하라고 했다. 그동안 밀입국이며 취업 위반에 관해 하도 여러 가지 놀라운 소리를 들은 경험이 있었던 터라 나는 기겁을 하면서 절대로 그건 못하겠다고 단호하게 말했다. 이민국 직원이 사인만 하면 된다고 해서 서류도 읽지 못하고 사인하자마자 그 자리에서 공항에 가는 버스에 태워져 강제 추방당한 사람의 이야기라든가, 바로 그 자리에서 감옥으로 직행할 수 있는 법정으로 데려갔다는 사람들의 이야기 같은 온갖 엽기적인 소문을 많이 들어왔기 때문이었다.

사정이 통하지 않자 그전까지는 내가 흔히 경멸하던 방법까지 주저하지 않고 동원하고 말았다. 동정을 사보려고 울기 시작한 것이었다. 그렇지 않아도 정말 당황스러우니까 눈물이 그치지 않고 흘러나왔다. 그러나 그는 미동도 하지 않았다. 동정에 찬 위로도 강압적인 협박의 말도 하지 않았다.

그는 그저 내가 울거나 말거나 심상한 보통 어조로 여기에 사인하는 것은 자기를 오늘 만났다는 것을 인정하는 것뿐이라며 자세한 이야기는 다음 날 거기에 주소가 적혀 있는 외국인 담당 법정으로 출두해서 하면 된다고 했다. 그러니 사인을 하지 않을 수도 없었다. 옆에서 스낵 샵을 운영하는 뚱뚱한 흑인 아줌마도 의류를 팔고 있던 남미 아저씨도 바라보지 않는 척하면서 이쪽을 무한대의 관심을 지니고 쳐다보는 기색이 느껴졌다. 아마도 내가 조국에서 무언가 큰 범죄를 저지르고 도망을 쳐서 이제 바야흐로 정의의 심판을 받기 일보 직전에 이르러 있다고 생각하고 있는 것 같았다. 어쩌면 그들은 마침내 그 남자가 수갑을 꺼내 영화에서 보듯이 내게 채우는 것까지 예상하고 있었을지도 몰랐다.

백인 남자는 내가 어물어물하며 한 사인을 받아가지고 돌아갔다. 그리고 얼마 후 주인 남자가 돌아오자 일대 난리가 벌어졌다. 내가 일을 하는 중이 아니라 그냥 아는 집에 놀러 온 거라고 목숨을 걸고 잡아떼었어야 했다는 것이었다. 내가 물건을 파는 것을 그 사람이 멀리서 오랫동안 지켜보고 있다가 다가왔다고 변명을 해도 통하지 않았다. 도대체 미국이 어딘지 알고 아무 데나 사인을 하느냐는 것이었다. 그리고 입에 못 담을 욕설을 퍼부었다. 그 속아지가 밴댕이만 한 옆집 가발가게 자식이 내가 유학생 부인이고 영주권이 없는 것을 눈치 채고 이민국에 찌른 게 틀림없다고 방방 뛰었다. 물론 내게 직접 욕을 하는 것은 아니었지만 그 욕먹는 보따리 속에 어떤 형태로든지 모자라게 처신한 나도 끼어 있는 것만은 틀림없어 보였다. 그는 여태까지 이런 일로 이민국 직원이 직접 나타나는 꼴은 본 적이 없고 이건 누군가가 악의로 찌르지 않고는 도저히 일어날 수 없는 일이라고 거품이 나게 흥분을 했다. 게다가 그는 이런 일로 인해 자기 사업에 불똥이 튀지 않을까 하고 대단히 우려하는 눈치였다.

나는 더 이상 할 말도 없었고 그 자리에 더 있을 수도 없어서 작별인사를 하고 밖으로 나오려고 했다. 정식 고용인이 아닌 사람에게 그나마 좋은 점이 있다면 사직서를 쓰거나 봉급이며 퇴직금 정산을 하느라고 머리 아플 일은 없다는 정도일 것이었다. 그 주인은 나오려는 나를 제지하면서 원래 살다 보면 별일을 다 겪게 되는 거라고 위로인지 전설인지 모를 이야기를 들려준 다음에 그 주일 봉급을 지갑에서 꺼내 그 자리에서 지불해주었다. 온전히 일주일이 안 되었으니 이틀 분을 더 준 셈이었다. 그러니까 말하자면 해고당했다고 표현해볼 수도 있었다.

맥없이 낡아빠진 커다란 고물 차를 타고 돌아온 나는 이층 한국 아줌마 집에 맡겼던 아기부터 찾아 안고 삼층에 있는 아파트 방으로 올라갔다. 이 일을 어떻게 수습해야 좋을지 알 수가 없었다. 갈피를 잡지 못한 나는 우선 남편이 돌아오기 전에 이곳에 오래 산 사람들에게 전화를 걸어 어찌하면 좋은가를 물었다. 그들의 대답은 각양각색이었다. 그렇지 않아도 심심하던 차에 재미있는 일이 생겨 은근히 기뻐하는 것 같은 눈치로 미주알고주알 물어보고 귀국해야 할 것 같다는 사람도 있었고, 진심으로 걱정을 해주는 사람도 있었다. 그러나 그들 모두의 의견은 한 가지의 일치점을 보였다. 그렇게 직접 이민국에서 나온 정식 직원과 이야기를 나누고 나서 무언가 모를 서류에 사인까지 했다면 이제 추방은 확정된 것이고 남은 문제는 그 시기가 언제인가 하는 것 정도라는 것이었다.

그곳에 오래 살아 사회적으로도 경제적으로도 윤택하게 자리를 잡은 한국 의사 한 사람은 그러지 말고 얼른 서둘러 변호사를 선임하라는 조언을 해주었다. 그러나 한국에서 전혀 경제적인 지원을 받지 않고 겨우 생활을 꾸려나가는 가난한 유학생의 살림에 그 비싼 변호사를 선임한다는 것은 엄두도 나지 않는 일이었다. 게다가 가난한 사람을 무료나 싼값에 변호해준다는 변호사들도 자국민에 한해서이지 이민국 법에 걸린 사람에게는 소용에 닿지 않는다는 이야기도 누군가가 해주었다.

공부하다가 한밤중에 돌아온 남편과 사색이 되어서 상의해본 결과는 내일 어정어정 출두했다가 그대로 추방당하면 그대로 낙동강 오리알이 될 텐데 어떻게 하나 하는 공포심 때문에 변호사를 구해볼 테니까 시일을 좀 연장해달라고 일단 사정해보면 어떨까 하는 쪽으로 의견이 모아졌다.

아기를 재우고 나서 거의 잠을 이루지 못하고 있다가 아침 아홉 시가 되자마자 그 사람이 남겨준 명함에 적힌 번호로 전화를 걸었다. 그러자 바로 어제 백화점에 왔던 사람이 전화를 받았다. 그는 지금 오겠느냐고 물었고 나는 변호사를 찾아볼 생각인데 좀 기다려줄 수 없느냐고 물었다. 그는 갑자기 몹시 화가 난 어조로 그런 식으로 나오면 도와줄 일이 있어도 도와줄 수가 없다고 딱 잘라 말했다. 그런데 이상하게도 나는 그의 어조에서 그냥 가서 사정을 하면 무언가 들어줄 것 같기도 하다는 예감이 들었다. 나는 백배사죄하고 남들이 다 그렇게 하라고 그래서 그렇게 해야 하는 줄 알았다고 이야기하고 지금 곧 가겠다고 말하고 전화를 끊었다.

그러고는 아기는 미국 시민이니까 추방할 수 없을 것이고 남편은 유학생 비자를 지니고 있으니까 어쨌든 공부하는 동안만은 안전하지만 문제가 되는 건 나 하나라는 데 생각이 미쳤다. 그렇지만 가족을 중시하는 미국 문화에서 이렇게 어린아이만 남겨놓고 엄마만 추방하지는 않을 거라고 애써 믿으면서 조금이라도 더 동정을 얻어보려는 마음에 아기를 베이비시터에게 맡기지 않고 추슬러 안은 채 시내에 있는 이민국 사무소로 향했다.

어제 만났던 백인 남자는 아기를 안고 남편과 함께 들어서는 나를 한참 바라보더니 실쭉 웃었다. 아마도 아기를 안고 들어와 사세 불리하면 이민국 사무실이 떠나가도록 울부짖으면 추방당하지 않을지도 모른다는 망상을 간파한 모양이었다. 그는 극도로 긴장해서 앉지도 움직이지도 못하고 서 있는 우리에게 자리를 권했다. 남편이 아기를 받아 안으려고 했지만 나는 아기를 꼭 껴안고 내놓지 않았다. 만약에 무슨 일이라도 생기면 이제부터 죽을 각오로 떼를 써야 할 상황에 봉착했다고 느껴서였다. 아기는 무슨 상황인지도 모르고 자기를 바라보고 있는 백인 남자를 보고 벙글벙글 웃었다. 그는 한참 아기와 나를 번갈아 보더니 그 아기는 여기서 태어났느냐고 물었다. 나는 기다렸다는 듯이 바로 그렇다고 대답했다. 그러자 그는 그렇더라도 여기 이민국 법이 워낙 엄하기 때문에 그런 일로 개인적인 사정을 봐주기는 어렵다고 말했다.

그렇지만 그가 갑자기 어떤 식으로 마음이 바뀌었는지 서류를 작성하면서 상당히 이상한 방식으로 질문을 하기 시작했다.

이를테면 이렇게 묻는 식이었다.

"그러니까 당신은 미국에서 일을 하기는 했지만 그렇게 해서는 안 된다는 것을 전혀 몰랐다는 것이 확실한 거지요?"

나는 당황해서 내가 사실은… 이렇게 서두를 꺼내려고 하자 그는 내게 두 눈을 껌뻑했다.

"그러니까 당신은 그런 법이 있다는 것을 절대로 몰랐다는 것이지요? 내 말은 당신이 일하면 안 된다는 사실을 알고도 그랬다면 범법이 되지만 전혀 모르고 그랬다면 무지에 의해 일어난 일이라 일단 좀 다른 조치를 취해볼 수도 있다는 겁니다."

나는 그제야 그의 의도를 알아차렸다. 그는 내게 도움을 줄 수 있는 방법으로 질문을 유도하고 있었던 것이다. 나는 갑자기 말의 톤을 바꾸었다.

"그럼요. 절대로 몰랐어요. 저는 그런 법이 있다는 사실조차…."

모르긴 왜 몰랐겠는가. 미국에 도착해 비행기에서 내리자마자 듣기 시작한 게 바로 다 불법취업에 대한 엽기적인 이야기들이었는데…. 아무튼 그는 알았다는 듯이 심각한 표정이더니 타이프로 내가 하는 말을 치기 시작했다.

"그렇다면 이제 그런 것을 안 이상 더 일을 계속할 것입니까? 안 할 것입니까?"

"물론 안 하지요. 안 하고말고요. 세상없이 좋은 일을 시켜도 안 하고말고요."

그는 알았다는 듯이 계속해서 타이프를 쳐내려갔고 마침내 그는 다 친 용지를 타이프라이터에서 꺼내 나와 남편에게 보여주었다.

그 내용은 당사자가 영어를 거의 이해하지 못하고 있고(우리가 영어로 주고받은 대화로 보아서는 그 말은 전혀 사실이 아니었다), 그린 카드(영주권 카드)라는 개념조차 모르고 있으며 일해서는 안 된다는 것에 대해 전혀 알고 있지 못했다, 또 이런 사실을 안 이상 앞으로 절대로 일을 하지 않겠다는 약속을 했고 약속을 어긴 경우에는 당장 추방을 당해도 좋다고 약속을 했다, 일단 법을 어긴 혐의가 무지 때문에 일어난 일이라 거기에 대한 교육과 경고로 이번 일을 처리하는 데 동의하겠다는 내용이었다. 그 옆에는 영어를 아는 사람이 곁에서 충분히 숙지하도록 도움을 주었다는 내용이 부연 설명으로 적혀 있었다. 그 영어를 알고 도움을 주었다는 사람의 이름으로 남편의 이름이 적혀 있었다.

나는 추방당할까 봐 두려움에 떨고 있다가 비로소 마음이 놓여 펑펑 울면서 그때서야 아기를 남편에게 넘기고 그 서류에 사인을 했다. 그 직원은 휴지를 여러 장 꺼내 건네주었다. 나는 그 종이를 받아 흘러내리는 눈물을 닦았다.

나는 지금도 어느 순간에 그의 마음이 바뀌어서 나를 실질적으로 도와주었는지 정확하게는 잘 알 수 없다. 벙글벙글 웃고 있는 아기 때문이었을까? 아니면 청순가련형(?)으로 보이려는 불가능한 노력을 하고 있는 나 때문이었을까? 죄인처럼 옆에 서 있는 남편 때문이었을까? 그도 저도 아니면 초라한 우리 세 사람의 모습을 보고 산다는 일에 대한 서글픈 느낌이 들어서였을까.

가게는 그날로 그만둔 셈이니 전화로 연락만 하면 되었고 다행스럽게 그 일에 대한 불똥은 주인 남자에게까지 튀지는 않았다. 그리고 가발가게와의 인연은 그 시점에서 종지부를 찍게 되었던 것이다.

이민국에서 마신 커피 한잔

그렇게 몇 달이 지나갔다. 처음에는 추방당하지 않은 것만 고마워 하루하루가 축제 같았지만 이제부터 어떻게 살아갈 것인가 하는 것은 실로 풀기 어려운 인생의 큰 숙제였다.

곰곰 궁리하던 나는 어느 날 호랑이 굴에 들어가는 심정으로 대담무쌍하게 아기를 아래층에 사는 한국 아주머니에게 맡기고 이민국의 그 남자를 찾아갔다. 마침 그는 자리에 있었다. 면회 신청을 받은 그는 반가워하는 기색이기 전에 대단히 의아한 표정이었다. 무슨 일로 왔는가 하고 그는 물었다. 나는 사실은 그 사람이 전에 모든 것을 해결해준 것이 너무 고마워서 다시 오지 않으려고 했지만 앞으로 남편이 공부를 마치려면 몇 년은 더 걸릴 텐데 내가 일을 하지 않으면 살아갈 도리가 없다고 하소연을 했다. 그는 그런 지경이면 한국에 돌아가지 그러느냐고 말했다. 그렇지만 우리나라에서 직장까지 모든 것을 다 포기하고 유학을 떠났는데 공부를 마치지 못하고 가면 오히려 살아갈 길이 막막하다고 나는 호소했다.

나는 그에게 무엇인가 알선해달라는 것은 아니고 솔직하게 내가 지금 상태에서 일을 할 수 있는 취업허가서를 받을 방법은 어떤 경우에도 한 가지도 없는지 확실하게 알아보러 왔다고 말했다. 아무리 험한 일이라도 좋고 궂은일이라도 좋으며 임금은 아주 조금 주어도 좋고 영주권을 받거나 시민권을 받는다는 것은 전혀 염두에도 없고 반드시 한국에 돌아갈 거라고 말했다.

그는 어이없다는 표정으로 나를 바라보았다. 이건 정말 물에 빠진 놈을 건져놓으니 내 보따리 내어놓으라는 것과 비슷한 이야기였을 것이다. 그에게는….

나는 그 속담을 그에게 이야기해주었다. 한국의 속담 중에 물에 빠진 놈을 건져 놓으니까 고맙다는 소리는 고사하고 자기가 빠지기 전에 그 자리에 있었던 보따리를 찾아내라고 고래고래 악을 썼다는 이야기가 있다는 말을 들은 그는 파안대소를 했다. 그는 내 사정을 잘 이해하겠다고 말했다. 하지만 지금 현재로서는 자기로서 무슨 대안이 없지만 간호사나 의사라면 취업허가서를 신청해볼 수도 있다고 했다. 내가 지금 병원과 아무 관련도 경험도 없는데 갑자기 무슨 재주로 간호사나 의사가 될 수 있느냐고 했더니 그도 고개를 끄덕였다.

내가 그럴 줄 알기는 했지만 너무 답답해서 이민법을 아는 미국 사람이라고는 아는 사람이 당신밖에 없고 또 우리 가족에게 가엾은 마음이 들었던 것 같기도 해서 그냥 와본 것이라고 말하고는 기운 없이 자리에서 일어났다.

그는 잠시만 기다리라고 하더니 내게 커피 한잔을 권했다. 그리고 다른 동양 사람들하고 달리 솔직하게 이야기를 해주어서 고맙다고 했다. 그리고 사실은 자기가 아주 어렸을 때 부모가 이혼하고 어머니 곁을 떠나게 되어 상당히 마음 아픈 소년기를 보내서 가족이 헤어지기를 바라지 않는다고 이야기했다.

그는 내가 커피를 마시는 동안 두터운 전화번호 책을 뒤지더니 MDTA라는 간호대학의 주소와 전화번호를 적어서 건네주었다. 이곳은 디트로이트에 있는 간호전문대학인데 들어가기가 아주 힘들지만 들어갈 수만 있으면 학생 신분을 유지할 수 있어 생활비를 포함한 일체의 학비를 다 제공해주는 학교라고 했다.

그는 그 학교의 교장이 엄격하지만 마음이 깊은 사람이라 도움을 줄지도 모른다고 했다. 거의 불가능하겠지만 혹시 여기까지 다시 찾아올 용기가 있으면 가능성이 있을지도 모르니까 한번 찾아가 보라고 그는 말했다.

얼마나 고마운지 또 눈물이 나왔다. 헤어지면서 그는 내게 악수를 청했다. 그리고 꼭 그 학교에 들어가 남편 공부를 잘 마치고 아기와 함께 고국에 돌아가 행복하게 살게 되기를 빈다고 말했다.

베라 오르토후의 조언

나는 이민국 직원에게서 받은 서류에 적혀 있는 학교에 관한 여러 가지를 알아본 후에 용기를 내서 며칠 후 지도를 들고 그 학교를 찾아갔다. 원형으로 조각된 큰 철대문 안에 꽃과 나무가 들어서 있는 정원을 앞에 두고 고풍스러운 삼층 벽돌집이 서 있었다. 얼른 보아서는 미국 대부호 저택처럼 보였다.

현관에서 접수하는 젊은 여자가 서류를 작성하게 한 다음에 안내해준 장소는 청결하고 품위 있게 정돈된 교장실이었다.

한 십 분 정도 기다린 후에 학처럼 키가 크고 여윈 모습에 숱이 성긴 흰머리를 이마 위로 높게 빗어 올린 백인 여자가 들어섰다. 그녀는 어쩐지 마음에 들지 않는 듯한 냉랭한 기색으로 자리에 앉은 후에도 한참 말이 없이 나를 탁자 넘어 건너다보았다. 그러다가 전혀 상냥하지 않은 어조로 입을 떼었다.

"그래, 이 학교에 입학하고 싶다고요?"

"네."

"이 학교의 규칙이 엄하고 성적이 월등하게 좋지 않으면 가차 없이 퇴학시킨다는 이야기는 들었는지요?"

"들었습니다."

그녀는 그제야 내가 작성한 서류를 꼼꼼히 훑어보았다. 그동안 알아본 바에 의하면 이 학교에 입학할 자격이 되려면 우선 남편이 없거나, 있어도 경제력이 전혀 없어서 여자가 실제적인 가장으로 생활비를 벌어야만 한다는 조건이 붙어 있었다.

원래 미국에서 골머리를 앓던 사안 중의 하나가 가난한 엄마가 생활비를 버느라 어린아이들과 떨어지게 되는 것이 애정결핍 상태의 아이를 만들고 비행이나 범죄에 빠지기 쉽게 만들어낸다는 것이었다. 그래서 정부 보고서를 근거로 어린 아기가 있고 수입은 없는 엄마에게 생활비를 지급하는 제도가 있었다.

그런데 취지는 좋지만 그 제도를 악용하는 사람들이 많아 동거중이면서도 결혼을 법적으로 일부러 하지 않거나 생활의 방편으로 해마다 무책임하게 아기를 낳는 빈민 계층의 여자들 때문에 세금을 많이 내는 중산층의 조세 저항이 거세져 있을 때였다.

이 간호학교는 그렇게 기약 없이 의존적인 엄마를 양산하지 말고 막대한 투자를 한꺼번에 해서 단기간에 집중적으로 실용적인 교육을 시켜 스스로 자립할 수 있도록 돕자는 취지하에 만들어진 전문대학이었다.

서류에 적힌 가족 사항이며 수입 조건 등을 읽고 나서 그녀는 물었다.

"그래, 고등학교는 어느 주에서 나왔어요?"

"미국이 아니라 한국에서 나왔는데요."

그러자 그녀는 단호한 태도로 서류를 탁자 위에 내려놓았다.

"우리는 한국의 고등학교 학위를 인정하지 않습니다."

나는 은근히 회심의 미소를 속으로 지었다. 이제 대학을 나왔다고 하면 아무 문제도 없어지고 은근히 존경심이 생기지 않을까 하는 헛된 생각이 들어서였다.

"미국에서 한국의 대학 학력은 인정하나요?"

내가 묻자 그녀는 약간 의아하다는 표정으로 그럴 거라고 했다.

나는 자세를 바로 하며 은근히 자랑스러운 어조로 말했다.

"그렇다면 문제가 될 게 없을 것 같은데요. 저는 한국에서 대학을 나왔습니다."

그러자 그녀는 잠시 나를 바라보다가 냉정하게 대답했다.

"그렇다면 그건 더욱 곤란합니다. 학력이 너무 지나치게 높은 경우에도 우리는 받아들이지 않습니다."

나는 뒤통수를 한 대 맞은 것처럼 어안이 벙벙해졌다.

"학력이 높은 게 왜 문제가 되지요?"

"이 학교는 일하고 싶어도 직업을 구하지 못하는 사람에게 도움을 주고자 하는 취지로 설립된 학교입니다. 학력이 높다면 다른 직업을 구해볼 가능성이 더 높기 때문에 공부를 많이 한 사람이 학력이 자기보다 낮은 다른 사람의 기회를 공식적으로 박탈해가서는 안 되는 것이지요."

갈수록 태산이었다. 그렇지만 이 여자에게 내가 일을 할 수 없는 입장이라 다른 직업을 구할 수 없다는 소리를 할 수는 없었다. 그 이민국 직원이 내가 사무실을 떠나기 전에 앞으로 누가 일부러 묻지 않는 한 영주권이 없다는 이야기는 되도록 하지 말라고 누누이 조언을 했기 때문이었다.

산 넘어 산이로구나. 나는 속으로 생각했다.

그러나 이번 기회를 놓칠 수는 없었다. 나는 그녀에게 간곡하게 말했다.

"그럼, 고등학교 나온 학력을 이곳에서 인정받으려면 어떻게 하면 되나요?"

"글쎄요. 미국에는 고등학교 졸업자격 인정검정고시가 있는데 거기에 당신이 붙는다면 입학을 허락할 수도 있지요. 다른 조건은 다 되니까요."

"그런 시험은 언제 어디 가서 보는 건데요?."

그녀는 맥 빠지고 숙맥 같아 보이는 내가 딱해 보였는지 그런대로 상세하게 설명을 해주었다.

"그게 원래 고등학교를 중퇴하는 사람들이 워낙 많아지는 바람에 나이가 들어도 대학을 가거나 더 조건이 좋은 직업을 구할 수 있도록 고안된 제도예요. 누구나 그 시험을 봐서 합격이 되면 법적으로 완전히 고등학교 졸업생과 동등한 대우를 받게 됩니다. 일 년에 한두 번 그 시험이 있는 걸로 알고 있는데요. 아마 한두 달 후에 있을 거예요."

"무슨 과목을 시험 보는데요?"

"영어, 문학, 수학, 자연, 사회예요."

이건 애당초 틀린 이야기였다. 내가 무슨 수로 미국에서 영어로 보는 그런 시험에 합격한단 말인가. 기운 없이 일어서 나오는 등 뒤로 그녀가 말을 던졌다.

"아무튼 입학일이 9월 초니까 그전까지 합격하면 받아들일 수 있어요."

그때는 이미 6월 말이었다. 이건 누굴 놀리는 것도 아니고 아무래도 안 될 거니까 말로라도 인심을 써보자는 속셈이라고 생각할 수밖에 없었다.

터덜터덜 집으로 돌아온 나는 기다리고 있던 남편에게 자초지종 이야기를 했다.

그러자 그는 한번 놀이 삼아 그 시험을 보는 게 어떠냐고 권했다. 나는 기가 막혔다. 아무리 자기가 낙천적인 성격이라고는 하지만 그게 원 놀이 삼아 볼 시험인가. 그런 소리 말고 또 다른 수나 생각해 보자고 나는 맥이 빠져서 말했다.

다음 날 우연히 지하에 있는 세탁장에서 아기를 데리고 빨래를 하다가 젊은 흑인 여자가 옆집 여자에게 그 시험에 대해 이야기하는 걸 듣게 되었다. 그녀는 좀 더 번듯한 직장에 가고 싶어서 그 시험을 세 번이나 보아서 지난번에야 겨우 붙었다고 득의양양하게 이야기하고 있었다.

나는 아기를 안고 빨래가 마르기를 기다리고 있다가 조심스럽게 그녀에게 다가가 말을 걸었다. 내가 그 시험을 봐야 할지 모르는데 혹시 그 시험에 관한 책이나 그런 것들을 좀 빌려줄 수 있냐고 물어보자 그녀는 검은 얼굴에 흰 이를 다 드러내고 크게 웃었다. 그러더니 커다란 소리로 내게 어디서 왔느냐고 물었다. 한국에서 왔다고 하자 그녀는 그런데 그 시험을 왜 보아야 하느냐고 물었다. 내가 이러저러하다고 설명을 하니까 눈이 커다랗고 예쁜 그 여자는 아주 시원스러운 어조로 말했다.

"베이비(나보고 부르는 소리였다), 내가 그놈의 책이라면 이제 지긋지긋해서 다 내다 버리려고 했는데 마침 임자를 만났으니 다 네게 줄게."

이게 웬 횡재인가 싶었다. 그녀는 이층에 있는 자기 아파트에 나를 데려가 몇 권의 두툼한 책을 건네주었다. 그리고 친절하게 여러 가지 시험 보는 요령도 들려주었다. 너무나 고맙다고 말하는 내게 그녀는 한 눈을 찡긋하며 행운이 있기를 빈다고 말했다.

그리고 우여곡절 끝에 몇 달 후 그 시험을 통과해서 간호대학에 들어가 졸업한 후 국가고시에 합격해서 미국 간호사 자격증을 딸 수 있었다.

4
인생에서 기억하는 시간들

인생에서 한 일 년만 뚝 떼어내서

대학생활의 기억은 춥고 어두웠다. 1960년대 후반의 대학은 어두운 혼돈 속에 놓여 있었다. 데모와 최루탄은 일상사가 되었고 유월도 되기 전에 실제로는 문을 닫아버리던 강의실, 경제 발전을 이유로 내리밀던 군부독재의 압박과 가혹한 침묵의 강요….

대학에 다니던 시절 내내 나는 도서관에서 살다시피 했다. 수업을 빼먹고 도서관 한쪽 구석에서 책을 읽다가 지치면 외국 미술사 책들을 들추며 그림들을 하나씩 오랫동안 바라보았다. 그러고는 소설이며 신화, 역사에 나오는 주인공들의 그림에 빠져들어 몇 시간씩 그 환상의 세계를 따라가고는 했다.

나는 환상을 깨고 세상으로 직접 모험을 떠나보고 싶었고 그 당시에 학생들을 모집하던 농촌계몽대 소식이 그 기회를 제공해주었다. 그 당시에는 농촌봉사대가 아니라 농촌계몽대라는 이름이었다. 계몽이라는 말에는 조금 거부감이 있었지만 시골에 간다는 것 자체가 도시에서만 살아온 내게 신선한 자극이 되었다.

처음 강원도 산속 오지로 봉사를 떠난 이후 대학 시절 내내 방학

이 되면 농촌계몽대를 따라 외진 강원도의 마을들을 찾아다니면서 삼 주일 가깝게 머물면서 봉사활동을 했다. 대체로 높은 산을 두세 군데나 넘어야 겨우 도달할 수 있는 오지로 원통, 인제, 도계, 태백 같은 낯선 이름의 행정지역에 속해 있는 산속 마을들이었다.

대학생들로 이루어진 봉사대라 방학 기간에 떠날 수밖에 없었기 때문에 한여름 아니면 한겨울인 날씨는 찌는 듯 덥지 않으면 강파르게 추웠다. 그러나 별로 여행할 기회도 없었던 내게 낯선 사람들과 산과 계곡을 만나는 것이 경이로웠다. 순박하고 정이 많은 사람들과 함께 지내며 책 속의 미로가 아닌 살아 있는 만남으로 다른 세상을 알게 되었던 것도 또 다른 놀라움이었다.

세상을 알지도 못하는 나이에 어쭙잖게 그곳에 가서 문맹퇴치라는 이름으로 국어를 가르치고 행주 삶는 법이며 세균을 피하는 청결법과 응급조치 같은 것들까지 마을 사람들에게 가르친 생각을 하면 지금도 어떤 때 낯이 뜨거워지기도 한다.

그러나 산골 사람들의 인심은 후했고 낯선 곳에 도움을 주려고 왔다고 믿는 젊은 여대생들에게 후한 점수를 주었다. 그렇게 불편한 곳을 마다 않고 산을 몇 개씩 넘어온 것 자체가 그곳 사람들의 자긍심을 높여주는 점이 있는 것 같았다. 마을 사람들과 함께 먹고 노래도 부르고 슬라이드도 틀어서 보여주면서 그 사람들과 상당히 일체감을 느끼기도 했다. 우리들은 큰 환영을 받는 존재였고 메주 뜨는 냄새가 코를 찌르는 방에서 당번을 정해가며 불을 때어 밥을 지어 먹고 서툰 대로 노동에 참여하고는 했다.

졸업반이 가까웠을 때는 계몽이 아니라 봉사라는 이름을 내걸고 화장실 개축 공사며 무너져가는 담 쌓기, 농사일 돕기 등, 그래도 제법 도움이 되는 육체적 노동을 했다. 그런 일들이 훨씬 더 편하고 즐거웠다. 마을 사람들은 챙 넓은 밀짚모자를 쓰고 돌을 나르며 담을 쌓는 낭자군들에게 감자며 옥수수 들을 쪄서 내오고 호박을 넣고 끓인 수제비며 칼국수를 냄비째 들이밀기도 했다.

학교를 졸업할 무렵, 농촌봉사대 지도교수 일을 맡았던 윤 교수님이 인사드리러 연구실을 찾은 내게 선배가 운영하고 있던 강원도 선혜학원에 가서 일 년만 아이들을 가르쳐줄 수 없느냐고 간곡하게 의사 타진을 해왔다.

강원도 간성에서 버스를 내려 30리가 넘는 산속을 두어 시간 정도 걸어 들어가야 하는 곳에 이화여대 횃불회에서 세운 선혜학원이 서 있다는 이야기는 그전에도 여러 번 들은 적이 있었다.

그 마을은 전쟁 후에 화전민들이 찾아들어 이루어졌다고 했다. 집들이 산속 깊이 띄엄띄엄 산재해서 자리 잡은 데다 학령아동 숫자도 적어서 분교가 세워질 여건이 되지 못해 취학연령이 닥친 어린 아이들이 서너 시간을 걸어 나가야 하는 국민학교에 취학하지 못해 취학연령을 놓치는 일이 많다고 했다.

학생은 전 학년을 모두 합해 쉰 명 남짓한데 선유실리라는 맨 위쪽 마을은 어린아이 걸음으로 하루에 왕복하기가 불가능한 거리라서 그냥 교육의 사각지대에 놓여 있었다는 것이다. 농촌봉사대 선배들이 이곳에 봉사활동을 왔다가 그 딱한 사정을 알고 몇 년 전 힘을 합해 선혜학원을 세운 후 어린아이들까지 다 취학할 수 있게 되었다고 윤 교수는 간곡히 설명했다.

"그 후 여러 선배들이 이곳을 거쳐 갔어. 얼마나 좋으냐. 인생에서 한 일 년만 뚝 떼어내서 다른 사람들을 위해 봉사하는 시간을 갖는다는 게…."

나는 그런 깊은 산속에 가서 혼자 모든 책임을 지는 일을 감당하기는 어렵다고 대답했다. 큰 능력도 없고 그렇게 외딴 곳에 귀양 가듯이 가고 싶지는 않다는 이야기도 덧붙였다. 윤 교수는 더 채근하지 않고 간단히 말했다.

"어렵게 생각할 거 없어. 그저 거기 가서 낮에는 아이들을 가르치고 저녁에는 책 읽고 그렇게 지낸다고 생각하면 돼. 잘 생각해보고 대답해다오."

그 당시 우리 집안 사정은 여러 가지로 복잡했고 사회는 희망과 절망의 사이에 끼어 앞을 내다보기 어려웠다.

집을 저당 잡았던 아버지 친구가 가재도구를 차압하고 집을 경매에 넘기지 않았다면 나는 아마 그곳에 가지 않았을지 모른다. 어머니와 아버지는 먼 곳으로 피신해서 연락도 없고 넓고 휑뎅그렁한 한옥 안방에서 동생과 함께 웅크리고 밤을 새우며 곁을 지키는 채무자들에게 시달리는 일은 피를 말리듯 괴로웠다. 나는 점점 더 우울해지고 모든 사람들을 만나는 일이 싫어지기 시작했다. 지독한 염인증에 걸린 셈이었다.

정원의 말라붙은 연못 바닥에 희미하게 얼음이 얼어붙은 정경을 바라보며 나는 그곳에서 꼬리를 드리우고 헤엄을 치던 금붕어들을 떠올렸다. 며칠 동안 곰곰이 생각해본 끝에 나는 윤 교수에게 그곳에 가겠다고 대답했다. 어디론가 우선 떠나버려서 나를 괴롭히는 사람들로부터 멀리 가고 싶다는 소망이 제일 컸다.

선혜학원이 자리 잡고 있는 선유실리로 처음 떠나던 날은 혹독하게 추운 한겨울이었다. 머플러를 얼굴에 뒤집어쓰고 큰 가방 하나만 들고 변두리 시외버스 터미널에서 간성 가는 버스를 탔다. 포장되지 않은 곳이 많아 황토 흙이 뽀얗게 일어나는 강원도의 도로를 버스는 마냥 털럭거리며 한가하게 지나갔다. 창틈으로 스며드는 바람과 먼지를 뒤집어쓰고 졸다 깨다 하며 가는 시간은 중간중간에 군부대의 통제까지 있어 열 시간도 더 넘게 걸렸다. 간성에 늦은 오후에 도착했을 때는 추위와 허기에 지칠 대로 지쳐 있었다.

선유실리에서

간성 버스 정류장에는 사친회장이라는 기골이 장대한 중년 남자가 나와서 기다리고 있었다. 반가워하면서 나를 맞은 그 남자가 내 가방을 지게에 싣고 앞장을 섰다.

"길이 험하고 멀어서 한참 걸리실 텐데… 쉬엄쉬엄 가도록 하지요."

시외버스 정류장 옆 골목으로 접어들자 금세 논밭이 눈앞에 펼쳐졌고 논둑길을 따라 한참을 걸어간 후에 산속으로 올라가는 가파른 비탈길로 올라갔다. 산등성이는 드문드문 흰 눈에 덮여 있었고 낯선 사람을 따라 낯선 곳을 걷는 마음은 춥고 쓸쓸했다.

"우리 아덜 두 놈이 다 그 핵교에 다니고 있습니다요. 오실 분이 결정이 안 되었다구 해서 이러다가 애덜 중핵교 못 보내는 게 아닌가 허구 보통 애가 쓰인 참이 아닙니더. 이렇게 산속에 오셔주시니 증말 을매나 고마운지요."

지게 위에 큰 가방 말고도 무거워 보이는 보따리를 두 개나 더 얹어놓았지만 사친회장이라는 남자의 걸음은 평지를 걷듯 가볍고 빨랐다. 맨손으로 걷는 내가 따라오지 못할까 봐 오히려 가끔씩 걸음을 늦추고 조정하는 눈치였다.

야트막한 산을 두어 개 넘었나 싶자 눈앞이 탁 트이도록 아름다운 계곡의 경치가 드러났다. 왼쪽 산세를 끼고 상당히 폭넓은 개울물이 군데군데 얇은 얼음이 깔린 아래서 도란도란 소리를 내며 흐르고 있었고, 오른쪽으로는 울창한 나무들 사이로 드문드문 초가집들이 보였다. 계곡물이 웅성거리며 흘러내리고 바윗덩어리가 들끓고 옛날 바람이 그대로 부는 듯싶은 화전민 마을이 그대로 한눈에 들어오는 풍경이었다.

그를 따라 이십 분쯤 더 걷자 저쪽 언덕 위에 작은 건물이 보였다.

"선상님. 저기가 바로 그 핵굡니더. 그래도 이 근처에서는 젤루 좋은 건물입니더."

언덕길을 걸어 올라가자 산을 깎아낸 작은 운동장을 앞에 두고 엉성하게 유리창을 끼운 단층짜리 기다란 건물이 보였다.

건물 끝에 있는 사무실 앞에는 청록빛을 띤 낡은 구리종이 달려 있었다. 교사 안에는 교실이 두 개 있고 사무실에는 낡은 풍금, 오래된 책들이 꽂혀 있는 마을문고, 커다란 낡은 벽시계 하나가 서 있었다.

사친회장은 이곳저곳을 신기하게 둘러보는 나를 교사 뒤에 있는 작은 초가집으로 서둘러서 안내했다. 교실과 집 사이에는 제법 넓은 채소밭이 자리 잡고 있었다. 부엌과 작은 방 두 칸이 이어져 있는 그 집은 작지만 정갈했다. 부엌에는 시멘트를 바른 부뚜막 위에 소죽이라도 쑬 만큼 커다란 무쇠솥이 얹혀 있었다.

사친회장의 부인이라는 여위고 강단 있어 보이는 중년 아낙이 부엌에서 나오며 어서 오시라고 반색을 했다. 사친회장은 집 앞에서 지게를 내리고 내 가방을 방 안에 들여놓아 주었다.

"지금이사 겨울철이라 그렇지만 이제 날씨두 따뜻해지구 봄이 오믄 이 근처가 제법 경치가 좋은 곳입니더. 그 머이냐. 읍내에서두 이리루다가 소풍들을 오기두 하지요."

사친회장 부인이 장작불을 때서 밥을 벌써 지어놓았고 된장찌개는 장작이 타고 남은 뜬숯을 얹어놓은 화로 위에서 보글보글 끓고 있었다. 내가 무언가 일을 거들려고 하자 그렇게 할 필요 없다고 방에 따뜻이 앉아 있으라고 굳이 막았다.

장작불을 담뿍 땐 방 안 아랫목은 따끈따끈해서 그대로 눈이 감기면서 잠이 오려고 하는데 부엌과 통하는 장지문이 열리더니 사친회장 부인이 작은 밥상을 들고 들어왔다.

사기 밥그릇에 담긴 흰 쌀밥과 감자와 호박을 썰어 넣은 된장찌개는 달고 맛이 있었다. 내가 오면 구워주려고 지난 장에 사왔다는 간고등어도 한 토막이 상에 올라 있고 작은 뚝배기에 파를 썰어 넣은 계란찌개도 있었다.

"이건 정말 집에서보다 더 잘 먹는 것 같은데요."

맛있게 밥을 먹은 후 부엌에서 대강 세수를 하고 들어와 사친회장 내외를 배웅하고는 그대로 쓰러져 아침까지 내처 잤다. 새벽에 두런두런하는 소리에 깨어나 보니 장정들이 여러 명 집 뒤에 모여서 일들을 하고 있었다. 마을 학부형들이라는 장정들은 집 뒤뜰에 쌓여 있던 통나무들을 도끼로 잘라서 처마 밑에 가지런하게 쌓아주었다.

"그저 너무 고마워서, 무어라두 도움이 되려고 그냥 달려왔구만요."

이렇게 환영받을 만한 동기를 가지고 있지도 않다는 생각에 죄책감이 들 지경이었지만 오래 막혀 있던 가슴 한구석이 열리는 느낌이 들었다.

아침에 조회시간에는 전교생인 50명이 모여서 조회를 했다. 6학년 학생들이 일곱 명쯤 되고 그 아래 아이들이 학년마다 그 비슷한 숫자로 있었다.

아이들은 새로 서울서 선생님이 오셨다고 웃고 박수를 치고 보통 기뻐하는 것이 아니었다.

여러 가지 준비도 하고 책도 보고 공부를 하노라고 했지만 아이들을 처음 가르치는 일은 쉽지 않았다. 두 교실에 세 분단씩 따로 앉게 해서 다른 학년이 국어나 수학을 공부할 때는 자습을 하고 역사나 이야기들은 한 반이 모여 함께 듣고는 하는 시스템이었다. 고학년 아이들은 체육복도 하나씩 다 장만해서 입고 있었고 저학년반의 아이들은 크레파스며 스케치 북들을 제법 잘 갖추고 있었다. 어려운 형편에도 부모들이 얼마나 아이들에게 기대를 걸고 공부를 시키고 있는지 알 수 있을 것 같았다.

한동안 나는 산속에서 혼자 지냈다. 집의 보호를 떠나 혼자 산속에서 살아나갔던 경험은 세상을 보는 시각을 많이 바꾸어주었다.

신선이 와서 놀다 간다고 옛날 사람들이 선유실리仙遊室里라고 마을 이름을 지었다는 이곳은 언제나 조용하고 고즈넉했다. 바람소리가 나무숲을 뒤흔들고 지나가는 날들도 있었지만 수업이 끝나고 아이들이 다 돌아가면 정적이 온 천지를 감싸는 것 같았다. 가끔 산쪽으로 드나드는 산판 트럭이 어쩌다 지나가기도 했지만 비와 바람에 패어나는 돌밭 길들이 많은 곳이라 승용차는 들어올 엄두도 내지 못했다. 가끔 토종 조랑말들이 미처 닦이지 못한 산골에 길을 트기 위해 무거운 자재들을 싣고 시냇가 옆을 지나 타박타박 걸어가는 모습이 보이기도 했다.

간성읍으로 들어가는 길목 큰 장터에서는 닷새마다 장이 섰다. 봄에는 산나물, 가을에는 싸리버섯, 도토리묵 등을 담은 함지를 머리에 인 아낙네들이 산길에 줄을 서듯 늘어서 걷고는 했다. 가끔 급히 돈이 필요하면 곡식 포대들도 이고 산길로 나섰다. 남자들은 겨울이 되면 나무 한 짐을 팔러 30여 리 길을 왕복했다. 밭농사로 겨우 연명하지만 필수품을 사려면 돈이 필요하기 때문에 화전민들의 생활은 고달팠다.

자연 속에서 사는 단순한 삶은 거의 수도자의 생활 같았다. 새벽이면 일어나 샘에서 물을 긷고 장작불을 때서 아침, 저녁을 지었다. 낮에는 아이들을 가르쳤다. 두 교실에 학생들을 나누어서 자리 잡게 하고 공부를 가르치고 점심시간 후에는 개울을 건너 수풀 앞에 있는 큰 바위 위에 앉아 성경이야기며 옛날이야기들을 들려주었다. 지금도 그 큰 바위에 둘러앉아 웃고 즐거워하며 함께 공부하던 시절이 떠오른다. 아이들의 눈동자는 하늘을 비춰낼 것처럼 맑았다.

몇 달 후 이화대학 별장이 있는 곳의 관리인 딸이 새로 선생으로 와서 함께 지냈다. 눈이 크고 웃기 잘하는 새 선생과 함께 지내면서 나는 고향에 돌아온 듯한 안정감을 느꼈다.

밤에는 석유 등잔불의 심지를 돋우어가며 책을 읽고 친구들과 가족에게 편지를 썼다. 〈무진기행〉에 나오는 주인공처럼 안개가 적군처럼 진주한 그곳에서 나는 외롭다는 편지를 사방에 지치지도 않고 써 보냈던 셈이었다.

전기는 들어오지 않았다. 트랜지스터라디오는 커다란 배터리를 검정 고무줄로 칭칭 동여매고서야 청취할 수 있었다. 그리고 자전거를 타다 끌다 하면서 올라온 우체부가 편지나 묵은 신문들을 한꺼번에 묶어서 며칠에 한 번씩 전해주고는 했다.

지금 생각해보면 그 시절, 자연 속에서 숨 쉬면서 세상과 사람들을 향해 닫혀 있던 마음의 문이 서서히 열리기 시작했던 것이 아닌가 싶다. 단순한 삶은 놀라울 정도로 마음의 평화를 가져다주었다.

거기서 공부도 가르치고 간단한 농사도 지으면서 그렇게 일 년을 지냈다.

가난하지만 눈빛이 맑은 아이들은 내게 새로운 삶의 모습을 보여주었다. 그러나 아이들에게 나는 과연 어떤 모습이었을지 지금도 가끔 궁금하다. 나는 그곳에서 그저 소박하게 일하며 단순하게 살았고 신기하게도 삶은 그것으로 충분했다.

바로 옆집에 사는 사냥꾼 댁은 활달하고 경우가 밝은 사람이었다. 앞니 한쪽이 빠져 웃을 때마다 드러나고는 했지만 개의치도 않는 것 같았다. 간성으로 마중 나왔던 남편은 옛날이야기나 전설에 나오는 장수처럼 기골이 장대하고 인물이 출중한 사람이었다. 해마다 겨울철이 되면 눈밭을 헤치고 곰 사냥을 떠난다고 했다. 몇 명

일행이 모여서 인제며 원통으로 안 가는 곳이 없이 떠나 산속에 곰처럼 뒹굴면서 곰 사냥을 한다는 것이었다. 곰을 한 마리 잡으면 떼돈을 벌게 되는데 대체로 그 떼돈을 들고 예쁜 각시가 있는 술집에 파묻혀서 세월이 좋다고 놀다가 돈이 떨어지면 빈손으로 오는 경우도 허다하다고 했다.

처음에 그 이야기를 듣고 흥분한 나는 그런 남편을 그냥 두느냐고 했지만 사냥꾼 댁은 화통하게 웃기만 했다.

"사나가 인물이 그만할 때는 여자들이 따르는 것이사 당연한 일이제."

한결같은 대답이었다. 사냥꾼이 돌아온다는 통보를 받으면 제일 좋은 옷을 차려입고 한쪽 다리를 조금씩 절며 간성과 선유실리의 중간 지점 시냇가에 큰 느티나무가 서 있는 곳까지 마중을 나가 하루 종일이라도 기다리고는 했다. 어떤 때는 해가 다 진 무렵에 쓸쓸히 혼자 돌아오기도 했다. 도대체 정신이 있는 사람이냐. 왜 그런 대접을 받고 사느냐. 젊은 시절의 나는 참 주장할 일도 많아서 그렇게 살아서는 안 된다고 종주먹을 대고는 했다. 무언가 몹시 부당해 보여서였다.

"집으로 돌아오기만 하는 것도 고맙제 무어."

덤덤한 대답만 돌아오고는 했다. 그렇게 남편을 위하고 좋아하는 사람을 그 후에도 별로 본 적이 없는 것 같다. 남편 이야기를 할 때면 얼굴이 환한 꽃처럼 피어나던 여자였다. 나중에 생각해보니 어떤 의미에서는 가장 행복했던 아내의 모습이 아닌가 싶기도 하다.

제도 교육을 한 번도 받아보지 못해 거의 문맹에 가까운 수준이었지만 경우가 밝고 인생에 대해 혜안을 지닌 사람이었다. 지금 생각해보면 그 집 부인과 가장 마음을 털어놓고 친구처럼 지냈던 것만 같다.

장에 내려가는 길에 군청 공보실에 부탁해서 영화 신청을 하고 기다리면 두어 달에 한 번 정도 군 홍보실에서 나와 옛날 배우들이 나오는 오래된 영화를 틀어주었다.

마을 사람들은 영화 상영이 있다는 소식을 들으면 이른 저녁을 먹은 후 삶은 감자며 부침개들을 베수건에 싸 들고 잔칫날을 받은 것처럼 흥겨워하며 학원 마당으로 몰려들었다. 멀리서 이웃 마을 사람들까지 원정을 왔다. 어스름한 기운이 학교 운동장에 깔려들고 영사기 돌아가는 소리가 들리기 시작하면 사람들의 얼굴에 흥분과 즐거움의 기색이 가득 넘쳤다. 장난치며 떠드는 아이들의 웃음소리와 돌돌거리며 흐르는 시냇물 소리에 둘러싸여 밤의 산속은 훈훈했다. 사람들이 행복해지기 위해서 무엇이 필요한가 하는 의문이 들 때면 그 당시 정경들이 지금도 떠오르곤 한다.

여름 장마가 시작되어 비가 억수로 퍼붓기 시작하면 시냇물이 거센 흙탕물이 되어서 밤새 소란스럽게 흐르고 길 위에까지 범람을 했다. 그럴 때면 학교는 휴교를 했다.

그때가 어쩌면 인생의 가장 행복한 시절이었는지도 모르지만 그 당시 나는 갑자기 맞지 않은 옷을 얻어 입고 있는 사람처럼 쓸쓸했다. 아마 그곳에서 나는 생애를 통해 가장 많은 편지를 띄워 보냈던 것 같다. 답장을 해주는 사람도 있었고 하지 않는 사람들도 있었다. 나는 아이들의 순진무구한 이야기, 시시각각으로 변하는 숲의 빛깔과 시냇물에 비치는 하늘과 구름의 이야기, 누에를 치고 뽕잎을 따러 다니던 이야기, 그리고 내가 읽은 책 속의 주인공들에 대한 이야기들을 썼다.

일 년이 지나 학원을 떠나기 전에는 작별 기념으로 교실에 병풍과 담요를 둘러치고 춘향전을 공연했다. 나는 월매 역할을 맡았고 눈매가 고운 여선생은 춘향이 역을 맡았다. 윗마을에 사는 허우대 좋은 총각이 군대에서 휴가 나왔던 길에 이 도령이 되고 마을 사람들이 변학도며 향단이가 되었다. 아이들은 입은 옷 그대로 아무 때나 남원 마을 사람이나 잔치 손님으로 뛰쳐나오는 즐거운 단역배우들이었다. 얼마나 많이 공연을 보러 몰려들었는지 교실 안이 송곳도 못 꽂을 정도로 꽉 차서 교실이 들여다보이는 유리창 틈새마다 사람들이 발을 돋우고 서서 울고 웃으며 공연을 보았다. 그 모든 장면들이 어느 꿈속에서 보았던 일처럼 아련하고 그립기만 하다.

그날 밤 초가집에서 짐을 챙기며 나는 여선생과 함께 지나간 시간들의 추억을 더듬었다. 닷새마다 서는 장에 따라나서던 일, 간성 공보실에 가서 졸라 영화를 학원 운동장에서 상영하던 일, 누에를 치느라고 뽕을 따러 다니던 일, 비가 억수로 퍼부어서 계곡물이 불어나 윗마을과 고립이 되었던 여름날, 겨울에 흰 눈이 쌓여 교통이 두절되어 문 앞에 겨우 걸어 다닐 길만 내고 일주일을 지내던 생각….

그리고 산속을 서서거리던 바람소리들, 가을에 아이들이 꺾어와 교실을 장식하던 단풍나무 잎들, 아이들이 고무신에 시냇물과 함께 담아 오던 물고기들, 오후 내내 기다리던 자전거 탄 우체부, 집 앞

텃밭에서 가꾸던 오이며 감자, 호박들… 숨이 막히도록 아름다운 생명의 빛으로 숲과 시내를 비추며 떠오르던 보름달, 그믐이 가까워지면 깜깜한 하늘에 청청하게 빛나던 별들….

미국에서 오랫동안 살다가 귀국했을 때 가장 먼저 찾아보고 싶었던 곳이 바로 선혜학원이었다. 그러나 찾아간 자리에는 낯선 분교가 서 있었고 군부대가 시냇물 바위 앞까지 철조망을 치고 주둔해 있었다.

모든 추억은 오랜 세월이 지난 후에야 희미한 기억과 상상을 뒤섞으며 그 흔적을 드러내는 것 같다. 낯익은 얼굴들이 사라진 마을을 되돌아 나오면서 나는 먼 옛날의 그림자처럼 실감이 나지 않는 추억에 빠져들었다. 내가 찾아 헤매던 나의 참모습과 삶의 방향을 처음으로 가늠할 수 있게 도와주었던 장소가 바로 그곳이었다는 생각이 새삼 들었다.

도시에서는 찾을 수 없었던 자연과 인간관계의 깨우침이 그 산속에서 나를 기다리고 있었던 것이다.

학교 옆에 서 있던 곰잡이 사냥꾼의 집도 이제 퇴락한 빈집이 되어 있고, 우리 선상님 기신가 하고 하나 빠진 앞니를 드러내며 거침없이 웃던 사냥꾼 댁도, 한겨울이면 곰 잡으러 떠나던 사냥꾼도 그 자리에 살고 있지 않았다. 근처 어느 집에도 낯익은 사람들은 남아 있지 않았다.

- 선상님, 선상님, 어서 오시요.

시냇가가 보이는 언덕에 서자 그때 나이 그대로인 아이들이 저쪽에서 아우성을 치며 이쪽으로 뛰어오는 것이 보이는 것 같았다.

-아이구, 이거 우리 고운 선상이 이게 웬일인가.

다리를 조금 절며 서둘러 달려오는 사냥꾼 댁의 활달한 웃음소리도 들리는 것 같았다. 젊은 시절은 꿈과 기억만 남기고 모든 것의 실체는 사라져가고 있었다. 참으로 오래 산 것 같은 아득한 느낌이 온몸을 흔들고 지나갔다. 시냇가를 돌아서 걸어 나올 때 전송하듯 뒤를 따라 불던 바람소리만 태고의 주인처럼 낯익었다.

국제관광공사에서

약혼자가 미국으로 떠난 얼마 후 프리랜서로 일하던 방송국에서 PD 공모가 있었다. 적극적으로 응시할 것을 윗사람들이 권했지만 언제 미국으로 떠나게 될지 몰라서 응시하지 않았다. 그리고 당시 국제관광공사에서 통역안내원을 모집한다는 공고를 보고 그곳에 응시했다. 미국에 가기 전에 영어회화를 제대로 배워볼 수 있는 좋은 기회라고 생각해서였다. 다행히 회화 시험은 보지 않아서 영어 필기 시험과 상식 등의 시험을 보고 합격했다.

그리고 수습과정을 거쳐 우리나라를 방문하는 외국 여행객들의 통역안내원을 맡게 되었다. 소속은 대한여행사로 되어 대한여행사 직원이 되었다. 영어회화가 어느 정도 익숙해서 처음부터 김포의 국제관광공사 카운터에서 외국인들을 대상으로 안내하는 일을 맡게 되었다. 일은 그렇게 어렵지 않았다. 처음에는 좀 서툴렀지만 그곳에서 일하면서 영어회화도 일취월장으로 늘었다. 근무하는 사람들과 낯도 익히고 함께 일하면서 새로운 세계로 나아가는 것처럼 즐거웠다.

그때만 해도 인천공항 같은 엄청난 시설은 상상도 못하던 시절이었고 외국으로 드나드는 모든 관문은 김포공항이 유일했기 때문에 떠나고 돌아오는 사람들로 언제나 공항 안은 벅적거리고 붐비었다. 그 당시만 해도 외국에 공부하거나 일하러 가는 일은 상당히 어렵고 드문 일이어서 누군가 가족 중의 한 사람이 유학을 하거나 출국을 하는 경우에는 온 가족, 친척들이 다 공항에 나오고는 했다. 공항 안은 하루 종일 시끌벅적했고 시간표나 길을 묻는 사람들 때문에 대한여행사의 카운터는 실로 쉴 틈이 없이 바빴다. 비행기가 연착하거나 연발할 때면 외국 여행에 익숙한 외국인들은 그 사실을 그대로 받아들이고 의자에 앉거나 통로에서 떨어진 곳에 신문지를 깔고 바닥에 길게 앉아 시간을 보내고는 했다. 제일 힘들었던 일은 왜 늦게 떠나느냐, 왜 이렇게 늦게 오느냐고 내국인들의 항의가 대한여행사 카운터에 쏟아지는 일이었다.

우리는 아무 관련도 실상 없었지만 최선을 다해서 대답을 하려고 애를 썼다. 그렇다고 해도 도착하지 않은 비행기를 휘파람으로 부를 수 있는 것도 아니고 떠나지 못하는 비행기를 밀어서 하늘로 떠올리는 힘을 우리가 가지고 있는 것도 아니건만 어떤 사람들은 우리가 불구대천지 원수라도 되는 것처럼 격앙해서 공격적으로 말을 건넸다. 비행기 도착이 계속 연기되어서 언제 올지 확실치 않다고 말하면 그럼 왜 그 자리에 앉아 있으며 제대로 하는 일이 뭐냐는 힐난을 받기도 했다.

약혼자는 늘 장문의 논문 비슷한 편지를 보내 자신의 근황을 세세하게 전했고 나도 어떻게 지내는지 소소한 이야기들을 적은 답장을 했다. 그는 지금도 그때 문장실력을 가다듬은 것이 내가 작가가 되는 데 크나큰 일조를 했다고 뽐내고는 한다. 쉽게 말하자면 자기를 만나서 멀리 떨어져 지내게 되지 않았다면 내가 작가가 되기는 어려웠을 것이라는 것이 그의 논리이다.

아무튼 복잡한 인생사에서 어떤 일의 진정한 원인이 무엇인가 하는 것은 동서고금의 소설이나 역사를 통틀어 보아도 알아내기가 쉽지 않은 난해한 일이라 그의 학설에 반박하기도 어려운 일이다.

영어회화가 많이 익숙해진 다음에는 개인이나 소집단의 외국인 관리나 여행자들과 함께 비원, 남산, 박물관 등에 동행하면서 가이드를 맡기도 했다. 그들이 특히 흥미 있어 하는 부분은 남북분단의 비극에 관한 이야기였다.

어떻게 그럴 수가 있느냐, 그 정도인 줄은 몰랐다는 게 그들의 입장이었고, 우리가 선택한 일은 아니고 강국의 대세에 밀려 일어난 일이라고 설명할 수밖에 없는 일이었다. 그리고 한국전쟁의 후유증 때문에 남북한의 관계는 악화일로를 걷게 되었고 지구상에서 제일 먼 나라보다도 더 심리적으로 사회적으로 먼 나라가 되어 버렸다는 이야기를 들으면서 사람들은 안타까워했다.

우리가 이제는 타성에 젖어서 당연히 받아들이는 일들이 외부에서 보기에는 더 안타깝고 더 비인도적이라는 생각이 드는 것 같았다.

외국인들은 비원의 아름다움에 홀린 듯한 찬사를 보냈고 경복궁의 대웅전에서는 그 위엄에 감탄했다. 그들이 제일 신기해하기도 하고 마음에 들어 하며 각종 물건을 사들였던 곳은 동대문시장이었다. 살아 있는 생선들이 함지박에서 펄펄 뛰고 있는 광경이나 좌판에 가득 놓은 산더미 같은 각종 과일들을 보고 즐거워하며 호텔에서 먹겠다고 몇 개씩 사들기도 했다. 당시만 해도 식용으로 개고기를 먹는 것이 어느 정도 관행처럼 받아들여질 때여서 좌판에 토막을 내서 널어놓은 개고기들을 보고 무어냐고 물으면 고기 종류인데 무언지는 잘 모르겠다고 어물어물 넘기고는 했다.

포목전에 들어서서는 아라비안나이트에 나오는 비단의 향연 같다면서 꼬불꼬불한 미로를 헤매는 일을 마다하지 않고 따라다니고는 했다. 비단 스카프나 작은 소품들을 앞 다투어 구입하기도 했다.

그들은 부모님이 월남했다고 하자 우리 집안의 가족 역사에 지대한 흥미를 보였다. 우리 부모가 이북 사람이라 해방 때 월남했고 아버지 가족들은 함께 월남했으나 아버지를 따라 홀홀 단신 내려온 어머니는 오빠나 어머니와 다시는 연락을 하지도 못하고 생사 여부도 알지 못한 채 살고 있다는 이야기에 그들은 믿을 수 없는 이야기라고 했다. 편지는 보낼 수 있지 않느냐, 소식은 알아볼 수 있지 않느냐 하고 그들은 말했지만 이즈음처럼 이산가족 만남이 있었던 것도 아니었다.

어머니는 동경 유학까지 한 수재 오빠가 이북에서 높은 자리에 있을 거라는 이야기를 노상 하셨고, 아버지하고 다툼이라도 있을 때면 짐을 싸가지고 가려도 갈 친정이 없어 대문 밖에서 하염없이 울다가 다시 들어오곤 했다는 이야기를 늘 들려주었다. 이북에서 간첩으로 남파되었다가 전향한 사람의 기사를 보기만 하면 어떻게든지 그 사람을 만나서 오빠 소식을 들어보겠다고 하다가 그 당시 삼엄한 경계태세에 눌려 할 수 없이 단념하고는 했다.

해방 후 어머니가 월남하던 길에 사리원 역에서 외할머니와 헤어질 때 문자 그대로 갓난아기였던 나를 다시 만져보고 안아보고 하면서 외할머니는 눈물바람을 했다고 한다. 어머니는 그러는 외할머니에게 귀염 받던 버릇없는 막내 딸답게 누가 죽으러 가느냐고 이제 곧 다시 만날 텐데 사위스럽게 울기는 왜 우냐고 마구 야단을 쳤다는 것이다. 어머니는 그 이야기를 할 때마다 눈물바람을 했다. 글쎄 그게 마지막이었구나. 헤어질 때라도 다정하게 작별인사를 했어야 하는데 지금도 마음이 아프다고 어머니는 이야기를 하고는 했다.

대한여행사에서 함께 시험에 합격했던 동료들과 하는 일들은 아주 즐거웠다. 그중의 한 사람은 우연찮게 함께 점심을 먹으며 이야기를 나누다가 약혼자가 로타리 일 년 장학생으로 뽑혀 미국에 있다고 하자 깜짝 놀라면서 자신의 비밀을 털어놓았다. 사실은 자기가 그다음 기에 뽑힌 로타리 장학생이라는 것이었다. 그는 약혼자의 이름과 근황까지 상당히 잘 알고 있었다. 자기도 그냥 돌아올 생각이 없고 이 기회에 일 년의 일정을 마친 다음에 미국에서 유학할 준비를 하고 있다는 것이었다.

그 사실을 이곳에 취업하면서 숨긴 이유는 일 년 내에 떠날 사람을 채용할 기관은 없기 때문이라고 했다. 어느 날 그의 약혼녀와 함께 합석하게 된 나는 여러 가지 이야기를 나누다가 깜짝 놀라지 않을 수 없었다. 내가 어렸을 때는 결혼식 때 화동 두 사람이 꽃을 뿌리면서 신랑 신부의 앞에 서서 걸어가는 것이 유행이었는데, 나와 함께 결혼식에서 꽃을 뿌리면서 함께 걸어 들어갔던 소녀가 바로 자기 언니라는 것이었다. 그 빛바랜 사진의 소녀와의 인연은 신기하기만 한 일이었다. 그것도 그녀의 성이 아주 귀한 성인 탁씨라 옛날에 내가 탁씨 성을 가진 소녀와 함께 결혼식에서 꽃을 뿌리고 들어갔다는 이야기를 하다가 알게 된 일이었다.

그 부부와 우리 부부는 오래된 인연을 지금도 기억하며 가끔씩 만나 지난 시절의 이야기에 꽃을 피우고는 한다. 그중의 압권은 바로 다음과 같다. 그가 로터리 장학생으로 떠나 선임자였던 약혼자를 디트로이트로 찾아가 만나게 되었는데 그가 그렇게 간절하게 우리 아가씨, 우리 아가씨 하면서 나를 향한 그리움을 토로했다는 것이었다. 자기는 누구 이야기를 하는지 처음에는 이해가 가지 않았다는 것이다. 아가씨라고 불리기에는 내가 너무나 씩씩해 보여서였겠지만 그의 회상에 초를 치기 싫어 그만두었다는 것이 그의 이야기였다. 어쨌든 지금은 박찬욱 감독의 〈아가씨〉라는 영화가 개봉되는 바람에 아가씨라는 이름에 약간의 그로테스크한 느낌이 살짝 배어들기도 했지만, 직장에서 일하면서 그렇게 씩씩하고 선머슴 같았던 동료를 아가씨라고 부르는 것은 어쩐지 기이했다고 그는 나중에 웃음 섞어 실토했다.

아무튼 애타게 헤어져 있는 남녀의 상상력에는 한계가 없는 법이 아닌가 싶다.

상대방의 현실적인 모습은 기억 너머로 사라지고 자기 마음속의 모든 그림들이 살아나 기억에 첨삭을 가하는 것이 아닌가 싶기도 하다.

디트로이트의 가발가게

공부하러 먼저 디트로이트로 떠난 남편을 뒤따라와 비행기에서 내리던 바로 다음 달부터 나는 한국인이 경영하는 가발가게에서 첫 일을 하게 되었다. 마네킹 머리 위에 덮여 있는 가발들이 줄을 서서 선반에 얹혀 있는 가게 안에 처음 발을 들여놓았을 때 영국에서 제일 유명하다는 납 인형의 집에 온 것처럼 섬뜩한 기분에 뒤이어 정말 다른 나라에 왔구나 하는 실감이 들어왔다.

주말이 되면 물밀 듯이 밀려 들어와 금발, 흑발, 갈색의 가발들을 이리 저리 써보고 아낌없이 큰돈을 내고 가발을 사가는 흑인 여자들은 전혀 다른 세계의 사람들 같았다.

가게 안에는 축구공만 하게 둥근 원형을 이룬 곱슬머리 가발도 있었고 소녀의 어깨에서 수줍게 찰랑거리는 것 같은 검은색의 생머리 가발도 있었다.

그중에서도 흑인 여자들이 보기만 하면 탄성을 지르며 갖고 싶어 하는 가발은 깁슨이라고 부르는 프랑스 왕조시절 궁정 여자들의 머리 스타일이었다. 얼굴 주위를 둥글게 감싸고 걷어 올린 머리 뒤로 난만하게 핀 꽃처럼 화려한 컬들이 부풀어 올라 키를 거의 이십 센티 정도나 크게 보이게 해주는 디자인이었다. 피부가 검고 얼굴이 커다란 중년 흑인 여자들의 얼굴에 그 디자인이 잘 맞을 리가 없었지만 수많은 사람들이 그 가발을 사고 싶어 했다. 어떤 손님들은 몇 달씩 예약을 걸어놓고 돈을 모아 돌아와 사고는 했다. 자동차 공업이 그 위세를 떨치던 시절이었고 얼마 전에 흑인의 폭동이 시내에서 일어났던 시절이라 웬만한 백인들은 다 교외로 멀리 떠나버리고 시내에서 가까운 주택가는 거의 흑인들로 채워져 있었다.

가발 가게 주인인 미세스 최는 숙련된 마술사 같았다. 단단한 머리 모양의 인형 틀을 쇠고리에 고정시키고 길다란 흑발이나 금발을 그 위에 덮어씌워 세심하게 머리를 빗었다. 그리고 머리를 부풀게 모양을 내어 빗고 커다란 컬을 손가락으로 꼬아 만들어 핀으로 찔러가면서 한 바퀴를 돌아가면 금세 궁정 무도회에 나오는 마리 앙투아네트 왕비의 스타일 같은 화려하고 정교한 머리 모양이 만들어지고는 했다. 나는 그녀가 손을 꼭 쥐었다 벌리기만 하면 흰색, 검정색, 노란색, 호랑나비 색의 각양각색 나비들을 날아 나오게 하는 마술사처럼 보이기만 했다.

무엇이든지 곱게 만드는 타고난 손재주가 없는 데다가 자기 머리조차 제대로 잘 다루지 못하는 내가 할 수 있는 일은 라면처럼 곱슬거리는 아프로라는 헤어스타일에 자디잔 빗질을 빈틈없이 해서 둥그렇게 부풀려 보이게 하는 정도뿐이었다. 그리고 손님들이 들어오면 그 뒤를 따라다니며 가발을 씌워주고 손으로 만져주기도 하고 가발 값을 받은 후에 잔돈을 거슬러 주기도 했다. 제일 힘든 일은 걸핏하면 가발을 몰래 벗겨 훔쳐가려는 젊은 흑인 여자들을 막고 감시해야 하는 일이었다. 처음에는 그런 여자들을 이해할 수가 없었다. 무엇을 훔친다는 일에 대해 별로 죄의식도 없고 그저 놀이의 일종처럼 생각되는 모양이었다. 품에 넣으려는 가발을 달라고 해도 무안해하거나 미안해하지도 않고 실실 웃으면서 게임에 진 술래처럼 순순히 내어놓기 때문이었다. 그런 일만 아니면 대체로 편한 일이었다.

한번은 그 유명한 깁슨 가발을 훔치려다가 들킨 흑인 여자가 자기가 적반하장 격으로 화를 내고 나가더니 한 시간쯤 지나 험악한 인상의 흑인 남자가 들어서서 권총을 들이대고 죽인다고 협박을 하다가 제풀에 나간 적도 있었다.

원래 외국 유학생의 아내 비자로는 그 당시 이민국의 법에 의해 직업을 가질 수 없는 신분이었기 때문에 정식으로 고용된 형태가 아니었다. 말하자면 한다 하는 비정규직이고 아무런 보험이나 혜택도 없고 주중에 매일 가서 일을 하고 한 주일에 한 번씩 주급을 현금으로 받았다.

주인인 미세스 최는 서글서글하고 다혈질인 성격이라 급한 성미가 튀어나올 때도 있었지만 본 심성이 선량한 사람이어서 일 자체가 그다지 힘들지는 않았다. 시간이 지나가면서 가발을 사러 오는 단골 고객들과 친해지기도 하고 영어도 조금씩 더 배우게 되면서 그럭저럭 재미있게 지낼 수 있었다. 그러나 첫 아기를 임신하고 배가 불러 만삭이 가까워지게 되자 일을 그만둘 수밖에 없었다.

내가 만났던 미국

남편이 철학박사학위를 받고 서강대학에서 교수직을 잡게 되었을 때 나는 미시간 대학의 사회복지 대학원에서 석사학위 과정을 밟고 있는 중이었다. 남편은 먼저 귀국하고 아이들하고 나는 과정을 마치러 미국에 남았다.

어느 분야에서나 사람과 직접적으로 일을 하는 과목은 실습을 중시하는 것이 미국의 풍토였다. 일주일에 8시간씩 이틀이 소요되는 실습과정을 밟는 것은 워낙 고된 일이었다. 특히 어린아이들 둘을 하루 종일 맡기는 일이 큰 과제였다. 다행히 캠퍼스 내 우리가 살고 있는 하우스 2층 아랫집에 젊은 필리핀 여자가 살고 있어서 기꺼이 아이들을 맡아서 돌봐주었다. 늘 웃는 얼굴에 활달하고 화통한 여자였다. 아이들을 자기 아이처럼 귀여워하면서 길러주어서 일단 한 가지 문제는 그런대로 해결이 된 셈이었다. 내가 조금 돌아오는 시간이 늦어지거나 하면 아이들에게 저녁도 먹여주고 함께 놀아주고는 했다. 미안해하거나 고마워하는 내게 자기는 아이들이 너무 좋고 이렇게 일할 기회를 주어서 고맙다고 늘 이야기하고는 했다.

실습 기관은 여러 가지 분야에서 본인이 가고 싶어 하는 분야를 최대한으로 조정해서 정해주고는 했다. 나는 가정재판소에서 실습을 맡게 되었다. 아동학대, 가정불화, 문제를 일으키는 가족 구성원들의 문제에서부터 친권 회복이나 가정 문제 등 때문에 민사소송을 걸게 되는 사람들의 조사와 인터뷰를 해서 재판과정에서 그 상황을 밝히고 보고하는 것이 내가 맡았던 의무사항이었다.

비행청소년, 임신한 13세 소녀, 아동학대 혐의로 친권을 빼앗기게 된 남자, 5세 된 아동을 유기하고 다른 남자와 달아나버린 여자, 자녀들이 돌봐주지 않아 잘 움직일 수 없는 상태에서 거의 아사 상태에서 발견된 노인, 정부의 육아보조기금으로 받은 돈을 미혼모가 자기 치장에 다 탕진해버려 영양실조 상태에 걸린 아기…. 처음에는 듣도 보도 못했던 미국 가정의 어두운 측면의 치부에 입이 딱 벌어질 지경이었다.

가정문제나 아동문제에 대한 법적인 측면은 법원에서 다루고 육체적인 문제는 병원에서 다루게 되어 있었다. 내가 맡았던 일은 가정 내에서 일상생활과 연관이 되어 있는 부적응의 문제를 다루거나 피소당하거나 법정에 청원을 내어놓은 당사자를 방문해서 그 환경에 대한 보고와 인터뷰를 여러 차례에 걸쳐 보고하는 일이었다.

사건 개요만 들으면 한쪽의 나쁜 사람과 한쪽의 선량한 피해자가 있는 것 같았지만 실상은 수학의 어려운 문제로 결코 풀리지 않는다는 뫼비우스의 고리처럼 쌍방의 문제가 어지럽게 얽혀 있는 경우가 많았다.

흥미 있는 일은 법정에서 대학원생이 작성한 보고서를 의외로 신중하고 비중 있게 다루어서 판결에 상당한 영향을 미치게 하는 일이었다. 자연히 보고서 작성은 언제나 어려웠고 실제로 무슨 일이 일어나고 있는가에 대한 가족들의 진술은 일본 영화 〈라쇼몽〉에 나오는 주인공들의 이야기처럼 서로 꼬이면서 각자 다 그럴듯하기만 했다.

특히 가슴 아팠던 일은 친권 박탈의 소송에 걸린 폭력 성향의 아버지나 방종한 이성 관계나 술 때문에 자녀를 제대로 돌보지 않아 친권을 박탈당할 상황에 놓인 젊은 미혼모들의 케이스를 다룰 때였다. 그들은 눈물로 호소하기도 했고 자신이 얼마나 아이를 사랑하는지 강변하기도 했다. 아이가 없으면 자기는 살아갈 수 없다고 하소연하는 사람도 있었고 친권을 박탈하면 죽어버리고 말겠다고 협박하는 사람들도 있었다.

실습 지도 교수는 내가 쓴 보고서를 보면서 여러 번 충고를 했다. 상대방을 도와주려는 마음을 가지고 보고서를 작성하면 안 되고 거울로 그려내듯이 실제로 일어나고 있는 사실과 진술에만 굳건한 토대를 두어야 한다는 것이었다. 가해자나 피해자에 대한 섣부른 동정심이 오히려 상대방에게 위해를 끼칠 수도 있고 내가 보기에 착해 보이는 사람도 상상하지 못할 난폭성이나 나쁜 마음을 지닐 수 있기 때문에 인간을 감상적인 관점에서 보지 말라는 것이었다. 법은 일어난 일에 대한 정확한 관찰과 본인의 진술, 이 부분에 가장 집중해야 하는 분야라는 것이었다.

그렇다면 왜 임상사회복지사에게 이런 일을 맡기겠느냐는 내 항변에 그거야 어느 정도 인간적인 측면에서 그 사람의 개인사를 참

조하려는 뜻이 제일 클 것이라고 그녀는 이야기했다. 아무튼 그 참조에 절대로 내 감상이나 호의를 사적으로 첨부해서는 안 된다는 것이 그 준엄한 논리의 핵심이었다.

처음에는 저항하는 마음도 들었지만 악어의 눈물이라는 말처럼 뉘우치는 모습을 보이는 부모의 뒤에 숨어 있는 경제적인 계산이나 너무나 착해 보이는 소심한 남자의 분노조절장애 때문에 공포에 떨고 있는 자녀의 모습을 함께 바라보아야 하는 상태에 이르기까지 꽤 시간이 걸렸다. 사람의 선한 면을 앞세우는 것은 개인적인 일이고 공적이고 법적인 일에서는 실제로 일어난 일이 무엇인지, 그가 실제로 어떤 행동을 했는지 하는 것이 일을 저지른 후 감정적으로 뉘우치는 태도에 가려져서는 안 된다는 것이었다. 문득 학교 다닐 때 외우느라고 고초를 겪었던 성선설과 성악설의 대립에 관한 이야기를 실제로 듣는 느낌이었다.

눈물을 흘리면서 아이에 대한 사랑과 반성을 보이며 호소하던 바로 그 부모가 또다시 학대와 폭력의 재범으로 법망에 걸려드는 것을 보게 되는 것은 실로 괴로운 일이었다. 그 실습을 하는 2년의 기간이 사람들의 이면에 얼마나 복잡한 선악이 뒤얽혀 있는지 새삼 깨닫게 되는 계기가 되어주기도 했다.

그때 맡았던 사례 중에 4살 난 딸아이가 추운 날씨에 밖에서 헤매게 두 번이나 놓아두었다는 이유로 친권을 박탈당했던 젊은 어머니를 방문 보고해야 했던 일이 잊히지 않는다. 그녀는 자신이 친권을 박탈당할 이유가 없다고 항소를 했고 그 사람을 방문해서 실제 생활의 보고서를 작성하는 것이 내게 맡겨진 임무였다.

방문하는 날짜가 되면 그녀는 최선을 다해서 방을 정리하고 나를 맞아들였지만 여기저기 빈 술병들이 나뒹굴고 있었고 어떤 때는 옆방에 누군가 남자를 숨겨둔 듯한 인기척이 느껴지기도 했다. 만날 날을 정해서 방문을 했는데도 지워버리지 못한 술 냄새가 훅 끼치기도 했다. 그녀는 내게 대단히 다정했고 좋은 엄마의 좋은 모습을 보여주려 애썼다. 내 보고서를 보고 지도교수는 간단하게 말했다. 좋은 모습을 찾아보는 건 나쁘지 않으나 실제로 그 아이의 행복을 위해서 어떤 것이 최선인지를 바로 볼 수 있도록 주관적인 감정을 배제하고 작성하라는 것이었다.

몇 회에 걸친 방문 기간이 지난 후에 가정재판소의 재판이 열렸고 유능한 변호사를 고용했던 그녀는 내 보고서에 더 신뢰를 두었던 판사에 의해 일 년간 더 심리치료를 받고 그 후에 다시 보자는 결론을 받았다. 그 당시 변호사가 하던 변론이 지금도 생생하다. 그는 말했다.

"이 보고서는 아무 인생의 경험이 없는 대학원 학생이 작성한 것입니다. 이건 바로 모범 답안에 가깝고 부모의 심정을 헤아리지 못하는 미숙한 관찰의 결과입니다. 아무쪼록 간절히 자식이 돌아오기를 바라는 어머니의 심정에 초점을 두어서 친권을 되찾아주지 않으면 이 청원자의 상태는 더 나빠질 것이며…." 등등이었다.

판사의 최종 결정 중에 했던 몇 가지 이야기가 지금도 기억이 난다.

그는 이렇게 말했다. 전체적인 상황을 검토한 끝에 아이는 부모가 정서적으로 사랑하느냐, 사랑하지 않느냐에 기준을 두거나 부모에게 정서적으로 이 아이가 필요하다는 이유로 부모에게 돌아가기는 어렵다. 중요한 사실은 그 정서적인 사랑을 어떻게 표현하고 아이의 건강과 행복을 위해서 올바로 쓸 수 있는지 하는 것이며 부모의 고독을 완화하기 위해 아이가 집에 돌아가서는 안 된다는 것이었다. 알코올 중독의 증세나 대인관계의 문제에 대한 조처나 교육이 없이 이 어린아이가 부모에게 돌아가게 되면 같은 일이 되풀이될 확률이 많고 이 아이는 두 번이나 다른 사람의 발견이 없었으면 추운 거리에서 극단적인 비극에 직면할 수도 있었다는 것이다. 중요한 건 술에 취한 어머니가 거의 혼수상태에 빠져 아무런 반응을 보이지 않자 아이가 문을 열고 집에서 입은 옷 상태로 추운 밖으로 나오게 되었다는 점이라는 것이다.

감정적인 사랑과 아이를 돌보는 기본적인 책임 사이에 극단적인 간격이 있는 경우에 그대로 돌려보내기는 어렵고 국가에서 지정하는 상담 치료를 받고 알코올 중독의 치료와 직업의 안정이 선행된 후에라야 친권을 회복할 수 있다는 요지였다. 아이에 대한 사랑을 자기 책임을 지는 방법을 습득하는 데서 보여주어야 하겠다는 논지였다.

좋은 부모가 되기 위해 어떤 사람이 되어야 하는가 하는 생각을 할 때 가끔 그 판사의 판결 논지가 생각날 때가 있다.

부모와 자식을 바라보는 몇 가지 시선

미시간 가정재판소에서 대학원 실습과정을 하고 있을 때였다. 백인 담당자하고 함께 여러 가지 실무를 다루는 동안 특이한 사건과 마주치는 경우가 많았다. 그중에도 아주 복잡했던 일은 아이를 포기했던 부모가, 주로 엄마들이 자기 아이를 찾는 경우였다. 그 당시에는 자기가 너무 어려서, 혹은 경제적으로 어려워서 혹은 미혼모가 되는 것이 두려워서 한때 잘못을 저질렀다는 눈물어린 사연들은 다양했다. 이제 안정되고 행복한 결혼생활을 영위하면서 자기 아이가 어떻게 살고 있는지 모른다는 사실이 너무 고통스럽다는 편지도 있었다.

혹은 자기가 그 후 다시 아이를 낳지 못했는데 자기 아이와 연락이라도 하면서 지낼 수 없느냐는 편지도 있었다. 반면에 입양된 아이가 자기 친부모에 관해 알고 싶어 연락하는 경우도 있었다. 이런 경우에 그 비밀의 상자를 보관하고 있는 기관에서 어떻게 처리해야 하는가 하는 문제는 작은 일이 아니었다. 생모에게는 수백 가지의 사연이 있겠지만 아이의 입장에서 그 사연이 어떤 것이었든지 간에 그대로 수용하기는 어려울 것이었다. 하늘 아래 어느 한 사람도 자기를 돌봐줄 사람이 없는 상황에서 자신을 단념한다는 것이 말이 되는가 하는 것이었다. 그래도 아이들은 자기를 지극히 사랑했지만 어쩔 수 없는 상황이라 자기가 기르는 것보다 더 행복해질 기회를 주려고 아이를 단념한 것이라고 믿고 싶어 했다.

그 부서 담당자는 씩씩한 중년 백인 여자였는데 그런 사연이 계속해서 올 때마다 어떻게 처리해야 하는지 고충이 크다고 토로하고는 했다. 그의 입에 붙은 말은 '그러게 왜 처음에 자기 아이를 버리냐고'였다.

양자를 들인 양부모의 고충을 토로하는 편지도 있었다. 아기를 입양할 때 이름과 태어난 생일시를 그대로 따라 아이를 기르고 있는데 생일 일주일 전부터 자기 아이의 이름으로 생일을 축하한다는 작은 광고가 신문에 잇따라 뜬다는 것이다.

자신이 입양된 줄 모르고 친자인 줄 아는 아이가 하루는 신문에 자기하고 이름과 생일이 같은 아이를 찾는다는 광고가 계속 나는데 신기한 일이라고 말하더라는 것이다. 이렇게 비열한 일을 계속해서 자기 아이가 의심을 하게 되면 어떻게 하느냐고 하면서 어떻게든 이 친부모를 찾아내서 이런 일을 지속하지 못하도록 법적으로 조치를 취해달라는 편지도 있었다.

그럴 때는 어떻게 처리하느냐고 묻자 상황에 따라 다르게 처리한다고 했다. 더러 중재가 잘되는 경우도 있는데 친부모와 양부모가 서로 합의를 통해서 아이가 성년이 되면 그때 알려주고 만날 수 있도록 하자는 경우였다. 그러나 갈등이 심한 경우는 민사소송이나 형사소송을 거는 경우도 있다고 했다. 그런 일을 겪을 때마다 담당자는 으레 하던 말을 늘 하고는 했다.

"그러게 왜 처음에 애를 버리느냐고…."

그들의 사연들은 다양했다. 그 당시에는 어쩔 수 없었다는 것이다. 기관을 통해서 아기를 맡긴 경우도 있었고 부모가 직접 기관 앞에 유기한 경우도 있었다. 산부인과에서 아기를 낳고 그대로 사라져 버린 경우도 있었다. 병원에서 아기를 입양시키겠다는 각서를 미리 쓰고 분만한 이후에 혼자 떠나는 경우도 있었다.

담당자와 나는 가끔 열띤 토론을 벌이기도 했는데 기르지 않은 아이에 대한 모성애라는 것이 과연 실제적으로 존재할 수 있느냐라는 주제에 대한 토론이었다. 그 당시 관습으로는 아이가 성년이 되고 양부모가 동의하면 친부모의 존재를 알려줄 수도 있었다. 어떤 양부모는 아이의 혼란을 이유로 결사적으로 반대했고 친권을 행사하는 그의 견해는 존중되었다. 어떤 양부모는 그 아이가 자기 생모를 찾는 것에 대해서는 반대 의견이 없지만 그 기간을 성년이 된 후로 정하자고 제안하기도 했다.

문제는 입양아들이 자기 친부모를 찾고 싶어 할 때 기관 앞에 버려져 아무 정보도 없는 경우였다. 정보가 있어도 친부모가 만나기를 거절하는 경우도 있었다. 어떤 경우에는 깊은 상처를 더 받게 되기도 했다.

사례를 찾아보면 부모가 여섯 번째 아이를 낳고 더 키울 수가 없다고 입양기관에 의뢰한 경우도 있고, 방탕한 생활 끝에 아이의 아버지가 누군지 전혀 추정할 수 없어서 기르고 싶지 않다고 의뢰한 경우, 우울증에 걸려 아이를 기를 힘이 없다고 의뢰한 경우 등 실로 다양한 경우들이 있었다.

하지만 오랜 세월이 흘러 자기 아이를 찾아낸다면 옛날에 일어났던 과거의 일들을 과연 다시 바로잡을 수 있는 것일까. 그들이 실제로 원하는 것은 과연 무엇이었을까.

그저 원하는 것은 자기 아이가 행복하게 지내고 있는지 그것만 알아도 좋겠다는 것뿐이라는 사람들도 있었고, 꼭 그 아이를 만나 자기가 그 아이를 잊은 적이 없고 변함없이 사랑하고 있다는 이야기를 전해주기만 하면 충분하다는 사람들도 있었다. 종교적인 이유나 양심의 가책, 혹은 이제 상당한 재산을 모아서 그 아이에게 상속을 해주고 싶다는 사람들도 있었다. 소설 같은 이야기들이었다.

그때 대체로 대처하는 방법은 아이가 성년이 된 후, 그 아이가 동의할 경우에 연결을 해줄 수 있다는 정도였다. 아이들 중에는 친부모와의 연락을 거부하는 아이들도 있었다. 자기 부모는 지금 부모밖에 없고 그 외에 다른 부모를 두고 싶지 않다는 것이었다.

그 뒤엉키는 많은 사연들을 보면서 과연 부모자식 간의 사랑이라는 것이 생래적이고 타고난 것인지 상황이 주는 환경에 더 영향이 있는 관계인지 궁금한 적도 많이 있었다.

내가 기억하는 행복한 결말은 친부모(주로 엄마인 경우가 대부분이었다)와 양부모와 아이가 합의를 해서 성년이 되는 생일에 함께 만난 경우였다. 아이는 원만한 양부모의 극진한 사랑과 보살핌을 받으며 잘 자라서 자신의 입장을 받아들였지만 한 가지는 분명히 했다. 자기에게 친부모는 자기를 길러준 부모뿐이라는 것이었다.

과연 자식과 부모를 잇는 천륜이라는 감정이 세월이 지나도 퇴색하지 않고 남아 있는 것일까. 그 후 입양기관에서 입양아 고국 찾기 프로그램을 하면서 묵을 가정을 뽑을 때 신청해서 그들이 우리 집에서 함께 지낸 적이 있었다.

두 자매 같은 소녀가 집에 왔었는데 두 사람이 하루 종일 나가서 하는 일이 자기가 발견되었다는 장소 근처를 헤매는 것이었다. 어느 시장 근처나 어느 파출소 앞에서 발견되었다는 간단한 기록만을 의지하고 자신이 한때 천지간에 자기 혼자밖에 없는 힘없는 상태로 놓여 있었다는 장소는 이제 그대로 존재하지 않지만 그들은 그 근처를 하염없이 걷고 집으로 돌아왔다.

사람들과의 가장 근원적인 관계가 깨어지거나 버림받았다고 느낄 때 올바르게 성장할 수 있는가에 대해서는 여러 가지 학술적이거나 경험적인 논란들이 있지만 한 가지 확실한 사실은 그들 마음에 자리 잡은 그리움과 상처였다. 너무나 사랑했지만 자기를 기를 수 없어 더 좋은 환경에서 자라기를 바랐다는 이야기가 그들의 깊은 상처를 다 치료해주기는 어려운 것 같았다.

과연 핏줄이라는 것이 우리가 말하는 절체절명의 사랑을 저절로 키워주는 것인지 많이 생각해 보게 하는 경우였다.

두 소녀는 우리 집에서 묵으면서 가족들과도 어울리고 아이들과도 즐겁게 잘 놀아주었다. 한국 음식에도 관심을 보이고 매운 김치도 맛을 보았다. 하지만 잔멸치를 볶은 반찬만큼은 절대로 먹으려고 들지 않았는데 어째서냐고 물었더니 조그만 벌레를 볶아 놓은 것 같아 이상해서 먹을 수가 없다는 것이었다.

한국말을 몰라서 영어로 이야기하며 집 뜰에 앉아 있곤 하던 두 소녀는 며칠 만에 미국에 있는 자기 집으로 돌아갔다.

두 소녀는 떠나기 전에 우리 가족을 한 명씩 다 안아주었다. 그리고 나를 안으며 새로 배운 한국말로 작게 '엄마'라고 불렀다. 눈물이 글썽한 두 사람을 꼭 안아주며 가슴이 저려오는 느낌이 들었다.

이제 자기를 받아주었던 조국의 느낌을 조금이라도 간직하고 살게 되었다고 말하며 그들은 떠났다.

다시 삶과 죽음을 떠올리며

미국에서 국가고시에 합격하고 간호사 자격을 받은 후 일을 시작했던 곳은 미시간의 수도 랜싱에 있는 잉함 메디컬센터였다. 미시간 주에서 가장 큰 종합병원 중 하나였는데 나는 6층에 있는 심장병동과 암병동에서 일하게 되었다. 그곳은 늘 긴박감이 흘러넘쳤고 의료 직원들은 늘 보이지 않게 긴장하고 있었다.

당시만 해도 암 진단은 거의 사형선고에 가까웠고 그 당시 개발되고 있던 화학치료는 끔찍한 부작용을 동시에 불러일으켜 극심한 구토와 탈모, 온몸에 퍼지는 반점, 전반적인 피로감 등의 다양한 증세를 드러나게 했다. 암세포를 공격하는 화학치료가 정상세포에도 함께 해를 끼치기 때문이었다.

사춘기 청소년들부터 젊은이, 중년, 노년층들에 이르기까지 암 환자들은 다양했다. 특히 나이 어린 청소년들이 암 치료를 받고 퇴원했다가 점점 탈진한 상태가 되면서 되돌아오고, 증세가 악화가 되어서 죽음의 문턱으로 다가가는 모습을 보는 것은 괴로운 일이었다.

그곳에서 일하는 동안 나는 인생의 그늘과 그것을 받아들여야만 하는 사람들의 고통을 생생하게 바라보게 되었다. 입원한 어린 딸을 찾아와서 늘 유쾌한 얼굴로 함께 놀아주고 이야기를 나누던 중년의 남자가 문 밖 벽에 기대서 흐느끼고 있는 모습을 보고 아무 말도 걸지 못했던 적도 있었다.

암에 걸렸던 한 여의사가 말기에 이르자 남편에게 어린아이들을 데리고 오게 해서 침대의 양옆에 눕게 하고 한참씩 양팔로 안고 있다가 보내고는 하는 경우도 있었다.

간호대학에 다닐 때부터 모든 모임에서 다루는 핵심적인 이야기는 침착하게 평형감각을 유지해야 한다는 것이었다. 지나치게 감정에 치우치거나 동정심을 보여주는 것은 치료에도 관계에도 도움이 되지 않는다는 이야기였다. 냉정하고 무관심하라는 이야기가 아니라 마음속 깊이 배려하고 헤아리는 심정이 있는 것은 좋지만 지나치게 동정심을 지니게 되는 것은 어떤 경우에도 도움이 안 된다는 것이 그 골자였다. 환자들의 가족을 위한 모임도 자주 병원에서 마련했고 핵심적인 아이디어는 당신들의 사랑을 느끼게 해주고 편한 마음을 지니게 하는 것은 큰 도움이 되어주고 있다. 그렇지만 껴안고 울거나 부정적인 말을 해서 환자의 마음을 뒤흔들어놓는 것은 누구에게도 도움이 되지 않는다는 도움말이 주조를 이루고는 했다.

살아 있는 모든 사람은 언젠가는 죽게 된다는 것은 절대적인 자연의 법칙이지만 사랑하는 사람이 조금씩 죽어가고 있다는 전제를 받아들이기는 쉬운 일이 아니었다. 아침마다 듣던 말이 지금도 기억이 날 때가 있다. 슬퍼하지 말고 동정하지 말고 밝고 명랑한 기본적인 태도로 대등한 사람으로 친절하게 대하도록 하라는 것이 권고

수칙의 기본을 이루었다.

나이 들어 혼자 암 투병을 하게 되어 침상에 하루 종일 누워 있으면서 창밖만 바라보던 노인 이민자도 있었고, 모든 말기의 생명연장 치료를 거부하고 링거 주사도 거부하고 며칠 후에 세상을 떠난 중년 여자도 있었다.

독실한 가톨릭 신자의 가정에서 자라난 소년의 죽음을 앞두고 신부님과 가족이 함께 찾아와 마지막 미사를 집전하는 모습도 지켜보았다. 소년의 모습은 평화롭고 고요했다.

처음에는 그런 상황들이 견디기 어려운 부담감으로 다가왔지만 수간호사는 몇 차례에 걸쳐 내게 조언을 했다. 감정을 가라앉히고 내가 줄 수 있는 도움을 성실하게 수행하는 게 그 환자나 가족에게 가장 큰 도움을 주는 것이라고 했다.

심장병 환자와 암 환자를 같은 병동에 배치한 이유를 이해하기는 어려웠지만 아마도 암병동이라는 단절된 이미지가 환자들에게 줄 위화감을 줄이기 위해서인지도 몰랐다. 처음에 환자가 들어올 때 맞아들이고 입원 차트를 작성하는 일을 맡았을 때는 첫인상만으로 거의 휠체어에 앉아 있는 환자가 암 환자인지 심장병 환자인지 알아맞힐 수가 있었다. 활달하고 유머 감각이 있으며 정력적인 느낌을 주는 환자들은 심장병 환자가 많았고, 조용하고 생각이 깊어 보이며 별로 말수가 없는 창백한 표정의 환자들은 대체로 암 환자들이었다. 절망적으로 느껴지는 병의 예후 때문에 그렇게 된 것인지 병세가 진행되면서 일어나는 성격 변화인지 알기는 어려웠지만 성향의 차이 때문에 어떤 병에 더 잘 노출될 수도 있다는 이야기에 수

궁이 가는 점도 있었다.

병동의 총책임자인 수간호사는 마음이 넓고 아량이 있었지만 단호한 일꾼이었고, 그 밑의 책임을 진 간호사는 금발에 육감적인 몸매를 지닌 백인 여자였다. 그곳에서 일하면서 아주 친하게 지냈던 사람은 간호보조사인 샤와 간호사인 엘로이즈라는 흑인 여자였다. 두 사람은 솔직하고 적당히 친절했다. 잘생긴 얼굴에 건강미가 넘치는 샤는 큰 소리로 잘 웃고 엄청나게 힘든 일들을 끄덕도 하지 않고 해치우고는 했다. 엘로이즈는 아프리카의 여왕처럼 우아한 미인이었다. 우리 세 사람은 모이기만 하면 웃음꽃을 피우고 이야기를 나누면서 병동의 어려운 일들을 이겨내고는 했다.

엘로이즈는 특히 문화가 다른 내 행동치료 전담사와도 같았다. 그녀는 내가 지나치게 친절하다고 일침을 놓기도 했다. 적당히 친절하지 않고 너무 세심하게 모든 일을 돌봐주기 시작하면 다른 동료들이 자기 일을 성실하게 진행하고 있는데도 무언가 태만하다는 느낌을 환자들에게 줄 수도 있으니까 보조를 맞추어야 한다고 조언했다. 여기는 너희 나라와 달리 자신이 해야 할 일의 범주를 지나치게 넘어서는 친절은 전체 분위기에 도움이 되지 않는다는 것이었다.

일하는 직원이나 간호사들이 모두 함께 병동을 비울 수는 없기 때문에 점심시간은 11시와 12시로 나누어서 배정되었다. 나는 거의 항상 여러 가지 이유로 자기 점심시간을 바꾸고 싶어 하는 사람이 청하면 원하는 대로 바꾸어주었다. 내게는 아무래도 좋지만 그 사람들은 급박한 이유가 있어서 그런다고 생각해서였다.

어느 날 엘로이즈는 나를 부르더니 빈방에 데려가서 일장 훈시를 했다. 그렇게 사람들이 원하는 대로 해주면 안 된다는 것이었다. 나는 아무 때나 점심을 먹어도 괜찮다고 했더니 그렇지 않다고 그녀는 말했다. 사람들이 자기 점심시간 배정에 맞추어서 간식을 먹거나 안 먹거나 혹은 배고픔을 견디는 시간을 조정한다는 것이었다. 나는 정말 상관없다고 했더니 그녀는 단호하게 내게 말했다.

"그렇게 다른 사람들의 말을 다 들어주면 안 돼. 그런다고 그 사람들이 너를 존중하지는 않아. 여기는 미국이야. 너를 손쉽게 이용하는 거지."

내게 불편한 부분이 조금이라도 있으면 "노"라고 말하는 법을 배우라고 그는 닦달했다. 나는 그 말을 듣고 깊은 생각에 잠겼다. 이게 바로 문화의 차이가 인간관계에서 나타나는 것일까. 그 사람들은 친구가 찾아왔다거나 가족에게 일이 있다는 이유 등으로 내게 부탁을 해왔고, 그곳 태생이 아닌 나는 다른 일이 갑자기 생길 일이 없기 때문에 순서를 바꾸어주어도 전혀 불편한 점이 없었다.

그러나 그녀가 하도 단호하기 때문에 그다음에 누군가가 점심시간을 바꾸어달라고 했을 때 나는 농담처럼 웃으면서 엘로이즈가 "노"라고 하라는데…, 라고 이야기했다. 그러자 다음 날 엘로이즈가 내게 말했다. 엘로이즈라는 말을 빼고 거절하는 연습을 하라는 것이었다.

"여기는 미국이야. 정글이라고. 여기는 사양하고 양보해야 하는 동양이 아니야. 자기 권리는 스스로 지켜야 하고 그럴 권리가 있는 나라라니까. 직급이 높고 낮고는 상관이 없어."

그녀의 충고는 내게 많은 생각을 하게 만들었다. 그녀의 말이 의미하는 바를 어느 정도 이해할 수 있게 되자 마음 좋은 사람이라는 평가는 미국 사람들이 듣고자 하는 평가가 아니라는 그녀의 말이 이해가 갔다. 자기 의무를 다하면 권리에 대해서도 확고하게 자기를 지켜야 한다는 그녀의 조언은 그 후에 내게 큰 영향을 미친 것 같다.

삶과 죽음이 한 병동에서 교차하고 입원과 퇴원을 되풀이하면서 죽어가는 환자들을 바라보는 일은 괴로운 일이었다. 오래 돌보던 소년이 세상을 떠났을 때 내가 다른 방에 숨어서 너무 울자 엘로이즈는 방에 들어와 내 어깨에 손을 얹었다.

"네 마음은 알겠어. 그렇지만 병원에서 너무 감정을 드러내면 안 돼. 우리에게는 돌보아야 할 다른 환자가 있잖아?"

그녀는 내가 얼굴을 씻고 옷매무새를 가다듬고 나오자 나를 가만히 안아주었다.

그녀는 미국에서 만난 사람들 중에 가장 잊지 못할 사람 중 하나였다. 그 후 오랜 세월이 지났지만 그녀의 인생에 대한 조언은 내게 새로운 시각을 열어주었다.

앵무새를 찾는 남자

어느 날 인터넷에 한 사진이 뜬 것을 보게 되었다. 지하철에서 할아버지가 한쪽 팔에 앵무새를 앉히고 만면에 웃음을 짓고 있는 사진이었다. 그 사진에 달린 이야기의 내용은 한 아이가 할아버지 앵무새냐고 묻자 앞에 앉은 모르는 사람이 앵무새 주인인데 자기에게 날아와서 그냥 팔에 앉아 있다고 대답했다는 것이다.

빨강과 파랑과 노랑의 원색이 찬연하게 섞여서 빛나는 앵무새의 깃털과 나이 들어 전체적으로 회색빛 느낌을 주는 할아버지는 기묘한 조화를 이루고 있었다.

그 사진을 보면서 일전에 우연히 만났던 한 청년 생각이 났다. 우리 집이 있는 목동 아파트에는 아파트 동 사이의 공간이 큰 나무들이 줄을 지어 서 있는 인도로 되어 있어서 나무 밑 벤치에 앉아 있으면 공원에 온 것 같은 느낌이 든다. 내가 벤치에 앉아서 책을 읽고 있는데 한 청년이 곁에 와서 앉더니 조금 있다가 조심스러운 어조로 혹시 길 잃은 앵무새 한 마리를 보지 못했느냐고 물었다. 어조가 하도 간절해서 나는 보던 책을 접고 물었다. 오늘 잃어버리셨느냐고.

사흘 전에 없어졌다고 대답하면서 그 새가 늘 한쪽 어깨에 앉아서 함께 산책을 다녔고 잠깐 날아올랐다가도 곧 다시 자신의 어깨로 돌아오고는 했다는 것이다. 그런데 그날 웬일인지 날아올랐던 새가 다시 돌아오지 않았다는 것이었다.

인근 공원은 물론 목동 아파트 단지마다 돌면서 어른이고 아이고 가리지 않고 앵무새 소식을 물었지만 아무도 본 적이 없다는 답변만 돌아왔는데, 어제 어떤 아이가 이 근처에서 나무 위에 앉아 있는 앵무새를 봤다는 이야기를 듣고 이 근처를 샅샅이 뒤지고 있는 중이라는 것이다.

그는 마치 연인 마농 레스코의 이야기를 들려주는 청년 슈발리에처럼 상심에 차서 앵무새 이야기를 들려주었다. 앵무새가 어떻게 자기 말을 따라 했는지, 어떤 색깔의 부리를 가지고 있는지 붉은색과 푸른색의 깃털이 얼마나 아름다웠는지 하염없이 이야기했다. 가끔 강아지나 고양이를 잃고 전단지를 붙이거나 찾아다니는 사람은 보았지만 새를 찾으러 사흘째 헤맨다는 사람을 만나기는 처음이었다. 새라는 종류의 속성이 원래 사람에게 매여 살기를 원하는 것도 아니고 한 번 하늘로 날아오른 다음에는 길들인 사냥 매가 아닌 다음에는 돌아오기를 기다리는 것은 실로 난망한 일일 수 있기 때문이었다.

그는 혼잣말처럼 중얼거렸다.

"내가 살면서 누구한테 그렇게 정을 주어보기는 처음이었는데…."

그는 정말 걱정이 되는 건 그 앵무새가 돌아오고 싶어도 돌아오지 못하고 어딘가에 불행하게 갇혀 있을지도 모르는 점이라고 이야기했다. 그 청년이 가슴 아파했던 점은 아주 어린 새끼일 때 자기한테 왔는데 지금 어떻게 지내는지였는데, 이제는 그저 좋은 주인을 만나 어디에라도 살아 있기만을 바라고 있다고 덧붙였다.

그 남자가 너무나 상심하고 있는 것이 느껴져 내가 혹시라도 그 앵무새를 보거나 누구에게라도 소식을 전해 들으면 꼭 연락하겠다고 연락처를 적어달라고 하자 그는 말없이 자기 명함을 한 장 내게 건네주었다.

옆 벤치에 줄곧 앉아 있던 할머니 한 사람이 청년이 떠난 후에 한마디 했다.

"아니 오죽 정을 붙일 데가 없으면 앵무새한테 정을 다 붙여…."

나는 그저 웃고는 아무 대답도 하지 않았다.

한동안은 나도 아파트 근처에 사는 사람들을 만나면 그가 묘사했던 대로 설명하면서 그런 앵무새를 보지 못했느냐고 묻고는 했다. 앵무새 이야기를 묻기만 하면 사람들은 난데없이 무슨 앵무새냐고 웃기도 하고 의아해하기도 하고 궁금해하기도 했다.

그렇지만 앵무새 이야기를 간곡하게 하던 그의 어조나 눈빛은 지금도 마음속에 애잔하게 남아 있다. 그가 들려준 앵무새의 모습도 마치 내 어깨에 앉았다가 날아가버린 새처럼 상상 속에서 선연한 빛깔을 띠며 기억이 난다. 그가 어디에선가 앵무새를 찾았거나 그 앵무새가 주인을 찾아 집으로 다시 날아들었기만을 바랄 뿐이다.

앵무새에 대한 간접적인 기억은 대체로 기이하다. 한쪽 다리를 나무다리로 바꾸고 항상 앵무새를 어깨에 걸치고 다니는 피터팬의 후

크 선장 이야기가 그렇다. 흑인과 백인의 사회에서 일어나는 미묘한 갈등을 표출한 걸작에 《앵무새 죽이기》라는 책도 새삼 다시 생각이 났다.

그레고리 펙이 주연을 맡아 영화화되기도 했던 '앵무새 죽이기'는 남부의 어느 한적한 마을에서 일어난 사건을 다룬 것인데, 그 범인으로 근거도 부족한 흑인을 정죄하는 과정에서 "앵무새는 누구에게도 아무 해도 끼치는 적이 없는 새"라는 대사가 나온다.

"앵무새들은 인간을 위해 노래를 불러줄 뿐이지, 사람들의 채소밭에서 뭘 따 먹지도 않고, 옥수수 창고에 둥지를 틀지도 않고, 우리를 위해 마음을 열어놓고 노래를 부르는 것 말고는 아무것도 하는 게 없어. 그래서 앵무새를 죽이는 건 죄가 되는 거야."

젊은 시절 나쁜 일을 했다는 이유로 이웃과 격리되어 살아가는 브래들리나 흑인이라는 이유만으로 짓지도 않은 죄에 대해 비판을 받게 되는 톰 로빈슨의 이야기가 죄 없는 앵무새에 대한 비유와 함께 우리에게 마음 아프게 다가온다.

소박한 생활을 후회하는 사람은 없다

로마의 희곡작가였던 테렌티우스는 원래 북아프리카 출신의 노예였다. 그러나 그의 탁월한 지적인 재능에 감동한 주인이 그를 자유의 몸으로 풀어주었다. 테렌티우스는 인생에서 가장 중요한 것은 어떠한 것이든 지나치게 많이 가져서는 안 된다는 점이라고 이야기했다. 무엇이든지 적절한 수준을 넘어 지나치게 많이 지니는 것은 오히려 화근의 근원이 될 수 있다는 것을 갈파한 것이다. 그렇다면 지나치게 많다는 것은 과연 무엇을 의미하는 것일까.

이는 온갖 음식을 산더미처럼 쌓아놓고 호화스러운 모습을 자랑하는 뷔페에서 돌아와 우리 몸과 마음이 다 부대끼는 경우를 생각해보면 쉽게 이해할 수 있을 것이다. 이 많은 음식을 모두 다 마음대로 먹을 수 있는 권리를 갖게 되었다는 생각에 순간적으로 황홀한 느낌이 들 수도 있지만 중요한 사실은 우리 위의 크기가 극히 제한되어 있다는 데 있다. 많은 경험을 거쳐 뷔페에 익숙하게 되어야 자기가 원하고, 위가 감당할 수 있으면서도 서로 균형을 이루는 음식의 조합을 찾을 수 있는 지혜에 겨우 도달할 수 있게 되는 것 같다.

우리들도 누구나 인생의 여러 측면에서 그런 지혜를 배우는 데 시행착오를 경험할 수밖에 없다. 이즈음 매스컴을 떠들썩하게 하는 갖가지 범죄와 비리에 관한 이야기를 접하고 있으면 감당할 수 없는 것들을 지나치게 많이 삼키려고 드는 과욕이 마침내 심각한 위장장애를 상징적으로 일으키고 있는 것 같다.

현대사회에서 가진 게 많은 사람들은 더 많이 갖기를 원하고 가진 게 적은 사람들은 많이 가진 사람과 비교하면서 불행감을 느끼는 경우를 드물지 않게 보게 된다. 이 시대를 사는 우리들이 참된 사람의 가치를 헤아리기보다 물질적으로나 사회적으로 지닌 것이 많은 사람이 우월한 사람이고, 지닌 것이 적은 사람은 열등한 사람이라는 비뚤어진 논리에 이미 물들어 있는 것이 아닌가 하는 우려도 든다.

이제 우리는 그 수많은 광고에 시달리고 타인과의 비교에 쫓기면서 달려가는 삶을 잠시 멈추고 삶의 의미를 다시 생각해보아야 할 시점에 이르렀다. 물질적 풍요와 경제적인 성장으로 인해 사람들이 행복해지기보다는 오히려 박탈감과 불행감을 느끼는 일이 더 늘어나고 있는 조짐이 보이고 있기 때문이다.

사람들이 행복에 대해 이렇게 많은 이야기를 쏟아놓았던 적은 일찍이 없었다. 우리가 무엇인가에 관해 지나치게 많이 이야기할 때는 역설적으로 그 대상이 결핍되어 있기 때문이라고 볼 수 있다. 자신의 삶이 너무 불행하다고 호소하는 사람들이 늘어만 가고 있는 것이 행복감의 결핍을 보여주는 증좌가 아닐 수 없다. 오늘날 우리들의 생활방식은 지나치게 물질적이고 소비 지향적인 경향을 보이기 때문에 소박한 삶의 행복은 이제 머나먼 고장의 구호처럼 들릴 지경에 이르고 있다.

언어 사용의 측면에서도 유사한 일이 일어나고 있다. 역사 이래 지금처럼 사랑이며 배려, 칭찬, 긍정, 행복 등의 화사한 말들이 시도 때도 없이 일상적인 삶에 많이 쓰였던 적이 없었다. 그러나 의미있는 삶에 그런 말들이 실제로 기여하고 있는 것 같지는 않다. 그런 말들이 진정성 없이 쓰일 경우에는 단순하고 진심이 담긴 소박한 말 한마디만도 못할 수 있기 때문이다.

이제 우리는 널리 퍼지고 있는 환경파괴의 재난 때문에도 더 많이 지니고 누리는 삶만이 목적이 아닌 진솔하고 소박한 삶을 배우고 익혀 자신과 사회에 적용해야 할 상황에 도달한 것 같다. 하지만 소박한 삶이 과연 무엇을 의미하는지 정의를 내리기가 쉽지 않고 이에 따라 실천하기도 쉽지 않을 것이다. 소박한 삶의 의미를 간결하게 말하자면 자신의 몸과 마음을 건강하게 지키는 데 필요한 만큼만 지니는 삶이 좋다는 뜻이 아닐까.

사람들마다 과연 무엇이 소박한 삶인지에 관해 그 기준이나 내용은 천차만별일 것이다. 그러나 자기가 어느 자리에 서 있는 누구인가를 잘 알 수 있게 되면 자신에게 맞는 삶의 바람직한 형태를 더 잘 알게 될 것이다.

톨스토이는 나이가 든 후에 과거에 지나치게 소박한 생활을 했다고 후회하는 사람은 아직 아무도 보지 못했다고 이야기하고 있다. 소박한 삶을 살아간 사람들의 이야기를 듣게 되면 우리는 공중에 떠 있는 것만 같은 자신의 삶을 다시 돌아보지 않을 수 없게 된다.

법정 스님의 무소유의 삶의 행적이나 제인 구달의 동물 사랑 이야기, 헬렌 니어링의 자연에 동화하는 삶과 슈바이처의 의료봉사 이야기들이 우리에게 큰 감동을 주는 이유도 바로 여기에 있지 않을까.

농촌과 도시의 삶의 형태에는 양과 질의 차이가 있겠지만 물질적인 가치를 추구하는 점에서 서로 유사성을 보이기 시작하는 부분이 있다. 이 유사성이 우리가 소박한 삶을 바람직한 삶으로 받아들이는 데 장애가 되고 있는 것이 아닌가 하는 생각이 들기도 한다.

옛날 농촌에서 대를 이어 내려오는 명망 있는 마을의 부자들은 자녀들에게 근검절약을 솔선해서 보여주었고, 추운 겨울에 굴뚝에 밥 짓는 연기가 오르지 않는 집을 두루 살펴 도움을 주도록 자녀들을 가르쳤다. 베푸는 삶을 강조하며 물질적으로 가진 게 많은 사람이 그 이유만으로 다른 사람들보다 우월한 사람이라는 생각을 갖지 않도록 엄격하게 훈육했다.

지금도 화려하고 물질적인 삶만 추구하면서 살고 있지 않는 사람들의 이야기는 흙과 자연 속에서 살아가는 농촌에 가면 더 많이 보고 들을 수 있다. 다른 사람들의 우위에 서서 더 많은 물질이나 명예나 권력을 누리려고 들지 않고 가까운 사람들과의 관계를 정답고 친밀하게 유지하는 사람들의 진솔한 삶의 모습이 아직 도시보다 농촌에 많이 남아 있기 때문이다.

우리가 농촌의 이런 자연친화적인 소박한 부분들을 잘 지키고 보존할 수 있다면 의미 없는 삶의 수레바퀴에 매어 돌아가고 있는 듯한 현대인들이 삶의 의미와 생기를 되찾을 수 있도록 도와주는 데 큰 역할을 할 수 있게 되지 않을까.

5
작가의 탄생

당진 김씨
오스모에 관하여
정혜

당진 김씨

"아 또 웬 부지런이여. 식전부터…."

김씨는 잠자리에 든 채로 새벽부터 방문을 드나드는 아내에게 냅다 소리를 질렀다.

"암것두 아니유. 그냥 주무시유."

마누라는 미안스러운 듯 목소리를 낮추며 어둑어둑한 방 한 귀퉁이에서 무엇인가를 찾아 들고 방을 나갔다. 가을걷이도 끝내고 이제 겨우 좀 늦게까지 눈을 붙일 수 있게 되었건만 마누라의 새퉁맞은 부지런 때문에 다시 잠이 들기는 틀렸다. 솔가지가 불에 탈 때 들리는 탁탁 튀는 소리나 방바닥이 뜨뜻해져오는 감으로 보아 이 여편네가 또 두부를 한 솥 만들고 있는 것이 틀림없었다.

김씨는 혀를 차며 일어나 앉아 불을 켰다. 밖은 밝을 염도 안 하는 걸 보면 이제 댓시나 되었을까… 시골 구석에서 아들딸 여의도록 살면서 안 해본 고생이 없는 마누라지만 이제는 논밭 좀 마련하고 집도 새로 손을 보아 살 만했다. 그런데도 배운 도둑질 남 못 준다고 애들 기르며 노상 장에 내던 두부 만드는 일에서 손을 떼지 못하는 게 가슴이 짠하기도 하고 밉살스럽기도 했다. 주섬주섬 머리맡에 성냥을 찾아 담배를 피워 물며 김씨는 버릇처럼 구시렁거렸다.

"그렇게 말려두 안 들으니, 원… 생기기는 꼭 뭣처럼 생겨가지구 고집은…."

김씨가 마누라에게 온갖 통을 다 주면서도 앞에서 대놓고 하지 않는 게 생긴 것에 관한 이야기였다. 젊었을 때 다툼 끝에 생기기도 못생겨가지고 성미도 못돼먹었다고 퉁기자 돌 된 아이를 업고 집을 나가 친정에서 돌아오지 않겠다고 버티는 걸 달래서 데려오느라고 얼마나 애를 먹었던가. 그렇게 고분고분하고 무슨 지청구를 먹어도 씩 웃고 말던 마누라가 이 말 한마디에 불에 덴 황소처럼 성을 내고는 입을 꾹 다물고 아이를 들쳐업더니 그냥 집을 나가버렸다.

지금은 한물갔지만 당진 읍내에서 서해안 개발 바람에 단단히 한몫 잡았다고 소문이 짜아하게 난 불알친구 덕칠이가 그때만 해도 같이 땅을 뒤집던 신세라 의논을 놓아봤더니 절대로 데리러 가서는 안 된다고 했다.

"그저 기집 성미는 초장에 박살을 내놓아야 하는 거여. 아니 한대 쥐어 터진 것두 아닌데 뽀르르 신발 꺾어 신는 버릇은 그저 지 발루 기어 들어와서 기가 콱 죽어야 떨어지는 것이니께…."

그래 제풀에 오려니 하고 기다려보았지만 사흘이 지나도록 소식이 없자 마누라도 마누라려니와 한창 벙긋거리며 재롱을 떨던 아이가 눈에 밟혀 견딜 수가 없었다. 이게 혹시 어디 가서 잘못된 것이나 아닐까 하는 사위스러운 생각까지 들자 더 이상 참을 수가 없어서 나흘째 되는 날 새벽에 집을 나서지 않을 수가 없었다. 그것도 한창 들에서 일하고 있을 덕칠이에게 들켜 병신 소리 들을세라 큰 길을 피해 집 뒤 야산을 넘어 읍으로 한 시간 남짓 걸어 나가서 버스로 두어 시간 가는 처갓집을 찾아간 것이다.

건어물 몇 마리하고 고기 두어 근을 사 들고 처갓집 문을 삐죽 들어서다가 아이를 업고 펌프 우물에서 빨래를 하던 아내와 눈이 딱 마주쳤다. 그때 자기를 바라보던 마누라의 눈에 그렁그렁 넘치는 눈물을 보며 김씨는 속이 뜨끔했다. 그러고는 마음이 안된 속에서도 원망과 감사가 뒤섞인 그 눈이 '꼭 소같이도 생겼다'는 한탄이 드는 것이었다. 혼자된 장모가 미안해서 어쩔 줄을 모르며 해준 저녁을 먹고 막차도 끊기어 들어앉은 방 안에서 마누라가 더듬더듬 하소연을 했다.

"지가 못생긴 건 지두 알어유… 지 겉은 걸 거두어줘서 고맙게 생각허구 있구만유. 이뿐 각시랑 살아보구 싶은 맴이 있는 것두 다 알구유…."

그러고는 고장난 수도꼭지처럼 눈물을 좌르르 좌르르 흘리는 것이었다.

"아, 화나면 무슨 소린들 못 혀. 원 속은 좁아터져가지구…."

김씨는 퉁을 주면서도 속을 훤히 들여다보인 것 같아 켕기고 미안했다. 아닌 게 아니라 김씨 마누라가 못생기기는 했다. 남자같이 투박하고 꺽진 허우대에다가 부자연스럽게 큰 눈과 사발코 때문에 싹싹하고 어여쁜 맛은 약에 쓰려고 해도 없었다. 허지만 몸 아끼지 않고 장정 몫의 일을 해내고, 논일 밭일에 지치고 돌아온 저녁에도 반찬 한 가지라도 더 해놓으려고 부엌을 휘돌며 애쓰던 마누라였다.

게다가 생긴 것이야 자기 잘못도 아니고 어쩌랴 싶었지만 김씨는 어려서부터 내내 지녀왔던 이쁜 각시의 꿈을 쉽게 버릴 수가 없었다. 전쟁 통에 고아가 되어 큰집에 얹혀서 자란 김씨는 어머니나 누이의 애틋한 손길을 받지 못해서 그랬던지 얼른 돈을 벌어 예쁘고 다정한 각시와 사는 것이 꿈이었다.

꿈속의 각시는 설날 읍에서 본 영화의 가련한 여주인공이기도 했고 구판장에 굴러다니던 잡지 속의 여배우들이기도 했다. 그러나 스무 살이 넘어 부딪친 현실은 꿈과 거리가 멀었고 몸이 부서지도록 일해도 이렇다 할 여축을 가지기가 어려웠다.

큰아버지나 큰어머니가 그래도 무던한 사람들이라, 마치진 못했지만 중학교에도 넣어주고 밭도 몇백 평 나누어준 것이 도움이 되기는 했지만 어디에도 떳떳이 혼담을 넣어볼 처지가 되지 못했다.

그렇게 고된 들일에 지치고도 새벽녘이면 들고일어서는 아랫도리를 붙잡고 몸부림을 치면서 김씨는 차츰 꿈과 현실을 구별할 수 있게 되었다. 옛날이야기처럼 뒷산 냇가에 올라가봤자 목욕하는 선녀가 있는 것도 아니었고, 집에 와보니 우렁각시가 생긋이 웃으며 자기를 맞아주는 것도 아니었다. 그러면서 어렴풋이 예쁜 각시는 돈 많고 배운 것 많은 도시 사람들에게나 합당한 것이로구나 하는 생각이 들기 시작했다.

비슷한 때 함께 군대를 다녀온 단짝 덕칠이는 어떻게 해서든지 돈을 거머쥐어 사는 듯이 살아볼 것이라고 농사일에 진저리를 내면서 너도 정신 차리라고 김씨를 윽박지르고는 했다. 하지만 김씨는 땅을 떠나서 살고 싶은 생각은 꿈에도 해본 적이 없었다. 땅의 푸

근함과 다정함은 어느 계절에나 그에게 따뜻한 삶의 온기를 주었다. 그는 도시로 떠나는 또래 처녀들을 볼 때마다 안타까움을 금할 수가 없었다. 덕칠이에게도 어쭙잖게 농사일이 얼마나 중요한 일이냐고 설득하려 들다가 타고난 촌놈이라는 놀림만 싫도록 들었다. 이제 대한민국에서 농사는 다 끝난 일이라는 게 덕칠이의 지론이었다.

예쁜 각시는 고사하고 여자라는 걸 보듬고 자보기도 다 틀렸구나 하고 한탄을 하던 끝에 들어온 건어물상 할머니의 중신을 망설이다 받아들여서 얻은 색시가 지금의 마누라였다. 갯가의 홀어미네 없는 집 딸이지만 튼튼하고 농사일 마다 않으며 마음씨 하나는 무던하다고 건어물상 할머니의 입에 침이 말랐다.

색싯감이 너무 인물이 없는 게 영 마음에 걸리기는 했지만 팔자에 없는 걸 어쩌랴 싶어 이럭저럭 단념하고 혼례를 이루자 이농해 나간 마을의 빈집을 한 채 주선해서 살림을 장만하고 살게 되었다. 새색시가 워낙 부지런하고 영등같이 받드는 바람에 김씨의 신수도 펴고 동네에도 김씨가 마누라 하나 잘 얻었다는 소문이 자자했다. 그럴 때마다 김씨는 속으로 중얼거렸다.

'속 모르넌 소리덜 허지 마시유….'

그러고는 그 참고 참던 한마디 '못생겼다'를 터트렸다가 된통 혼이 난 이후로 둘 사이에 생긴 아들딸들이 다 이십이 넘도록 마누라 앞에서 다시 그 이야기가 거론된 적은 없었다.

그래도 큰아들은 고등학교까지 마쳐주고 군청에 말단이지만 취직이 되어 몇 년 전에 장가를 들여 읍으로 따로 살림을 내주었고, 둘째인 딸은 재작년에, 막내는 올봄에 시집을 보내고 둘이만 남게 된

터였다. 다행스럽게도 딸들은 엄마를 닮지 않아 그런대로 보통은 되는데 큰아들은 지 어미를 빼다박았다. 그래서 그런지 아들이라 그런지 둘 사이도 각별했다.

쥐꼬리만 한 월급으로는 셈이 닿지 않아 읍내에 조그만 가게라도 하나 냈으면 싶다고 아들이 지난봄에 운을 뗐다가 김씨한테 불호령을 듣고 말았다.

"내 애시당초 말했드끼 그저 땅 팔 놈은 땅이나 파는 게 상수여. 도대체 제 손으로 하루 종일 돈을 만지고 돈 소리 절렁절렁 내고 다니넌 놈덜 중에 혼백이 지대루 백힌 눔은 별반 본 적이 없으니께… 내 사실 분가허는 것두 탐탁지 않았지만 젊어 한때 경험두 좋으리라 싶어 큰 반대는 못 했다만, 그렇게 헹편이 어려우면 아주 군청 일을 작파허구 들어와 농사짓구 함께 사는 것이여."

아들은 불만이 가득 차서 대꾸를 하려다가 참는 기색이었다.

눈치를 보며 저렇게 한 솥씩 두부를 해서 읍에 내는 속셈이 김씨가 보기에는 뻔했다. 듣기에는 무공해 두부니 집에서 만든 두부니 해서 값도 꽤 쳐주는 모양이었지만 또 적금인지 무엇인지를 들어서 소롯이 큰아들에게 내리부을 것이 틀림없지 싶으니까 부아가 치밀었다. 그 무거운 짐을 이고 새벽같이 뒷산을 올라 읍으로 쫓아가는 일은 장정에게도 쉬운 일이 아니었다.

이제 오십이 다 된 자기 나이도 생각해야 할 것이 아닌가. 아들이 이제는 제 앞가림을 할 나이가 되었건만 어미 눈에는 노상 도움이 필요한 아이로만 보이는 모양이었다.

김씨는 방문을 냅다 열고 소리쳤다.

"아, 속 쓰려 죽겠구먼. 괜헌 잠은 깨워놓구…."

마누라는 치마에 손을 씻으며 부엌에서 나오던 길에,

"왜 더 주무시잖구유…."

그러고는 혼잣소리같이 중얼중얼한다.

"새벽 담배가 나뿌다던디… 고만…."

"아, 시끄러. 자기 몸이나 지대루 돌봐. 그놈의 새벽 두부 좀 그만 내구."

"알았시유."

언제나와 마찬가지로 마누라는 맞서서 거역하는 법이 없다. 그렇다고 자기가 마음먹은 바를 그만두는 법도 없다. 질겨먹은 마누라다.

"배고파 죽겄어. 얼른 아침이나 내여."

둘이 밥상을 마주하고 앉아 먹다가 보니까 마누라가 뜨는 시늉만 하지 별반 먹지를 않는다.

"아, 왜 안 먹는디야?"

"글씨, 이즈막엔 입맛이 없구먼유."

"촌놈이 밥맛으로 먹는 게지, 되지 않게 입맛은 무신 입맛이여."

밥상을 물리다가 생각해보니까 이 마누라가 근래 들어 시원스레 밥 먹는 꼴을 못 보았다. 그러고 보니 안색도 시원찮다.

"왜 그려? 어디 아픈 거여?"

"아니유. 그저 속이 쓰리구 댕기질 않는 걸유…."

이때가 김씨가 마누라 병을 눈치챈 시초였다.

일요일에 며느리와 들렀던 아들이 한사코 마다는 어머니를 욱대

겨서 그 주에 읍내 병원에 다녀오는 기색이더니 김씨에게 퉁명스럽게 전했다.

"의사 선상님 말씀이 심상치 않다구유. 대처 병원에 가봐야겠다는데유."

"무엇이여? 아니 왜? 잘 못 먹는 것 외엔 멀쩡한 사람을 보구… 그 걸핏허면 들구 나는 알량한 읍내 젊은 의사덜이 무얼 알어서 되알진 소리여."

"엄니 안색을 좀 보셔유."

그러고 보니 마누라 안색이 며칠 새에 눈에 띄게 파리해지고 혈색은 시들부들 죽어 있었다. 김씨는 겁이 덜컥 났다.

"대처 병원이라니 어딜 이르는 거여?"

"선상님 말씀이 서울에 가기 어려우면 수원 도립 병원이라두 가보라는데유."

기가 막힐 노릇이었다. 그저 마누라는 병도 나지 않는 무쇠 덩어리라고 생각해왔던 김씨는 눈앞이 캄캄해져올 뿐이었다. 의사가 그렇게 말할 때에야 병이라도 보통 큰 병이 아닌 모양이었다.

"덕칠이 아재 말씀대루 그때 좋은 작자 나섰을 때 산을 한 자락 떼어 팔았으면 엄니두 덜 고생하셨을 텐디…."

"어디 누구 가슴에 불질할 일 있는 거여? 얼런 집으로 가. 지금 말 겉지 않는 소리 대꾸헐 기분이 아닌께…."

눈치 빠른 며느리가 두 살배기 딸애를 들쳐업고 남편에게 눈짓을 건네 인사를 마치고 떠난 뒤로도 김씨는 한참 넋 나간 듯이 토방에 앉아 있었다.

"춘디 얼런 들어오시유."

마누라가 방 안에서 문을 열고 채근을 하자,

"알었어."

하고는 그제야 정신이 든 듯 담배를 꺼내 무는 김씨였다.

우여곡절 끝에 수원 큰 병원에 며칠 입원하고 오만 가지 검사 끝에 나온 병명은 말기 위암이었다.

"암이라니유? 그런 병에 걸릴 이유가 없구먼유."

김씨의 항변에 젊은 의사는 딱하다는 듯이 김씨를 바라보았다.

"어디, 암이 꼭 이유가 있어서 걸립니까."

"아니유, 그렇들 않지유. 이유 읎는 병은 읎지유. 상헌 걸 먹어야 배탈이 나구, 찬바람을 쐬믄 감기가 들구 허드끼…."

"이즈음에는 스트레스 때문에 암에 걸린다는 학자들도 있긴 하지요."

"스트레스라니유?"

"쉽게 말하자면 말 못할 고민이나 혼자만 끙끙 앓는 속상한 일이지요."

"…?"

김씨는 어안이 벙벙했다.

"아무튼 현재 상태로는 워낙 병이 진전이 많이 되어 있어서 수술을 해도 큰 희망을 걸기 어렵지만 가족들이 동의하면 빨리 수술을 하시는 것이 좋겠습니다."

"지금 당장에유?"

"물론 빠를수록 좋습니다만 지금에 와서 하루 이틀을 다투는 건 아니니까요. 이쪽 수술 스케줄도 잡혀야 하고 또 정리하실 일이 있으실지 모르니까 일단 퇴원을 하셨다가 준비되는 대로 곧 수술을 받도록 하시지요."

김씨는 병실에서 하회를 기다리고 있는 아들에게 얼버무려서 퇴원 절차를 밟게 하고는 집에 가서 자세한 이야기는 하리라 마음먹었다.

당진 택시를 대절해서 마누라와 아들을 집에 내려놓고 기다리던 며느리와 딸들에게 마누라를 당부하고는 곧 돌쳐서서 읍내로 나왔다. 어렵게 장만하여 죽어도 팔고 싶지 않았던 뒷산 한 자락을 내놓아서 어쨌든 수술비를 마련할 결심이었다.

택시로 나서면 당진읍까지 이십 분밖에 안 걸리는 거리였지만 가는 길 내내 여기저기 부동산 간판들이 심심치 않게 눈에 띄었다.

그 앞에 서울 번호를 달고 있는 미끈한 차들도 간혹 보였다. 운전기사만 앉아 있는 차들도 보였고 성장한 중년 여자들이 뒷자리에 파묻혀 있는 차들도 있었다.

어떤 여자는 카폰을 들고 손짓을 해 가며 열을 내어 떠들고 있었다.

"아이구, 저것덜 꼴 뵈기 싫어서… 집에서 살림이나 제대루 허구 자빠져 있지 않구서…."

급한 일이 있으면 으레 당진 차부에서 불러 쓰는 단골 기사 장씨가 병원에서부터 무거운 분위기에 눌려 잘하던 농담도 하지 않고 차만 몰다가 불쑥 한마디 내뱉었다.

"뭘 그려, 지덜두 한밑천 잡아서 살림에 보탤려구 허는 모양인디….”

김씨가 눙치는 어조로 반 농담조로 받자 장씨가 들입다 열을 내었다.

“모르시는 말씀 마셔유. 지가 군대 갔다 와서 차 모는 게 육 년짼디 그사이에 이 근처 반반한 땅치구 서울 놈덜 손에 안 넘어간 땅이 읎시유. 그 왜 아저씨 마을께 서너 집 빈집 있지유. 것두 애저녁에 서울 사람덜이 다 말아먹었시유.”

“농토는 여기메께 살지 않는 사람에겐 팔지 못허게 법으루다 묶여 있을 텐디….”

“하이고, 그 법 겉은 말씀 좀 마셔유. 그놈덜이 다 법을 요리조리 주물러대는 수를 익힌 놈덜유. 그저 어리삥삥해가지구 적은 돈 가지구 막차 타보려던 송사리덜이나 거기 걸려서 팔딱거리는 꼴이지유….”

“그래두 농사짓넌 사람덜이 으떻게든 땅을 지켜야지….”

“아, 정부에서 농민덜이 땅을 지키두룩 도와준달새 말이지유… 높으신 양반네덜은 입만 살아가지구 농민을 위허는 정책이니 뭐니 나발을 불지만 농산품 수입이니 뭐니 허는 꼴덜을 좀 보셔유. 게다가 땅까지 죄 서울놈덜께 뺏기구 게 잃구 구럭 잃구 갈데없이 소작인 꼴이 된 우리 형님을 보면 속에서 천불이 나유, 천불이… 기름밥 먹기두 진절머리 날 때가 많지만 농사를 지으려두 땅두 없는 데다가 무슨 희망이 있어야 짓지유, 짓기를….”

김씨는 마음이 점점 더 무거워지기만 했다.

“워디 내려드릴까유?”

"여기메께 시장 앞에 내리지 무어…."

"되돌쳐 가실 때는 워떻게?"

"버스를 타던지 이따 봐서… 오늘 애먹었소."

돈을 치르고 살펴 가시라는 인사를 들으며 김씨는 왼쪽 길로 꺾어 들었다. 원래 덕칠이네 서울부동산 앞에서 내릴 작정이었지만 동리 사람들에게 떼로 욕을 먹고 있는 그에게 가는 걸 기사 장씨에게 알리고 싶지 않았다. 서울 사람들에게 붙어서 제 고장 사람들을 등쳐 먹고 땅장사를 해서 돈을 모은 시러베아들 놈이라는 게 비난의 골자였다.

서울부동산 앞에 서서 잠시 망설이고 있는 김씨 뒤에서 호기 있는 목소리가 들려왔다.

"이게 누구여? 이거 해가 서쪽에서 뜨겠구먼."

막 물방개 같은 차에서 양복을 뽑아 입고 내리는 건 덕칠이였다.

"하여튼 들어가세."

쉰이 넘었다는 게 거짓말처럼 피둥피둥한 신수를 하고 덕칠이는 김씨를 밀어붙이듯이 부동산 사무실로 밀고 들어갔다. 번듯하고 넓은 사무실에서 잡지를 보던 젊은 여자가 얼른 일어서더니 전화가 왔던 곳들을 줄줄이 고해바쳤다. 덕칠이는 건성 듣는 시늉을 하며 김씨에게 큼직한 소파에 앉도록 권하고 자기도 앉았다.

"그래, 제수씨두 안녕허시구?"

다른 때 같으면 형수님이지 왜 제수씨냐구 실없는 실랑이라도 주고받을 테지만 오늘은 그런 소리를 주고받을 계제가 아니었다. 김씨는 소파에 구겨지듯이 앉으면서 무거운 근심이 담긴 한숨을 자기도 모르게 내쉬었다. 덕칠이는 살피듯 그를 건너다보며 그답지 않게 말소리를 낮추었다.

"왜 무슨 일이 있는가? 자네 서 있는 뒤 꼬라지가 하두 을씨년스럽기에…."

"… 암이라네."

김씨는 밑도 끝도 없이 불쑥 말을 내뱉었다.

"… 제수씨가?"

"…."

김씨는 말없이 고개를 끄덕였다.

"… 중헌가?"

"그려."

주머니를 뒤지며 담배를 찾는 김씨에게 덕칠이가 얼른 담배를 내밀었다. 김씨는 담뱃불을 붙여 갈증을 축이듯 한 모금을 빨아 내뿜었다.

"전에 왜 우리 뒷산 자락 사백 평을 살 작자가 있다구 하지 않았는감."

"그게야, 뭐, 그런디 돈이 많이 들게 생겼는가?"

"큰 수술을 받어야 할 것 겉으네."

덕칠이는 성큼 큰 몸집을 일으켰다.

"우리 어디 가서 술이나 한잔허지."

술을 얼근하게 걸치고 차까지 얻어 타고 돌아온 김씨는 새삼 덕칠이가 고마웠다. 마음 같아서는 아무라도 끌어안고 엉엉 울고 싶었지만 차를 멀찌감치서 돌려보내고는 읍에서 산 과자 봉지를 안고 짐짓 쾌활하게 집 문을 들어섰다.

집에는 불이 환하게 켜 있고 아들, 며느리, 딸들이 다 안방에서 나와 김씨를 마중했다.

"아니, 니덜두 아직 안 갔니야?"

"야, 기별을 놓았시유. 낼 돌아간다구유."

큰딸이 애기를 안은 채 조용히 말했다. 울었는지 막내하고 둘 다 눈이 부석부석했다. 둘 다 서산 근처 갯가에 시집이 있기 때문에 아닌 게 아니라 돌아가기에는 좀 반지빠른 시간이었다.

"잘되었다. 이리루 다덜 들오니라."

번잡하게 사람들 소리며 애기 우는 소리가 들리니까 새삼 사람 사는 집 같고 아까 의사하고 나눈 이야기도 까마득하게 먼 옛날이야기 같았다.

그가 들어서자 마누라는 힘겹게 일어서려고 했다.

"그대루 앉아 있어. 고연스리 애쓰지 말구…."

"워딜 다녀왔시유?"

김씨는 마누라와 눈이 마주치는 것을 피해 딴청을 하며 대답했다.

"그저 읍내에 긴한 볼일이 있어서."

"혹 땅을 내놓은 것 아니지유?"

김씨는 잠시 당황했지만 그냥 얼버무렸다.

"뭐, 꼭 그런 건 아녀…."

"서울부동산 권씨네 들렀시유?"

"임자는 그저 이런저런 걱정 말구 병이나 얼른 나아서 몸을 추스를 생각이나 혀."

마누라가 정색을 하고 단호하게 말했다.

"난 수술 안 받어유."

"이건 또 무신 소리여?"

김씨는 엉뚱한 소리를 하는 마누라를 쳐다보았다.

"내 병은 내가 아니께 아무렇지두 않아유."

"뭘 아무렇지두 않어. 물도 삭이지 못하면서."

마누라는 입을 꾹 다물었다. 보통 결심이 아닌 것 같았다.

"하여튼 안 받어유. 내 몸에 절대 칼 안 대유."

김씨 머리에 의사의 말이 떠올랐다.

"수술받아도 장담하긴 어렵지만 지금 이 상태면 금년을 넘기기 어렵습니다."

아들딸들이 번갈아 달래도 마누라는 막무가내였다.

"글쎄, 왜 이러는 거여, 이러길…."

"수술은 안 받어유. 그 복덕방 권씨헌티 땅 내놓은 거 거둬들이셔유."

"아따, 그 고집은…."

"아녀유. 이번만은 나두 고집을 부려야겠시유. 수술받아두 소용없시유. 나만 더 고생하구 돈만 날리는 거유…."

"자, 피곤헐 텐디 좀 자구 다시 이야기허지… 니덜두 건너가 자거라."

김씨는 속이 숯덩이 같았다. 아이들을 물리고 조용히 달래볼 참이었다.

둘이만 마주 앉자 김씨가 차근차근하게 말문을 열었다.

"이봐, 내 이야기 좀 잘 들어봐."

"글쎄, 별일 아녀유."

"아니긴 뭘 아니여. 아, 수술받지 않으면 거시기…."

하마터면 수술받지 않으면 해를 못 넘긴다는 말이 나올 뻔했다.

"알어유."

마누라는 체념한 듯 순순히 말했다.

"그냥 펜안히 사는 날까지 살다 갈게유."

"지 혼자 사는 게여? 난 워치게 허여…."

김씨는 말끝으로 목에 메었다. 마누라는 힐끔 김씨를 보더니 기어 들어가는 목소리로 대꾸했다.

"더 늦기 전에 이쁜 각시 얻어 조금이라두 재미있게 살아봐유."

"뭣이여? 아니, 뭣이여?"

김씨가 눈을 부릅뜨고 대서자 마누라는 움츠러들며 더 조그맣게 말했다.

"그냥 그런 생각이 드는구먼유."

김씨는 맥이 탁 풀렸다. 이 마누라가 이런 생각을 먹고 여태껏 이십여 년을 살아왔다는 말인가? 그렇다면 그 젊은 의사가 이야기하던 스트레슨가 뭔가에 노상 시달려왔다는 말이 아닌가. 스트레스라는 게 말 못하고 속으로 꿍꿍 앓는 속상한 일이라고 안 하던가.

'그렇다면 이 마누라가 시방 얻은 이 큰 병이 전수 내가 귀애하고 살뜰히 대해주지 않아서 생긴 병이라는 말인가…'

김씨는 어안이 벙벙했으나 그럴 리가 없다고 고개를 저었다.

“뭔 소리여, 내가 누구덜처럼 계집질을 허기를 했나, 한눈을 팔길 했나 무슨 애먼 소리여.”

“그건 알어유. 맴속 깊이깊이 고맙게 생각허구 있어유.”

마누라는 사이를 두고 떠듬떠듬 말했다.

“내가 거기 보답헐 길은 몸이 부서지게 일허는 것뿐이었구먼유. 이제 나두 가구 허믄 증말 달리 생각 말구 이쁜 각시 얻어서 사는 디끼 살아봐유. 이건 내 진정이어유.”

그러고는 장 밑을 더듬더니 낡은 통장을 꺼내서 자랑스러운 듯이 김씨 앞으로 밀어놓았다.

“이리저리 여축헌 게 삼백은 넘었시유. 잘 지니구 기시다가 요긴헌 디 쓰셔유.”

김씨는 가슴이 치받히며 숨이 막히는 것 같아 방문을 열고 밖으로 나와버렸다.

보름이 가까운 달은 낮처럼 밝아서 앞에 펼쳐진 논밭이 그림처럼 한눈에 드러났다.

집 가까운 밭두둑에 앉아서 담배를 꺼내 피우면서 김씨는 속이 담배처럼 타드는 것을 감당하기 어려웠다.

“원, 못난 것 같으니라구….”

김씨의 꺼칠한 양 뺨으로 눈물이 주르르 흘러내렸다. 마누라가 수술을 안 받겠다고 버티던 거며 이런저런 자질구레한 일들이 주마등처럼 떠올랐다. 찌는 듯이 뜨거운 땡볕 아래서 둘이 땀으로 미역감으며 밭을 매던 생각도 나고, 목이 내려앉게 무거운 두부 모판을 이고 아이를 업은 채 장으로 가는 지름길인 뒷산을 허위허위 오르던 마누라의 뒷모습도 떠올랐다.

그러고 보니 자기가 언제 한번 마누라를 살뜰하고 따뜻하게 대한 적이 있는지 의아스러웠다.

"다덜 그렇기 사는디 무얼… 나만 그런감…."

그러나 그렇게 뇌어봐도 속이 시원하지를 않았다.

김씨는 모질게 마음을 먹고 다음 날 아침부터 밥숟가락을 들지 않았다. 아들은 출근하고 며느리와 딸들만 심란하게 웅성거리는 속에서 선언을 했다.

"니덜 엄니가 수술받지 않으면, 나두 다시는 숟가락을 들지 않을 거여."

점심을 거르고 저녁때가 되자 배가 졸아붙는 듯이 아프고 견디기가 어려웠지만 김씨는 애소하는 딸, 며느리를 다 물리치고,

"밥상 썩 못 내가겄냐!"

하고 호통을 쳤다. 마누라가 건너와서 사정을 했지만 들은 체도 하지 않았다.

마침내 마누라가 항복을 하고 수술을 받겠다고 약속을 한 뒤에야 밤늦어서 밥상을 받고 못 이기는 듯이 밥을 먹었다.

며칠 후에 병원에서 연락을 받고 수술에 하루 앞서 입원한 마누라는 밤중부터 물 한 모금 못 마시게 단속을 받은 후에 새벽에 수술실로 실려 가게 되었다.

병원 카트에 실린 채 하얀 홑이불을 목에까지 둘러쓰고 양팔에 링거 바늘을 꽂고 있는 마누라를 보자 김씨는 목이 메는 것 같았다. 자식들이 선 틈을 제치고 수술실 문 앞에서 김씨는 서투르게

마누라의 이마를 짚어보았다. 병구완이라고 아는 것은 이마를 짚어 보는 것이 전부인 김씨였다.

"이거 봐, 기운 내여."

김씨는 마른침을 삼키고 어젯밤에 병실에 앉아서 혼자 되풀이 곰삭히던 말을 있는 힘을 다 내어서 말했다.

"… 내게는 임자가 제일 이쁜 각시여…."

감겼던 마누라의 눈이 가만히 뜨이더니 눈물이 핑 돌며 입가에 보일 듯 말 듯 미소가 번졌다. 그러고는 홑이불 밑으로 손을 내밀어서 김씨의 손을 꼭 쥐었다.

그 손을 마주 꽉 쥐며 김씨는 울음이 터져 나오는 걸 참느라고 어금니를 물었다.

"이제 죽어두 한은 없시유."

"쓸데없는 소리 말어…."

간호사가 시간 늦는다고 재촉을 하며 카트를 끌고 들어간 수술실의 문 두 짝이 한동안 서로 엇갈리며 흔들렸다.

김씨는 자식들의 눈을 피해 흐르는 눈물을 닦으며 복도의 창 쪽으로 몸을 돌렸다.

그러고는 다시는 혼자서라도 입 밖에 내지 않으리라던 소리를 자기도 모르게 중얼거렸다.

"수술하는 참에 울기는… 원… 못생겨가지구…."

오스모에 관하여

공항 로비에 동양 사람은 별로 눈에 띄지 않았다. 꽃을 든 여인이 케이블카 앞에서 웃고 있는 포스터 위로 '어서 오세요. 샌프란시스코에'라는 푸른빛 글씨가 시선을 끌었다. 안내 카운터에서 몸피가 큼직한 흑인 여자와 말을 나누고 있던 마음 편하게 생긴 백인 노인이 다가간 내게 눈으로 무엇을 원하는지를 물었다.

택시를 불러달라고 하자 그는 고개를 절레절레 흔들며 딱하다는 듯이 말했다.

"벌써 이틀째 택시는 파업입니다."

큰 여행 가방 두 개에 시선이 미치자 그는 잠시 난처한 표정이 되었다. 호텔에 예약은 되어 있는데 호텔 차를 부를 수 있겠는가고 묻자 그는 카운터 밑에서 두툼한 관광 안내서를 꺼냈다.

"메리어트 호텔이라고 하셨지요?"

내가 고개를 끄덕이자 그는 연필로 안내서를 톡톡 치며 페이지를 넘겼다. 몇 군데 전화를 넣어본 후에 그는 시청 앞에 있는 호텔에서 삼십 분 후면 차를 보내겠다고 한다고 전했다. 지폐를 꺼내 사례를 하려고 하자 그는 정색을 하고 거절하며 머리에 쓴 오렌지색 모자 앞에 붙은 마크를 가리켰다. 회색 표범의 날렵한 자태가 곧 비상하려는 듯이 발을 앞으로 쭉 뻗고 있는 모습이 흥미로웠다.

"우리는 자원봉사자들입니다. 그레이 펜더에 속해 있지요."

그레이 펜더가 노인들의 세력을 결집하여 막강한 힘 행사를 사회 다방면에 걸쳐서 하는 단체라는 이야기는 여러 번 들은 일이 있었다.

차를 기다리는 동안 공항 로비의 공기가 답답하게 느껴져서 안내 카운터에 가방을 맡기고 밖으로 나왔다. 신선하고 상쾌한 기온인데도 바다 냄새를 머금은 바람은 세찼다. 초여름인데도 전혀 습기가 느껴지지 않아 이국땅이라는 것을 실감하게 했다.

"공연히 쓸데없는 객기 부리지 마세요. 에이즈로 유명한 데 가시면서…."

담배를 꺼내 불을 붙이면서 아내가 던지던 말이 생각나 혼자 쓴웃음을 지었다.

서울을 떠나기 얼마 전 내 환자 중의 하나였던 소년이 우울증을 이겨내지 못하고 자살했을 때 늦은 밤까지 혼자 서재에 앉아 있곤 하던 내게 아내는 말했다.

"다 제 팔자예요. 당신이 잘못한 건 하나도 없어요."

나는 아무 대답도 하지 않았다. 누구에게든지 자신의 에이즈 감염 사실을 알리면 그대로 죽고 말겠다던 소년의 죽음을 앞에 놓고 내가 느꼈던 절망의 심정을 아내는 결코 이해하지 못했다.

초여름의 바닷바람이 몸을 감싸고 돌자 다정다감했던 소년의 모습에 겹치듯이 그녀의 기억이 오래된 억제를 뚫고 가슴을 밀며 올라왔다.

명희….

미국에서 의사와 결혼해 산다는 이야기를 전해 들은 외에는 그녀에 대해서 구체적으로 알고 있는 바가 없었다.

호텔에서 보내준 리무진을 타고 시내로 들어가는 동안 멕시코에서 왔노라는 운전기사는 백미러를 흘끔흘끔 바라보며 흥미 있는 듯 말을 던졌다.

"손님, 어디서 오셨지요?"

나는 별로 말을 하고 싶은 기분이 아니어서 한국이라고만 짧게 대답했다.

빌딩들이 늘어서 있는 시내 길가 모퉁이에 앉거나 누워 있는 흑인들이 가끔 눈에 들어왔다. 슈퍼마켓용 손수레 안에 헌 담요며 때묻은 옷가지, 커피 잔들을 잔뜩 욱여넣고 그 곁에 앉아서 웅크리고 있는 그들의 얼굴은 먼 길을 걸어와서 지친 동물처럼 어두워 보였다. 신호등에 걸려 잠깐 서 있는 동안 나와 시선이 마주쳤던 짧은 고수머리의 흑인 여자 하나는 남루한 옷에 흰 이를 드러내 보이며 노골적으로 적대감을 표시했다. 오히려 내가 당황해서 시선을 돌렸다.

운전기사가 백미러로 그 짧은 조우를 눈치챘는지 씩 웃었다.

"저런 건 약과예요. 시청 근처에 가면 집 없는 사람들이 몇 달째 그 앞의 광장에서 살고 있는 것을 볼 수 있지요."

차는 도심지로 접어들자 앞차에 밀리면서 서서히 속도를 줄였다.

넓은 길 한 편으로 차선 몇 개를 점령하고 한창 퍼레이드가 진행되고 있었다.

'동성애자들의 날'이라고 흰 바탕에 푸른색으로 쓰인 플래카드 뒷줄에는 다른 백인이 '우리는 평화를 사랑한다'라고 쓰인 플래카드를 들고 있었다. 그 뒤로 머리에 꽃을 꽂은 남자 둘이 팔짱을 끼고 정념에 겨운 듯 상대방을 다정하게 바라보며 '우리는 꽃을 사랑한다'는 구호를 선창하고 있었다.

걷는 사람, 트럭에 올라탄 사람, 차 후드를 벗겨버린 채 뒷자리에 끌어안고 앉은 젊은 남자와 조금 나이 든 남자, 그들은 웃고 노래하고 구호를 외치며 길을 따라 걷거나 차를 몰고 있었다.

서로 사랑하는 두 남자라….

한국에서 본 적이 있었던 여장 남자와, 남자 역할을 하는 남자 두 사람의 한 쌍을 동성애자들로 생각하고 있었기 때문에 건장하고 근육질인 남자 두 사람의 연인관계가 신기하기만 했다.

퍼레이드 뒤쪽에는 파티 드레스를 차려입고 치마 끝은 살짝 걷어 올린 채 다리를 드러내고 있는 여장 남자들이 타고 있었다.

길거리에 서 있던 남자들은 구릿빛 웃통을 러닝셔츠 안에 감춘 채 휘파람을 불기도 하고 손을 흔들며 야유를 보내기도 하였다. 짙은 화장을 한 여장 남자들은 교태 어린 몸짓으로 손을 입에 가져다 대었다가 키스를 던지고는 몸을 비비 꼬며 키득키득 웃었다.

"가관이지요?"

운전기사는 의미심장하게 웃으며 덧붙였다.

"곧 망해 자빠질 나라지요. 어떻게 저런 일들을 버젓이 법적으로 허가를 해줍니까?"

나는 기이한 운명에 휩쓸려 사는 사람들의 여러 가지 삶의 양태에 대해 수수께끼 같은 느낌이 들었다.

젊어서부터 맹목적으로 지켜야 한다고 믿어왔던 인간의 기본 윤리를 거역하는 사람들의 삶에 접할 때면 지금도 상당한 당혹감이 들었다. 나이가 들면서 고정관념이 많이 줄어들기는 했지만 바닷가 근처의 맑고 터질 듯한 태양 아래서 서로 포옹하며 자랑스럽게 웃는 이 남자들을 도대체 어떻게 해석해야 할지 난감한 것은 마찬가지였다.

"영우 씨는 참 대단한 도덕주의자예요. 알고 있어요?"

아내가 정아를 낳은 지 두 달 후였다. 결혼하기 전 한국에 다니러 왔던 명희가 가르쳐주던 호텔 방에 끝내 나타나지 않았던 내게 떠나기 전 전화로 던지던 말이었다.

그 방의 번호는 몇 년 전의 일인데도 그대로 그의 기억에 이상한 암호풀이의 숫자처럼 남아 있었다.

1208호….

명희는 몰랐을 것이다. 내가 미칠 듯한 심정으로 그 호텔의 로비에 앉아 우연인 듯이 그녀와 마주치기를 기대하면서도 끝내 그 방에 올라가지 못하고 되돌아온 것을….

아내는 가끔 지나가는 말인 듯이 불평을 했다.

"당신 진짜 마음은 어디에 두고 있어요? 참 당신같이 나무랄 데 없는 남편도 없는데 당신이 내게 속해 있다는 생각이 안 드네요."

그럴 때면 나란 위인이 생기기를 그렇게 생겨서 그 모양이라고 얼버무리고 한동안은 마음을 썼지만 명희의 젖은 두 눈이 내 기억에서 떠난 적은 없었다.

명희가 귀국했을 때 그녀의 방을 찾지 않았던 일이 가슴 아픈 후회로 다가오기도 했지만 그녀를 위해 잘한 일이었다고 애써 나를 위로했었다. 그러나 이렇게 손에 잡힐 것 같은 짙푸른 하늘 아래 일반 사람들이 매도하는 성 행태를 그대로 생생하게 드러내고 삶을 구가하는 사람들을 보면서 이상한 혐오감과 부러움 같은 혼돈스러운 감정이 뒤섞여 들었다. 무엇 때문에 그토록 원하던 여자를 끌어안는 일을 거부하고 어리석게 완강한 규범의 그늘에 앉아 있었던 것일까.

택시에서 내리며 팁을 건네주자 운전기사는 가벼운 윙크를 보냈다. 즐겁게 지내길 빈다며 그가 차를 몰고 주차장으로 떠나자 나는 호텔로 들어가는 무거운 회전문을 밀었다.

데스크에 서 있던 갈색 눈의 백인 여자가 나를 보며 상냥하게 웃었다. 이름을 대자 그녀는 샌프란시스코에 오신 것을 환영한다며 셀로판지에 싸인 붉은색 장미 한 송이를 내밀었다.

"에이즈 회의에 오신 분들은 전부 십 층 이상에 방을 정해드렸는데요. 괜찮으시겠지요?"

그녀가 내미는 방 열쇠를 받으며 물론 괜찮다고 말하다가 전기에 감전된 것처럼 묵직한 상아조각 장식 끝에 달린 열쇠에서 손을 떼었다.

"1207호인데요."

데스크 아가씨는 약간 의아스러운 기색을 드러내며 열쇠 번호를 응시하는 나를 지켜보았다. 나는 입안이 타들어오는 듯했다.

"1208호로 바꾸어주실 수 있겠습니까?"

여자는 뒤를 돌아보며 못에 걸려 있는 열쇠들을 확인하더니 마침 그 방이 비어 있다며 다른 열쇠를 건네주었다. 몸집이 큰 흑인 벨보이가 짐을 들고 앞섰다. 그 뒤를 따르면서 나는 데스크 아가씨가 어깨를 으쓱했다가 내리는 것을 얼핏 보았다. 이상한 취미를 지닌 동양 남자라고 생각했을 것이다.

방문을 열고 들어서자 전면을 통유리로 막은 앞쪽으로 멀리 바다가 바라보였다. 그 곁에 몰려 서 있는 집과 나무들은 태양 아래 빛살을 튕겨내고 있었다. 아름다운 정경이었다.

"마음에 드십니까?"

벨보이가 망연히 밖을 내다보고 서 있는 뒤에서 말을 걸어왔다.

나는 돌아서면 뒤에 명희가 서 있을 것 같은 착각에서 깨어났다. 후한 팁에 연신 고맙다는 말을 하며 흑인 벨보이가 방을 나가자 담배를 피워 물고 침대 곁의 소파에 앉았다. 먼 곳에서부터 바닷소리와 파도소리가 뒤섞이며 들리는 듯했다. 시내의 높은 건물에서 바라다보이는 바다는 큰 그릇에 담겨 있는 푸른 물감처럼 손에 잡힐 것 같았다.

멀리 바다 위를 떠가는 비행기의 동체가 햇빛을 반사해내며 반짝거렸다. 수많은 사람들이 그 안에 안전벨트를 매고 앉아 있으려니 생각하자 산다는 일의 쓸쓸함이 가슴속으로 스며들었다.

"오스모 이야기를 아세요? 어느 날 그 남자는 아내를 기다리다가 자기의 운명이 적힌 책을 우연히 책방에서 보게 되거든요."

사람이 자기 운명을 미리 알게 된다면 어떨까 하고 내가 말했을 때 공원의 벤치에서 명희가 해주던 이야기였다. 나는 명희 곁에 앉아 긴 머리를 어루만지고 있었다. 그녀는 어떤 경우에도 포옹이나 입맞춤 이상의 선은 넘으려 들지 않았다. 결혼할 때까지는 싫다는 이야기를 들으며 나는 허탈하게 웃고는 했다. 남자를 따라 어린 자기를 버리고 떠난 어머니 때문에 그녀가 지닌 순결에 대한 집착은 병적일 정도였다.

"오스모는 그 책에 자신의 과거 이야기가 너무 정확하게 나와 있으니까 손을 벌벌 떨면서 자기 미래를 급히 읽었어요. 그런데 마지막 장에 오스모는 포트웨인으로 가는 비행기에서 난동을 부리다가 죽는다고 써 있는 거예요."

내가 별로 귀 기울여 듣지 않자 명희는 이야기를 듣지는 않고 딴 생각만 하고 있다고 뺨을 살짝 꼬집었다.

"말도 안 되는 소리야, 하고 오스모는 생각했지요. 포트웨인으로 가는 비행기를 타지 않는 한 도대체 어떻게 그 비행기에서 내가 죽게 되는가 하고 말이지요."

나는 점차 흥미가 생겨 그녀에게 귀를 기울였다.

"몇 년 후에 말이에요. 세인트폴행 비행기가 하나 떨어져서 사람들이 대부분 죽었는데요. 생존자의 진술이 있었어요. 비행기가 악천후 관계로 세인트폴에 내리지 못하고 포트웨인으로 기착하겠다고 기내 방송을 한 직후에 돌연히 한 남자가 일어나서 절대 안 된다고 권총을 빼들고 광포하게 난동을 부렸다는 거예요. 승무원이 만류하려고 들자 제정신을 잃고 덤비며, 내 이름은 오스모야. 나는 그리로 가면 죽게 된단 말이야, 하고 권총을 쏘아댔다는 거예요."

"그래서…?"

"뭘 그래서예요. 세상에. 이 머리로 다른 사람들의 정신을 고치는 의사가 되겠다고 덤비다니…."

명희는 깔깔대며 내 귀를 잡아당겼다. 나는 장난기로 눈이 빛나는 그녀를 껴안았다.

그녀가 떠난 이후로 그때처럼 마음속에서 터져 나오도록 즐겁게 웃어본 기억이 없었다.

"참… 놀라워요. 사람은 이렇게 행복해질 수도 있군요."

자신이 떠나게 되리라고 예견도 못했던 때 명희는 내게 기댄 채 조용히 말했다. 그 시기를 생각할 때는 환한 빛으로 둘러싸인 마른 짚단 위에 앉아 있는 것 같은 아늑함과 어두운 슬픔이 함께 느껴졌다. 우리가 몰입해서 나누던 이야기들은 지금도 시간 속으로 여행을 떠나듯 혼자 있을 때면 나를 찾아와 곁에 머물렀다.

그녀는 세상의 소유에 큰 관심 없이 물러서서 살고 싶어 하는 내 시인 기질을 누구보다도 잘 이해했다. 나는 가끔 시를 써서 그녀에게 주었다.

고아나 다름없이 떠돌며 지내던 명희… 내가 그녀에게 고통의 그림자로 남게 되다니….

마음으로 동통이 스치고 지나가는 것을 느끼며 나는 버릇처럼 왼손을 들어 가슴께를 문질렀다. 그리고 생각을 떨치려고 일어서서 가방을 열고 옷들을 꺼내 옷장에 챙겨 넣었다. 아내의 손이 닿은 짐은 감탄스러울 정도로 짜임새가 있고 정갈하게 차곡차곡 정리되어 있었다. 나는 대충 간편한 옷으로 갈아입고 바바리코트를 덧입은 채 시내로 나섰다. 시간이 꽤 늦었지만 시장기가 느껴지지는 않았다.

저녁 무렵에 작은 전차라는 케이블카를 타고 바다에 가 보고 싶었다. 버스 기사는 금세 몇 블록을 지나 케이블카 출발 지점에 나를 내려주었다.

거의 삼십 도가 넘을 만큼 경사가 진 샌프란시스코의 전찻길은 이국의 정취를 그대로 드러내고 있었다. 저녁별처럼 길가 가게의 불들이 하나씩 켜지기 시작하고 케이블카가 울리는 종소리는 맑고 서글펐다.

케이블카를 타고 문도 없이 그대로 밖을 향해 놓여 있는 긴 의자에 앉아서 지나가는 거리며 사람들을 바라보았다. 젊은 연인 한 쌍이 다정하게 웃으며 걷는 뒤로 팔짱을 낀 노부부가 천천히 걸어가는 모습이 느린 회상의 한 장면처럼 지나갔다.

나는 가슴으로 죄고 들어오는 그리움 때문에 앞으로 몸을 구부렸다. 소년의 죽음은 내게 말할 수 없는 충격을 주었다. 조용하고 말이 없이 나를 찾아와 앉아 있던 소년은 그 나이의 나를 바라보는 것 같은 감정이입을 불러일으켰다.

세상의 삶을 이겨내지 못한 소년의 죽음 뒤로 그 어머니의 발광이 뒤따랐다. 병원 복도를 뒤흔들던 그녀의 저주와 통곡 소리. 어떻게 치료를 했기에 멀쩡한 내 아들을 죽게 만들었느냐는 그녀의 갈라진 쇳소리는 일류대학 진학만을 고집하며 숨어서 그림을 그리던 아이의 혼을 타고 누르던 집요한 끈질김을 지니고 있었다. 공부하지 않고 쓸데없는 짓만 한다는 질책 끝에 그림들을 다 찢어버려 이 세상에 연결된 끈을 서둘러 놓게 했던 어머니였다. 아들이 에이즈 감염자였다는 내 설명을 듣고 반 실신 상태에 빠져 병원 직원들의 부축을 받으며 떠날 때 그녀가 피를 토하듯 쏟아내던 말은 지금도 귀에 쟁쟁했다.

"어떻게 에미한테까지 숨겼단 말이냐…."

신경정신과 과장이 에이즈 말기 증상 중의 하나인 정신치매를 더 연구해볼 기회라며 나를 이 회의에 보낼 사람으로 추천한 것도 이 사건과 관련된 배려가 크게 작용한 것으로 느껴졌다. 그의 내색하지 않는 선선함이 고마웠다.

환자에 관한 비밀이 본인이나 가족에게 어느 정도 지켜져야 하는지는 항상 논란의 여지가 있는 일이었다. 그러나 어머니와 가족들에게는 에이즈 감염 사실을 숨겨달라는 소년의 간청을 그가 깨뜨리지 못했던 이유는 개인적인 느낌에 더 연유된 바가 컸다. 소년의 어머니는 남의 감정을 전혀 헤아리지 못하는 사람이었고, 그녀가 소년의 감염사실을 알게 된다면 그마나 그가 집에서 누리는 기본적인 평화마저 깨지지 않을까 하는 것을 나는 우려했다.

그것이 잘못된 판단이 아니었던가 하는 죄책감이 방 안으로 잠식해 들어오는 연기처럼 내 마음속을 채웠다. 그 소년과 어머니의 관계는 내가 생각했듯 간단한 것이 아니었을지도 몰랐다. 나는 어머니에 대한 숨겨진 분노의 감정을 여기에 투사시켰던 것만 같았다.

케이블카는 가끔씩 쉬면서 길고 경사가 진 언덕길을 올라갔다. 정교한 조각처럼 늘어선 간판들이 각기 다른 빛깔의 불빛들을 자랑하듯이 내뿜고 바닷바람이 훈훈하게 밀려들면서 옅은 소금기가 후각을 스쳤다.

케이블카에서 내려 바다로 가는 길목에 좌판을 놓고 늘어서 있는 삶은 게 장수들은 남대문시장의 무렴한 장사치들처럼 나를 붙들었다. 뚱뚱하고 두 눈이 앞으로 불거져 나온 흑인 한 사람이 실실 웃으며 내 앞에서 게의 양쪽 집게발을 잡고 펴 보였다. 빨갛게 삶아져 자그마한 두 눈이 껍데기 사이로 내다보이는 게는 양발을 펼친 채 춤추는 무용수 같았다.

"사 가요. 당신 가족 다 먹고도 남아."

그는 남부 사투리가 섞인 영어로 나를 유혹했다. 내가 가족이 지금 여기에 없다고 하자 익살스러운 손짓으로 게의 몸에 십자가를 그었다. 그렇다면 이렇게 사등분해서 냉장고에 넣어두고 외로울 때마다 꺼내 먹으면 된다는 것이다.

나는 잠시 서 있다가 좀 과한 듯싶은 돈을 지불하고 게를 사 들었다. 일주일 동안 이곳에 혼자 머무를 일이 새삼스레 버거워 그가 말하는 외로움에 대한 연결이 마음에 들었다. 게 다리나 물어뜯다가 돌아가지. 바닷가를 걸으며 게의 무게가 짐스럽게 느껴지자 쓸데없는 객기를 부린 것이 후회가 되었지만 그 게를 끌고 호텔까지 돌아왔다.

문을 열고 들어서자 전화기 번호판이 빨간빛을 깜박거리며 신호를 주고 있는 것이 눈에 들어왔다. 수화기를 들자 교환수가 한국에서 전화가 왔었다고 전했다.

나는 가만히 전화기를 내려놓았다. 지금 집에 전화하고 싶은 심정이 들지 않았다. 어머니나 아내일 것이다. 두 여자의 세심한 마음 씀이 귀찮았다.

문 앞에 놓여 있는 신문지를 펴고 게를 꺼내놓았다. 조용한 방에서 죽은 게와 마주 앉아 나는 그놈을 친구 바라보듯 한참 들여다보았다.

"그래. 어떠냐. 죽어보니까…."

나는 소리 내어 중얼거렸다. 소파 옆으로 비스듬히 앉아 이야기를 들어주곤 하는 내 환자들과 비슷한 증상을 보인다고 생각하며 혼자 웃었다. 늘 하듯이 내가 어떤 감정을 지니고 있는지 분석해보려고 시도하지 않고 조심스레 게 다리를 접어 냉장고에 넣었다. 외로운 건 사실이었지만 이제 친구같이 느껴지는 게란 놈의 다리를 물어뜯어 외로움을 잠재우고 싶지는 않았다.

나는 샤워를 하고 머리를 수건으로 대충 닦은 후 그대로 잠자리에 들었다. 낯선 곳의 잠자리가 금세 친숙해지지 않아 몸을 뒤채다가 늦게야 겨우 잠이 들었다.

새벽녘에 울리는 벨 소리에 잠이 깬 나는 목소리가 울려 나오자 저절로 눈살이 찌푸려졌다. 방을 잡은 걸 보니까 무사히 도착했구나 했지만 밤늦도록 돌아오지 않는 기색이라 걱정했노라는 아내는 전화가 없어 어머님이 많이 걱정하신다는 토를 달며 약간 나무라는 어조가 되었다.

몸조심하라는 당부를 건성 들으며 전화를 끊고 냉장고 문을 열자 게란 놈이 제일 먼저 눈에 띄었다. 나는 게를 한쪽으로 밀어 넣으며 주스를 꺼내 마셨다.

내가 한밤중에 혼자 앉아 게와 이야기를 하고 있다는 걸 알면 아내와 어머니는 대경실색해서 당장 달려올 듯이 서두를 것이다. 안

정되고 균형 잡혀 있어 세속의 기본 규칙을 나무랄 데 없이 따르는 어머니와 아내. 아버지 없이 홀로 아들을 기르고 그 대가로 명희를 내게서 치워버린 어머니에게 나는 어떤 때 증오에 가까운 심정을 느꼈다.

어머니의 권유대로 의대에 진학하기 위해 시를 포기했을 때도 내 마음은 깊이 외로웠다. 사람들은 애정이라는 미명하에 얼마나 자주 가까운 사람들의 마음의 뜰을 파괴해버리는가.

면도를 하면서 낯선 거울에 비친 모습을 타인처럼 한참 마주 보았다. 눈가에 희미하게 자리 잡은 주름살 두어 줄과 지쳐버린 듯한 냉소가 어둡게 가라앉아 있는 눈을 건너다보며 나는 스스로에게 연민을 느꼈다.

넓은 아파트와 깔끔하고 합리적인 아내, 잘 자라는 아이들, 그리고 정신과 의사로 이룬 학문적 성취는 이제 집안의 전설이었다. 어려운 생활에서 자수성가한 나를 모두 부러워하고 어머니의 헌신과 희생을 칭송했다. 자칫 거만하게 인식되기 쉬운 부잣집 딸의 철없는 행태도 어머니가 고르고 고른 아내에게는 없었다.

그러나 다른 사람들에 대한 배려는 별로 없이 나와 아이들만을 끔찍이도 정성껏 돌보는 아내에게서 가끔 숨이 막힐 듯한 갑갑증이 느껴졌다. 연구에 몰두하고 환자들에게 열정을 쏟는 내게 아내는 가끔씩 빗대어 불만을 표시했다. 어째서 거래에 불과한 환자와의 관계에는 그렇게 진을 내고 정작 식구들에게는 그만 한 성의를 보여주지 않느냐는 것이었다. 이번 학술회의 참석도 무엇 때문에 사람들이 꺼리는 병에 관여하려 드느냐고 달가워하지 않던 아내였다. 그녀는 자신의 안온한 가정의 울타리 밖에 버려진 사람들에게는 극도로 무관심했다. 소외된 사람들의 문제에 함께 아픔을 느끼며 도와줄 방도에 대해 적극적인 질문을 던져오던 명희와는 지나치리만큼 대조적이었다.

자신의 감정에 대해 미안한 느낌도 들었다. 그러나 아내와의 사이에서는 넘치는 감정의 이해나 교감을 느껴본 적이 없었다. 명희가 떠난 이후 새벽에 혼자 잠이 깨어 가만히 누워서 이대로 사라져버리고 싶다는 생각을 하고는 했다. 지금도 가끔씩 그저 공기 속으로 녹아서 사라져버리고 싶은 충동을 느꼈다.

문득 나는 면도기를 쥔 손을 멈추었다. 아내는 행복한 것일까? 그녀는 우울해할 줄도 모르는가. 나는 쓴웃음을 지으며 머리를 흔들었다.

에이즈 국제회의 첫날은 '히브리 노예들의 합창'으로 그 막을 올렸다. 바빌론 땅에 잡혀와 유프라테스 강가에 앉아서 고향을 그리워하는 유대 노예들의 슬픔이 백여 명 남자 합창단원들의 열창하는 얼굴에서 그대로 흘러나와 무거운 감동을 주었다. 그들 자신이 에이즈 감염자라는 것이 한참 동안의 침묵 후에 입을 뗀 사회자에 의해서 밝혀졌다.

나는 비로소 그들의 노래가 가슴의 두터운 층을 뚫고 들어오는 강력한 힘의 근원을 알 것 같았다.

-에이즈라는 죽음의 사신의 행보를 어떻게 막을 것인가.

이런 주제에 관해 연속되는 세미나와 진지한 토론을 거쳐 회의 사흘째 되던 날 나는 한국에서의 에이즈 실태와 대처 방안들을 발표하면서 소년의 이야기를 꺼냈다.

나는 그들의 절망적인 삶에 과연 어떤 빛을 던져줄 수 있는가를 물었다. 사람들이 보이는 극도의 혐오와 기피 때문에 발표된 숫자보다 실제 감염자는 몇 배를 넘을 것으로 추정되고 있다. 감염이 의심되는 사람들도 검사받기를 꺼리고 콘돔 사용 같은 적극적인 예방책을 사용하지 않기 때문에 이 죽음의 병은 어둠 속에서 퍼져가고 있다. 그들의 감염 원인이 수혈 같은 순수한 것인가 동성애나 마약 때문인가 하는 것은 논의의 여지 밖이다. 인간은 어느 누구도 그렇게 천형의 천벌로 매도 받을 만큼의 죄를 짓지는 않았다고 나는 호소했다.

회의장에 가득히 들어찬 각국의 유수한 전문가들은 고개를 끄덕이며 깊은 우려와 공감을 나타내주었다. 더 늦기 전에… 이것이 그들의 한결같은 주장이었다. 십 년 전에 그들의 상황이 지금의 한국과 유사했을 때 미리 손을 썼더라면 이런 참상은 어느 정도 막을 수 있었으리라는 게 공통된 지적이었다. 그들은 뚜렷한 조처가 취해지지 않는다면 아시아의 미래도 극히 불안하리라고 예견했다. 막연히 사람들이 생각하듯이 동성애 남자들 사이에서 일어나는 발병률만 높은 것이 아니라 양성애 관계에서도 발병률이 낮지 않았다. 임산부에게서 그들의 아이에게로 전파되는 병의 속도는 더 빠르고 비참했다.

토론이 끝난 후 많은 사람들이 내게 다가와서 악수를 나누며 격려의 말을 던졌다.

오후에는 감염자들이 직접 출연하는 연극 공연이 있었다.

무대에서는 무릎을 꿇고 두 손을 하늘로 치켜든 채 핏빛처럼 붉은 의상을 걸친 젊은 남자가 집과 직장, 교회, 모든 곳에서 배척당한 후에 어디에도 빛이 보이지 않는 암울한 빈 들판에서 외치고 있었다. 신이여. 이 더러운 피를 담은 몸을 부수소서. 그것이 당신의 뜻이라면…, 어찌하여 타인을 죽이는 피를 몸 안에 담은 채 우리는 살아남아 있어야 합니까. 차라리 페스트 환자처럼 우리를 뜨거운 열로 타들어 죽게 하소서.

그의 얼굴은 땀과 눈물로 뒤섞여서 번들거렸다. 튼튼하고 잘생긴 얼굴과 체격의 그 어디에도 에이즈의 흔적은 없었다. 단아하고 다정하던 소년의 얼굴이 그의 얼굴 위에 겹치며 나타났다. 교통사고 후에 받은 수혈 때문에 감염되었던 소년은 에이즈 감염 통고를 받고 처음에는 그 의미를 이해하기 힘들었노라고 말했다.

감염 초기에 뚜렷한 자각증상이나 변화가 없이 사람을 잠식해 들어와 서서히 면역 체계를 파괴하고 괴이한 형태의 암이나 정신치매, 폐렴을 유발시켜 단시일 내에 인간의 몸과 혼을 뿌리째 잡아 흔드는 에이즈는 전율할 병이었다.

"선생님을 만날 때나 그림을 그릴 때만 살아 있는 사람 같은 느낌이 들어요."

소년은 오히려 담담한 어조로 말하고는 했다.

언제 발병해서 죽을지 모르는 상태에서 외견상 멀쩡하게 몇 달인지 몇 년인지 모르는 생을 살아야 하는 사람들은 결정되어 있는 미래의 죽음까지 아무런 계획도 세울 수 없이 살아남아 있어야 했다.

성관계나 피의 접촉이 없으면 함께 먹고 마시고 일상생활을 같이 해도 전염의 가능성이 없다고 의학자들은 설득하지만 만일의 경우 환자의 피에 노출될 가능성 때문에 사람들은 몸을 떨며 그들의 눈 앞에서 모든 문을 다 닫았다. 에이즈에 걸린 사람들은 오스모처럼 자기 운명의 마지막 장을 다 읽어버리고 나머지 생을 감당할 길을 찾을 수가 없는 상태에서 벌판 위에 서 있는 무리들 같았다.

회의장 앞에는 엄격한 교리를 내세우는 교단의 사람들이 근엄한 얼굴로 피켓을 들고 시위를 하고 있었다. 신의 천벌을 받은 사람들을 위해서 일하는 사람들에게도 화가 미칠진저. 흰 헝겊 위의 검은 글씨는 완강하게 소리치고 있었다.

그 반대편에는 젊은 감염자들이 겹겹이 모여 서서 구호를 외치고 있었다.

"에이즈는 저주가 아니다. 질병일 뿐이다."

"우리를 당신의 친구로 대해달라."

"우리는 오물이 아니다. 인간이다."

"우리는 정부의 미지근한 정책의 희생자다."

"차별대우를 철폐하라."

"에이즈 치료제 개발 예산을 삭감하지 말라."

"가자, 백악관으로."

청바지를 입고 구호를 선창하던 젊은이는 의자 위에 올라서서 핸드 마이크를 들고 외쳤다. 우리는 희생되겠지만 다음 세대를 위해서 우리는 싸우고 있다. 그들은 건강한 세계에 살면서 우리를 기억해줄 것이다.

말을 탄 기마경찰 수십 명이 양극의 시위자들 사이에 바리케이드 처럼 서서 충돌을 막고 있었다.

그 틈을 뚫고 겨우 호텔로 돌아온 나는 피곤에 지쳐 옷도 갈아입지 않고 한동안 침대에 누워 있었다. 식욕도 없고 뜨거운 국물과 소주 한잔 생각이 간절했다. 그러나 이곳에 자리 잡고 사는 친구들의 전화번호를 돌리고 싶지는 않았다. 나는 냉장고에서 치즈와 우유를 꺼내 천천히 먹고 마셨다.

이곳에서 완전히 이방인처럼 있다가 아는 사람들은 하나도 만나지 않고 돌아갈 작정이었다. 사촌 오빠가 이 근처에서 보석상을 경영한다고 아내가 신신당부하며 넣어준 연락처는 꺼내 보고 싶지도 않았다.

노을이 물들기 시작한 창밖은 바다와 하늘이 어울려 낙원의 그림을 그려내고 있었다. 황혼의 금문교가 너무나 아름다워서 사람들이 그곳에서 끊임없이 자살을 한다는 이야기가 언뜻 기억났다.

나는 불현듯이 몸을 일으켜 데스크에 전화를 했다. 금문교까지 얼마나 걸리느냐고 묻자 차로 한 삼십 분 걸리리라는 응답이었다. 나는 택시를 불러달라고 부탁하고는 냉장고에서 게를 꺼냈다.

석양의 바다 위에 유연한 곡선을 그리며 떠 있는 금문교는 이 세상과 저 세상을 잇는 다리처럼 보였다. 나는 다리 가운데로 걸어 들어가며 바다 위에 점점이 떠 있는 요트와 하늘과 분홍빛 구름, 웃으며 지나가는 사람들을 바라보았다.

다리 한가운데 서서 바다를 내려다보며 가방을 열었다. 그리고 커다란 삶은 게를 꺼내서 빨갛게 물든 껍데기와 두 개의 작은 눈을 바라보았다.

“다음 세계에서는 아주 자유로운 혼으로 태어나거라.”

나는 게를 들어 멀리 바닷속으로 던졌다. 이상한 방생이었다.

헤엄치며 사라질 기력이 없는 죽은 게를 놓아주어 어쩌자는 것인가. 그러나 사람들의 탐욕스러운 이빨 사이에서 물어뜯기지 않은 게는 좀 더 나은 내세를 약속받을지도 몰랐다.

게는 다이빙 선수처럼 일직선으로 바다로 떨어져 내렸다. 길을 지나가던 백인 남녀 한 쌍이 힐끗 쳐다보고 웃으며 지나갔다. 아마 나는 미친 사람처럼 보였을 것이다. 혼자 중얼거리며 삶은 게를 바닷속으로 던져 넣고 있는 중년의 동양 사내.

회의가 끝나는 날, 회의장에서 한두 번 안면이 있던 인도 대표가 다가와 저녁에 공원에서 열리는 게이 카니발에 가보지 않겠느냐고 물어왔다. 너무 갑작스러운 제안이라 의아하게 여기는 기색이 느껴졌는지 그는 농담 비슷하게 자기가 동성애자인 것이 아니라 그들의 생태를 이해하기 위해 한번 가보고 싶은데 혼자 가기가 좀 멋쩍어서 그러는 것이노라고 덧붙였다. 그는 특히 며칠 전 당신의 발표를 듣고 많은 감명을 받았노라고 하면서 내 망설임을 위험성 여부에 대한 것으로 간주했는지 원래 동성애자들은 평화롭고 범죄율도 낮은 사람들이라 걱정할 것 없다고 설명했다. 썩 내키지는 않았지만 같이 가겠다고 하자 호텔 앞으로 일곱 시에 렌터카를 가지고 오겠노라며 그는 다시 한 번 손을 흔들고 스쳐 지나갔다.

공원은 그리 멀지 않았다. 멀리서부터 폭죽 터지는 소리와 요란한 음악소리가 들려왔다. 차를 주차하고 공원 입구로 들어서자 사방에

쌍쌍의 남자들이 보였다. 중앙 무대에서는 가발을 쓰고 짙은 화장을 한 여장 남자가 몸을 흔들며 흐느끼는 쉰 목소리로 노래를 부르고 있었다.

나는 당신을 원해요. 지금 당장.
나는 당신이 필요해요. 지금 당장.
나는 당신을 사랑하고 싶어요. 지금 당장.

무대 밑에서는 남자들이 환호하고 춤추며 노래를 따라 부르기도 하고 서로 껴안고 짙은 애무에 빠져 있기도 했다.

나는 태연한 체하기는 했지만 쑥스럽고 당황스러웠다. 인도 친구는 근처의 풀밭에 앉자고 제의를 하고는 조심스럽게 여기저기 둘러보며 사진을 찍어대었다.

"이런 꼴 본 적 있어요?"

나는 고개를 저었다. 그는 한심하다는 듯이 내뱉었다.

"정말 소돔과 고모라 같군. 미국도 볼장 다 본 나라야."

백인 남자 둘이 팔짱을 끼고 지나가다가 두 사람을 보고 걸음을 멈췄다.

"하이. 동양의 친구들. 평화."

우리가 평화를 서투르게 복창하자 그들은 손으로 승리의 브이 자를 만들어 보이며 잔디밭을 가로질러 떠났다.

마약에 취한 듯이 이상하게 졸리고 나른하고 눕고 싶은 생각이 들게 하는 황혼 무렵이었다.

도덕이나 윤리의 틀도 이상하게 중요해 보이지 않고 여장 남자 가수의 흐느끼는 복창은 되풀이되면서 라벨의 볼레로를 들을 때처럼 느리고 권태로운 성욕을 불러일으켰다. 숲 사이에는 작은 새들이 날고 있고 잔디밭의 모퉁이마다 각색의 꽃들이 어지럽게 피어 있는 곳에서 윤리의 안경을 벗고 본다면 모두들 평화롭고 즐거워 보였다.

"갑시다. 여기 있다가 이상한 최면에 걸려서 정말 남자를 사랑하고 싶어지겠는데…."

내가 일어서자 인도 의사는 아쉬운 듯 따라 일어섰다. 입구 가까운 곳에는 솜사탕이며 핫도그를 파는 임시 노점들이 줄을 지어 있었고, 그 곁에 앞이 터진 천막을 치고 커다란 수정 구슬에 손을 얹은 집시 노파가 앉아 있었다. 지나치며 그곳을 일별하다가 집시 노파와 시선이 마주쳤다. 그녀는 째지는 소리를 내었다.

"들어와요. 동양의 왕자님. 내 당신의 운명을 읽어줄 테니…."

나는 자기 운명의 책을 손에 들었던 오스모가 떠올랐다. 그냥 지나치려다가 발길이 멎자 인도 의사도 재미 삼아 운명 점을 보고 가자고 권유했다.

머리를 빗자루같이 산발하고 실뱀 같은 띠를 이마에 두르고 있는 노파의 두 눈은 섬뜩하리만큼 날카롭게 내 얼굴을 훑었다.

"당신, 참 잘생긴 남자로군. 한군데 뜻을 두면 꼭 이룰 타입인데…."

노파는 수정 구슬을 똑바로 고쳐놓으며 생년월일을 물었다. 그녀는 중세기의 마녀처럼 한동안 꼼짝도 하지 않고 구슬을 들여다보았다.

"패가 뒤섞여. 생활은 안락한데 마음은 불행하겠어."

그녀는 내 눈을 빨아들일 듯이 올려다보았다. 나는 뱀의 눈앞에 선 개구리처럼 움직일 수가 없었다.

"여기 여자가 있어. 당신을 지극히 사랑하는군. 하지만 안 되겠어. 당신들은 피를 보지 않고는 결합하지 못해. 누군가가 더 불행해져야만 당신 둘은 결합할 수 있어. 그게 당신의 운명이야."

"…그만해요."

나는 벌떡 일어섰다. 내 얼굴이 이상할 정도로 창백해졌는지 인도 의사가 괜찮으냐고 물었다. 나는 목욕탕 욕조를 채우고 붉게 물들던 어머니의 피와 절규가 얼굴에 뿌려지는 저주처럼 다가오는 것을 느꼈다. 나를 파묻고 가서 결혼해라.

던지듯 돈을 놓자 그녀는 히죽 웃었다.

"얼른 당신 집에 가봐. 그 여자에게서 소식이 있을 거야."

나는 빠른 걸음으로 그 앞을 지나쳤다. 내가 어디 있는지 알고도 몇 년 동안 한 번도 소식을 전하지 않던 명희였다. 그녀가 어디에 살고 있는지도 몰랐다. 그러나 나는 마법에 걸린 사람처럼 맥주라도 한잔 하자는 인도 의사를 뿌리치고 호텔로 돌아왔다.

나는 윗도리를 벗고 넥타이를 끄른 채로 담배를 찾아 입에 물었다. 전화벨 소리가 방의 가라앉은 공기를 울렸다. 나는 잠시 숨을 몰아쉬며 전화기를 붙잡은 채 들지를 못했다. 다섯 번이나 벨이 울린 후에야 천천히 수화기를 들었다.

"여보세요."

이쪽에서 말이 없자 조심스러운 여자의 음성이 울렸다. 아내였다.

나는 긴장이 풀려나가며 맥이 빠졌다. 혼자 내 어리석음을 비웃었다.
"웬일이지?"
"웬일은요. 통 전화도 없고. 잘 지내세요? 식사는 꼭 챙겨서 하시구요?"
나는 이유 모를 짜증과 미안함을 함께 느끼며 대충 대답하고 전화기를 놓고는 일어서서 커튼을 걷고 밤바다의 야경을 멀리 바라보았다. 어두운 바다 위로 가끔 빛나는 비행기 불빛을 바라보며 어디에도 속해 있지 못한 것 같은 공허감을 느꼈다.
샤워를 하고 누워 나는 너무나 간절히 명희가 내 곁에 있기를 바랐다. 그녀의 음성을 듣고 모습을 곁에서 볼 수 있으면 내가 가진 무엇이든지 다 던져버릴 수 있을 것 같았다.
명희가 가난한 간호사고 혈혈단신인 데다가 방종한 어머니를 지닌 딸은 반드시 방종하다는 어머니의 반대는 바위산과도 같았다. 내가 그대로 결심을 밀고 나가려고 들자 어머니는 목욕탕에서 동맥을 끊어 자살을 기도했다. 어머니가 입원한 병실 문 밖에서 나를 만난 명희는 자초지종을 창백한 얼굴로 듣고 있었다.
며칠 후 명희는 자청해서 나와 함께 밤을 지냈다. 명희는 격정적고 말이 없었다. 그 시간들은 불로 태워 만든 판화처럼 두드러지게 인각되어 기억 속에 갇혔다.
그리고 얼마 후 그녀는 미국으로 떠나버렸다. 그녀가 알리지 않고 유학 수속을 해왔다는 데 대한 배신감 때문에 나는 한동안 이성을 되찾을 수가 없었다. 아버지와 사별한 후 의사가 되려던 꿈을 포기했을 때 가슴이 찢어지는 것 같았다던 명희. 혼자 세상을 헤치고 살아온 그녀의 슬픔을 나는 잘 이해하지 못했었다. 그 후에 소식 없는 그녀를 단념해버리고 자포자기의 심정으로 어머니가 원하는 결혼을 해버렸던 것이다.

갑자기 전화벨이 울렸다. 나는 반쯤 들었던 잠에서 깨어 시계를 보았다. 열두 시가 다 되어 있었다. 나는 수화기를 들었다.

"나예요. 영우 씨."

명희의 음성이었다. 뜨거운 손이 가슴속으로 들어와 심장을 움켜쥐는 것 같았다. 음성을 밖으로 낼 수가 없었다.

한참 후에야 나는 겨우 갈라진 목소리를 내었다.

"어디 있소?"

"지금 새벽 네 시예요. 여기 시카고예요."

잠시 침묵이 흘렀다.

"뉴스 보다 회의장에서 영우씨 모습을 봤어요. 샌프란시스코에 있는 호텔마다 다 전화를 걸었어요."

한동안 우리는 둘 다 말이 없었다.

"얼마 전에 내 환자 하나가 자살했어."

"…."

"에이즈 감염자였어. 참 맑은 영혼을 지닌 아이였는데…."

"…."

"그 애를 잘 도와주고 싶었는데… 그 애가 꼭 나 같은 느낌이 들었어."

나는 목이 잠겨 말을 잇지 못했다.

"몹시 괴로웠군요."

명희의 목소리는 낮았다.

우리는 한참 동안 이야기를 나누었다. 지금은 아이가 둘이고 병원에서 책임자로 있다고 명희가 말했다. 명희는 삶은 게를 들고 나가 금문교 다리에서 던진 이야기를 하자 아이들처럼 소리 내어 웃었다. 나는 케이블카에서 그녀 생각을 하며 그만 죽고 싶었다고 이야기했다. 명희는 그 말에 아무런 대답도 하지 않았다.

다음 날은 날씨가 음산했다. 저녁 무렵의 공항은 어두운 느낌을 주었다. 나는 주위를 두리번거리며 명희의 자취를 찾았다. 그녀는 오지 않겠다고 했지만 꼭 올 것만 같았다. 시카고에서 비행기를 탄다면 몇 시간이면 날아올 수 있는 거리였다. 카운터에서 회의 자료가 가득 담긴 가방을 부치고 나는 공항 안을 헤매고 다녔다. 내가 호텔 로비에서 우연히 만나기 바라며 서성거렸듯이 그녀도 공항 어디엔가 숨어 있을 것만 같았다.

로비 문 앞에서는 검은 옷을 입고 마스크를 한 사람들 백여 명이 침묵시위를 하고 있었다. 그들은 한 손에 피켓을 든 채 움직이지 않고 서 있었다.

"에이즈 환자도 신의 자녀입니다."

"우리는 당신의 사랑이 필요합니다."

회의에 참석했던 대표들로 보이는 외국 사람들이 부산하게 그 장면들을 카메라에 포착해 넣고 있었다.

나는 걸음을 멈추고 그들 앞에 한동안 서 있었다.

그들의 침묵의 호소가 다가오는 음성으로 마음을 두드렸다.

"우리는 당신의 사랑이 필요합니다."

이제야 나는 오스모가 신과 맞서 자신의 운명에 거역하려고 들었던 이야기의 뒷부분을 이해할 수 있을 것 같았다.

서울행 비행기 탑승을 알리는 마지막 통고가 들리자 나는 명희를 찾는 것을 단념하고 비행기로 통하는 어둡고 긴 통로로 발을 들여놓았다.

승무원의 좌석 점검이 끝나고 출입구가 무거운 음색을 내며 닫히자 그 소리가 그대로 가슴속으로 돌처럼 떨어져 내렸다.

비행기가 굉음을 내면서 이륙하는 동안 나는 명희의 젖은 목소리를 다시 듣고 있었다. 우리는 함께 있는 거예요. 서로 잊지 않고 있으면요.

그러나 비행기는 그녀가 살고 있는 땅을 박차고 다른 곳을 향해 뜨고 있었다. 나는 눈물이 흐르는 얼굴을 감추려 창 쪽으로 몸을 돌렸다.

밖에는 짙은 회색의 구름들이 몰리고 흩어지며 지나가고 있었다.

정혜

정혜는 눈을 뜨면서 여전히 같은 자리에 혼자 누워 있는 것을 느꼈다.

꿈이었구나.

나무 밑에 앉아 있는데 누군가 자기에게 다가오고 있는 꿈.

그 사람의 그림자는 희미했다. 어제 우체국에 편지를 부치러 와서 정혜의 회색 스웨터 빛깔이 좋다고 말하던 그 남자 같기도 했다. 천장을 쳐다보며 그녀는 자신의 몸을 무감각하게 만져보았다. 오늘 하루는 더욱 지루하게 길어질 것 같은 생각이 들었다. 일요일은 아침부터 일어나서 서둘러 샤워를 하고 매무새를 가다듬지 않아도 되기 때문이었다.

그녀는 그대로 누워서 움직이고 싶지 않았다. 손이 내려가 아랫배에서 멎었다. 방광이 가득 차 있는 압박감이 느껴졌다.

정혜는 이불을 제치고 침대 아래 희고 갸름한 두 발을 내려놓았다. 어째 쓸데없는 건 예쁘게 태어났을꼬. 혀를 차던 어머니의 탄식 소리가 떠올랐다.

정혜는 세수를 한 후 기계적으로 저울에 올라섰다. 바늘은 정확히 43킬로를 가리켰다. 맛없고 단조로운 식사와 생활의 건조함 때문에 그녀의 몸무게는 거의 오차 없이 한결같았다. 그녀는 서둘러 커피 물을 끓이고 발에 몸을 부비며 따라다니는 고양이에게 마른 반찬 몇 개가 담긴 납작한 그릇을 밀어주었다.

정혜는 마루에 앉아 책상다리를 하고 두 팔을 몇 번 위로 들어올린 후 다리를 앞으로 죽 뻗어서 그 위에 몸을 굽히는 동작을 몇 번 반복했다. 몸을 움직이고 있으면 목에까지 가득 차 있는 얼음덩어리 같은 응어리가 조금씩 잘게 부서져서 음식물처럼 장 속으로 흡수되는 것 같았다.

빵 두 쪽을 구워서 커피와 함께 쟁반에 받쳐 들고 소파에 앉은 정혜는 텔레비전을 켰다. 말끔한 얼굴로 즐거운 듯 웃는 남녀 사회자가 눈에 들어왔다. 정혜는 채널을 돌렸다. 에어로빅을 하는 젊은 몸매들이 화면에 가득 차게 나타났다. 정혜는 텔레비전의 스위치를 껐다. 기둥시계가 한동안 삐걱거리며 뒤틀리는 소리를 내더니 여덟 시를 쳤다. 밤 여덟 시에 잠자리에 든다고 해도 자그마치 열두 시간이 그녀의 앞에 놓여 있었다.

일요일이나 공휴일마다 정혜는 당혹스러운 느낌이 들었다. 아침에 일어나면 하루를 보낼 일이 괴로웠다. 그렇다고 누구를 찾고 싶지도 않았다. 실상 찾을 사람도 없었다.

그녀는 일어서서 커튼을 걷고 밖을 내다보았다. 십이 층에서 내려다보이는 아파트 밖 풍경은 언제나 비슷했다. 아이들 몇이 놀이터에서 놀고 있고 그 곁에 젊은 엄마 두세 명이 앉아 있었다. 혹시 어제 왔던 그 남자가 지나가지 않을까. 정혜는 주위를 훑어보았다. 그러나 지나가는 사람들은 보이지 않고 늘어선 차들만 시야에 들어왔다.

차들은 두꺼운 껍질의 갑충처럼 이곳저곳에 웅크리고 있었다. 검정색, 감색, 회색의 차들 사이로 붉은빛 차 하나가 시선을 끌었다. 차의 붉은 빛이 하도 선명해서 곁의 갑충들의 몸을 뚫고 흘러내린 피처럼 보였다. 가끔 사물의 붉은색은 그대로 피의 연상을 지니고 그녀의 머리로 뛰어들었다.

이제 늦여름의 뜨거움은 가셨다. 창을 통해서 불어 들어오는 바람은 그 속에 선선한 가을을 느끼게 하는 기미가 있었다.

정혜는 걸레를 들고 방을 치워나가다가 현관에 놓인 자기 구두에 시선이 멎었다. 납작한 검정 단화가 숨고 싶은 듯 왼쪽 구석에 놓여 있었다. 혼자 사는 집인데도 한가운데 당당하게 구두를 벗어놓지 못하는 것은 오래된 버릇이었다. 정혜는 한쪽 귀퉁이의 실밥이 터져 나간 구두를 들어 올려 꼼꼼하게 살펴보았다. 구두 고치는 사람에게 좀 부탁을 해야겠구나. 지난번 구두를 고치러 갔을 때 구두 고치던 늙수그레한 남자가 구두를 고치면서 혼자 웃는 걸 보고 몹시 심정이 상했던 기억이 떠올랐다. 구두가 너무 낡았는데 또 고쳐달라고 했기 때문이었을 것이다.

그녀는 마음을 바꾸어 구두를 사러 나가려고 채비를 하기 시작했다. 그녀에게 구두나 옷이라는 건 자기를 가리기 위한 최소한의 필요 부품일 뿐이었다. 멋이라든가 유행은 그녀의 생각 속에 들어 있지 않았다.

정혜는 그 흔한 수영장이나 볼링장에도 가본 적이 없었다. 몸의 드러냄이나 움직임은 늘 죄의 이미지로 그녀에게 다가왔다. 그녀는 될 수 있는 대로 몸을 구부리고 작게 만들어서 남의 눈에 띄지 않도록 하려고 애썼다.

작고 길쭉한 방 가운데를 질러 길다란 카운터를 넣은 우체국 출장소는 그렇게 있기에 아주 적당한 곳이었다. 손님들은 소포를 들고 오기도 했고 편지며 책들을 들고 오기도 했다. 아무도 그녀에게 특별한 관심을 보이지 않았다.

즐거움을 위해 그녀가 투자하는 돈은 영화를 보러 가는 정도뿐이었다. 그녀는 표를 사가지고 두터운 문을 밀고 들어가 사람들이 없는 맨 앞자리 쪽으로 가 몸을 움츠리고 앉아 있고는 했다. 영화가 시작되면 그녀는 화면을 보다가 가끔 몸을 돌려 관객들을 바라보았다. 누군가 다른 사람이 화면의 빛에 되쏘인 얼굴을 드러내고 있는 자신을 보리라고는 생각지도 못하는 사람들의 얼굴은 다 비슷해 보였다. 정혜는 영화가 끝 장면에 가까워지면 불이 켜지기 전에 서둘러 일어나 극장을 나왔다. 이즈음에는 대부분의 영화들이 노골적인 성애 묘사에 치우쳐 있어 혼자 앉아 있기 부끄러운 경우가 많았다. 어떤 때는 영화 중간에 그만 나와버리기도 했다. 사람들이 어떻게 저런 추잡한 행위에 골몰해서 살 수 있을까. 다시는 구경을 가지 않으리라고 하다가도 어두운 공간에 혼자 앉아서 화면과 사람들을 이중으로 바라볼 수 있다는 어떤 흥분이 그녀를 다시 이끌고는 했다.

그녀는 텔레비전의 광고를 세심하게 보고 물건을 구입했다. 그럴 때면 자신의 인생을 스스로 통제하고 있는 듯한 느낌을 가질 수 있었다. 화면에서 수많은 남자와 여자들이 그녀의 마음에 들기 위해 이리 뛰고 저리 뛰며 있는 힘을 다하는 것이 흥미 있었다. 그중에서 무엇을 사고 무엇을 사지 않는가는 선연하게 그녀의 선택권 안에 들어 있었다.

그녀는 샤워를 하며 비누의 향을 코에 대고 맡았다. 광고대로라면 그 비누를 쓰고 있으면 피부가 부드럽고 촉촉해져서 누구나 다 돌아보게 되어 있었다. 그녀가 그 비누를 택한 이유는 그 비누로 목욕을 마친 여자가 거리로 나설 때 그녀를 홀린 듯이 바라보던 남자의 눈길 때문이었다. 그녀는 한때 가슴을 설레며 그 광고가 나오는 프로그램 시간에 맞추어 텔레비전을 켜고는 했다. 그리고 그가 세상을 대신해서 그녀를 용서해주는 듯한 환상에 사로잡혔다.

정혜는 어느 물건 하나도 그저 사지 않았다. 신중하게 광고를 통해 그들이 온갖 아양을 다 떨고 있는 것을 바라보고 손을 들어 살 것을 골랐다. 방 안에 그녀를 둘러싸고 있는 사소한 물건까지도 그녀가 광고에서 본 사람들의 이미지를 되살려주었다.

아주 이성적이라고 자부하는 사람들도 광고의 최면에 걸려 저절로 어떤 특정한 물건을 사게 된다고 책에서 읽은 적이 있었다. 그 광고의 부박함에 눈살을 찌푸리면서도 막상 선택의 기회가 왔을 때 손이 나가도록 제일 뇌리에 깊이 인각이 된 것은 그 상표의 이름이라는 것이다. 정혜는 그런 어리석은 사람들을 닮고 싶지 않았다. 그녀는 그저 할 수 있는 범위 내에서 자기 주변과 인생을 통제하며 살아가고 싶었다.

가끔 드라마에서 보게 되는 고부간의 갈등이며 남편과의 복잡한 문제들, 자녀들의 실망스러운 행동, 이런 것들로부터 모두 자유롭다고 생각하면 그녀는 얼마든지 자신의 사는 방법에 대해서 자부심을 가질 수 있었다. 아내의 과거에 고민하는 남편 따위는 없는 것이 백번 나았다.

그렇게 생각하려고 애쓰면서도 그녀의 마음은 늘 쓸쓸했다.

정혜는 나이가 들어가면서 남자들에게 평가받을 것이 두려워 얼굴 붉히는 일이 조금 줄어들었다. 손님들은 우표를 내어주는 손이나 우표 값이 얼마라고 얘기하는 가라앉은 목소리로만 그녀를 파악했다.

어머니가 세상을 뜬 후 재혼한 아버지는 그녀를 볼 때마다 짐스러운 표정을 지었다. 위축되고 우울한 딸은 성공을 자부하는 그에게 몹시 거추장스러웠을 것이다. 대학을 중퇴하고 간헐적으로 정신과 치료를 받던 정혜는 억지로 짜 맞춘 결혼에 실패하고 집으로 돌아왔다. 일 년 후 하급 공무원 시험에 합격한 정혜가 집을 나가겠다고 했을 때 아버지는 만류하는 듯하다가 작은 임대 아파트 하나를 사주고 그녀에게서 손을 떼어버렸다. 새어머니에게서 태어난 아들 둘의 얼굴 윤곽도 희미할 정도로 그들과는 거의 연락이 끊겨 있는 상태였다.

정혜는 부모의 애틋한 마음이라는 것을 믿지 않았다. 인간의 따뜻한 사랑이라든가 하는 것은 더구나 믿지 않았다. 정혜가 사춘기부터 겪어온 여러 가지 사건들이 그녀를 그렇게 만들었다. 친척들이 들고 나오던 형평이 기울어진 혼담이며, 사은품이 붙은 물건처럼 자기를 뜯어보던 남자들의 칙칙한 눈길 앞에서 그녀는 고통스러워했다.

집을 떠나고 싶은 일념에서 겨우 성사된 결혼식이 끝나고 신혼여행을 떠난 첫날, 잠자리에서 두려움에 떨며 물러서려고 들던 그녀에게 던지던 남편의 말은 모멸감에 차 있었다. 야, 무슨 요조숙녀 티를 내는 거냐. 처녀도 아닌 게… 다 알고 있어.

정혜는 자신의 욕구만 채운 후 코를 골며 잠든 남편을 두고 새벽에 혼자 서울로 올라왔다. 그리고 다시 그에게 돌아가지 않았다. 남자는 정신병이 있는 딸을 사기로 결혼시켰다고 그녀가 드나든 정신병원의 이름을 들먹이며 아버지를 위협한 모양이었다. 그는 아마도 상당한 돈을 받아 쥐고 그녀를 단념했던 것 같다. 오히려 속으로는 그 이득을 더 반겼는지도 모른다. 그 이후로 정혜는 남자들이 전보다 더 무서웠다.

아무에게도 신세지지 않고, 아무에게도 이용당하지 않고… 이것이 그녀의 좌우명이었다. 그녀는 기계처럼 정시에 출근하고 정시에 퇴근했다. 우체국 출장소에서 일하기는 편했다. 누구에게 잘 보이려고 애쓰지 않아도 된다는 점이 그녀의 마음에 들었다.

그녀는 같은 출장소에 근무하는 미스 임이 어머, 어떻게 이렇게 혼자 사세요, 외롭지 않으세요, 하고 엉뚱한 소리를 해서 기분을 상하게 한 뒤에는 될 수 있는 대로 아무도 자기 집에 들여놓지 않았다. 그렇게 하는 데 힘이 들 것도 없었다. 사람들은 집에 가보자고 조를 만큼 그녀에게 관심을 가지고 있지도 않았다.

어젯밤 텔레비전에서 본 광고 중에 마음에 드는 것이 있었다. 나는 자유입니다. 내 인생은 내가 선택합니다. 이렇게 말하는 자신감 넘치는 여자의 얼굴이 사라지면 클로즈업되던 구두의 상표였다. 아마도 그 구두는 그녀에게 아무 곳이나 갈 수 있는 자유를 줄지도 몰랐다. 문을 나서면서 그녀의 마음은 기대로 조금 들떴다.

구두 고르기는 어려웠다. 색이 마음에 들면 디자인이, 디자인이 마음에 들면 빛깔이 튀었다. 정혜는 단정하게 흰 셔츠에 검은 바지를 갖추어 입고 기름을 부은 듯한 매끄러운 음성으로 다가오는 구둣방의 남자 점원들이 부담스러웠다. 그들의 다정한 태도, 구두를 신는 것을 거들어주는 척하면서 은근히 잡아주는 팔과 다리의 쓰다듬기의 감촉은 온몸의 신경을 곤두서게 했다. 더욱 참을 수 없는 것은 그들의 입매에 살짝 펼쳐져 있는 비웃음이었다. 아가씨한테는… 이렇게 접근하는데 참지 못한 정혜가 작게 한마디 했다. 그렇게 부르지 마세요. 그는 웃으며 느물거렸다. 그렇다면 아주머니신가요? 전혀 그렇게 보이지 않으셔서 그만, 그는 정혜의 얼굴이 붉어지며 눈가에 물기가 맺히자 웃음을 거두고 멋쩍은 듯 다른 곳으로 물러났다. 꼭 다물고 있으면 완강해 보이는 입매와 눈가의 미세한 잔주름 때문에 서른이 다 된 그녀는 누가 보아도 아가씨라고 불릴 만큼 젊지 않았다.

그녀는 여자들을 능숙하게 다루며 접근하는 이런 부류의 남자들이 싫었다. 그녀의 인생을 산산조각 내버린 남자들과 이들은 다 비슷한 부류들이었다. 더욱 싫은 건 그들의 손놀림에 발이며 다리를 맡기고 실실 웃으며 그들의 들쩍지근한 농담에 맞장구를 치는 여자들이었다. 그녀는 점포를 나오면서 카운터에 앉은 젊은 여자에게 나직하게 말했다. 좀 더 인간적으로 손님을 대하면 좋겠어요. 여자 구두를 파는데 꼭 남자를 고용해야만 되나요? 어리둥절한 카운터 여자의 얼굴 앞에서 돌아서 허둥지둥 문을 빠져나오는 정혜의 뒤로 떠나갈 듯한 폭소가 터져 나왔다. 정혜는 귀를 막고 걸었다.

집에 돌아와서 한참 동안 정혜는 소파에 기대어 앉아 있었다. 숨이 막힐 듯 낄낄대는 그 웃음소리가 정혜의 귀에서 윙윙 울리고 퍼져나갔다. 세상에 나가서 사람들에게 접근해보려고 할 때마다 이런 일들이 일어났다.

정혜의 침대 머리맡에는 소설책들 사이에 안데르센 동화며 그림 동화들이 꽂혀 있었다. 삶이 힘들다고 느껴질 때면 그녀는 즐겨 읽던 어려운 책들을 덮어두고 동화책들을 꺼내 읽으면서 공상의 세계로 빠져 들어갔다.

모두들 미워하고 기피하는 미운 오리새끼의 이야기를 읽을 때면 얼른 백조가 된 오리의 행복함을 읽고 싶어 서둘러서 페이지를 넘기고는 했다.

성냥팔이 소녀가 춥고 어두운 밤, 부잣집 벽에 기대어 하나씩, 하나씩 성냥불을 켜고 그 속에서 온갖 환상을 바라보는 장면을 읽으면서 그녀는 자신만의 환상을 꿈꾸었다.

인어공주가 차마 왕자를 죽이지 못하고 칼을 던지고 바다에 뛰어드는 장면을 읽을 때는 마음이 아파 아이처럼 눈물이 고이고는 했다.

정혜의 시계는 열세 살 되던 해 여름에 멎어 있어 삶에 대한 환상은 거기서 끝나 있었다. 그때 죽었어야 하는데… 가끔씩 그녀가 볕바른 창가에 앉아 있을 때면 혼자 하는 생각이었다. 무엇 때문에 살아 있어야 하는 걸까. 누가 나를 필요로 하는 걸까. 우체국이 고작이겠지만 그건 정혜가 없어도 하루 만에 다른 사람이 와서 해낼 수 있는 일자리였다.

우체국에서 일하면서 정혜는 우표들을 모으기 시작했다. 네 각이 진 작은 종이 안에 갇힌 세계는 항상 그녀에게 공상거리를 제공해 주었다. 힘센 소의 그림, 소녀의 초상, 꽃과 정물, 마리아와 아기 예수, 금각사….

작은 우표를 들여다보면 크기를 줄여놓은 분재를 보듯 원래 실물 크기가 상상되었다. 중국 마법사의 거울로 드나들 듯 그녀는 한 장 한 장의 우표 속으로 들어가 그 장소에 한참씩 머물러 있거나 돌아다니거나 했다. 이 세상과 우표 속 세상 사이의 경계가 어떤 때는 희미해져서 우표 값을 묻는 손님이 두세 번씩 물어올 때까지 다른 생각에 빠져 있을 때도 있었다.

우체국에 앉아 있으면 미닫이로 된 두 짝 유리문을 통해서 오고 가는 사람들이 보였다. 여기서 보이는 바깥 풍경은 십이 층에서 내려다보이는 삭막한 시멘트 바닥이나 우표 속의 세계보다 좀 더 현실감을 주었다. 우표를 바라보던 상상 속에서 깨어나 보면 마치도 거인들처럼 커 보이는 사람들이 그 앞을 지나쳐 갔다. 행복해 보이는 젊은 부부가 유모차를 끌고 지나가기도 하고 얼굴에 땀과 먼지가 묻은 채 엄마를 부르며 울고 가는 작은 남자아이도 보였다. 얼굴에 검버섯이 핀 채 느린 걸음걸이로 뒷짐을 진 손에 부채를 들고 지나가는 노인도 보였다. 그들은 자기와 정혜 사이를 가로막고 있는 유리문을 열고 들어오는 일이 거의 없었다. 우체국에 들어서는 사람들은 뭔가 아직도 애타는 꿈을 지닌 사람들이었다.

어제 오후 후줄근한 차림의 남자가 들어섰다. 그는 정혜를 보고 조금 망설이더니 커다랗고 두툼한 종이 봉투를 내밀었다. 인쇄물이냐고 묻자 그는 원고라고 대답했다. 정혜는 무게를 달아보고 그에게 가격을 알려주었다.

우표를 기다리는 동안 그는 정혜에게 말했다. 회색 스웨터 빛깔이 참 좋군요. 그녀는 대답 없이 가만히 그를 보았다. 그녀는 남자에게서 찬사를 들어본 일이 거의 한 번도 없었다. 그래서 뒤에 앉은 미스 임을 돌아보았다. 미스 임이 입은 옷은 회색이 아니었고 그는 정혜를 바라보고 있었다. 그의 눈에 놀리는 기색은 없었다.

집에 돌아와 정혜는 공들여 샤워를 하고 낮에 입었던 스웨터를 다시 꺼내 입었다. 스웨터의 회색빛은 이제 다른 의미를 띠고 있는 것처럼 느껴졌다. 좀 밝은 색 옷을 입지 그러냐. 네가 좀 다른 집 딸들 같았으면…. 회색이나 검은색 옷에 자기를 감추고 우울하게 앉은 딸을 향해 아버지가 던지던 탄식이었다. 아버지는 그 사건 이후로 정혜를 부담스러워하며 마주 앉기를 피했다.

그게 어디 그 아이의 잘못이에요. 탄식을 하며 애를 끓이던 어머니는 뇌출혈로 쓰러진 후 다시 일어서지 못했다. 의식 없이 병원에 일주일을 누워 있던 어머니 곁의 간이침대에서 정혜는 쪼그리고 잤다. 임종하기 전 어머니는 손을 흔들어서 누군가를 찾는 듯했다. 정혜는 그 손을 잡았다. 저예요, 정혜예요. 어머니는 무서운 악력으로 그녀의 손을 잡았다. 어머니의 왼쪽 감긴 눈을 비집고 눈물 한 방울이 흘러나왔다. 그 눈물 한 방울이 그 후 정혜 인생에 대한 예언이었다.

누군가 자신을 바라보고 칭찬을 해준 적이 언제였던가. 정혜는 어젯밤 회색빛 스웨터를 입고 초록빛 나무 아래 앉아 있는 꿈을 꾸었다.

그날 이후 가끔 그가 우체국 창 앞을 지나 버스 정류장으로 가는 것이 보였다. 그는 늘 회색에 가까운 옷을 입고 한 손에 크고 낡은 가방을 들고 있었다. 무엇을 하는 사람일까. 두 주일 후 그가 다시 원고를 부치러 왔을 때 정혜의 가슴은 소리를 낼 듯 뛰었다.

그는 낮은 어조로 말했다. 혹시 우편물을 보낼 때 분실되기도 합니까? 그는 잠시 고개를 기울인 채 서 있었다. 이번에는 등기로 보내겠습니다. 그는 돈을 치르고 우표를 사서 정성들여 붙인 후 정혜에게 봉투를 건네주고 나가다가 잠시 서 있더니 돌아서서 물었다. 한스 카롯사 좋아하세요? 그가 들어올 때 읽고 있던 한스 카롯사의 책을 책상에 내려놓았던 정혜는 잠시 무안했다. 글쎄요, 그녀가 자신 없이 대답하자 그는 그저 고개를 끄덕이고 나가버렸다.

재미난 사람이네요. 미스 임이 말했다. 작가 지망생인가 봐요. 정혜는 봉투의 수신인 난을 보았다. 들어본 기억이 있는 문예지의 이름과 주소가 적혀 있었다. 그녀는 조심조심 발신인의 이름을 더듬어 보았다.

김준석.

주소는 아파트 건너편 꼬불꼬불한 길로 이어지는 동네를 가리키고 있었다. 등기 우편물을 분류하는 바구니 위에 봉투를 올려놓으면서 정혜는 봉투를 열어 그 안의 내용을 읽어보고 싶은 충동에 사로잡혔다. 정혜는 스스로의 들뜸에 당황스러웠다.

이제 그녀는 시간이 남거나 혼자 있을 때 우표들을 뒤지다가 생각해볼 이름을 갖게 되었다. 그리고 누군가에 대해 상상해볼 여지가 생기게 되었다. 무슨 이야기를 썼을까. 이번에는… 또 전번에는…. 고양이는 회색빛 털을 부드럽게 그녀에게 부비며 공상하는 곁에 앉아 있곤 했다. 우리 집에 한번 그가 와보면 어떨까. 그는 회색빛의 고양이가 아름답다고 혹시 말하지 않을까.

그 뒤부터 시간은 빠르게 흘러가는 것처럼 느껴졌다. 하루가 그냥 지나가고 한 주일, 한 달이 달력 속으로 사라져버렸다. 그러나 그가 오는 날을 빼놓고 일어나는 일들을 다 기억하는 것이 힘들었다.

과거가 그대로 현재의 벽을 뚫고 들어오는 일도 잦아졌다. 정혜는 열세 살 이전의 일들이 많이 기억나고 아이들과 함께 웃고 뛰어놀던 일이 생각났다. 전에는 열세 살 이전의 일들은 애써 기억하려고 해도 떠오르지 않았었다. 정혜는 가끔 아파트 방에 혼자 앉아 열두 살 때 선생님 이름, 짝의 이름을 기억해내었고 앞에 앉아 있던 아이의 분홍빛 물방울무늬 리본도 생각해내었다. 그 나이의 아이들이 행복한 만큼은 그녀도 행복했었다. 그 기억은 더듬더듬 앞으로 나가다가 엄청나게 무겁고 어두운 기억 앞에 질식당하고 대낮의 작은 방은 그녀의 작은 행복의 기억들을 칼로 난도질을 내었다.

그는 그 후에도 가끔 들렀다. 그리고 정혜에게 꼭 무어라고든지 말을 건네었다. 하늘이 맑다든지, 비가 많이 내린다든지 하는 이야기 끝에 이즈음엔 무슨 책을 읽으세요 하고 묻기도 했다. 정혜는 그에게 짧게 대답하며 아주 조금씩 미소를 띠기도 했다. 그는 그런 정혜를 한참씩 바라보았다. 얼마지요? 잔돈 주세요. 하는 사람들과 그는 많이 달랐다.

한번은 정혜가 있는 대로 용기를 내서 물었다. 저기, 혹시, 글을 쓰시면 한번 보고 싶은데…. 그는 부끄러운 듯 웃었다. 활자가 될 수 있을 때 보여드릴게요. 아직은 자신이 없어서요. 웃을 때 그의 입 한쪽이 약간 들리며 덧니가 내비쳤다. 참 좋은 사람이구나 하고 그녀는 생각했다.

미스 임이 어느 날 그에게 느닷없이 물었다. 아저씨 뭐 하는 분이세요? 그는 수줍은 듯 웃으며 왼손에 든 가방을 장난처럼 높이 들어 보였다. 책을 팔고 있어요. 어머, 참 좋은 일이네요. 미스 임은 얼버무리듯 말했다. 책은 많이 팔리지 않는 기색이었다. 볼 때마다 그의 혈색은 나빠지는 것 같았다. 한번은 정혜가 근심 어린 표정으로 혈색에 관해 말을 꺼내자 그는 잠을 못 자서 그럴 거라고 하며 까칠한 뺨을 쓸었다. 식구들이… 정혜가 머뭇머뭇 말하자 그는 대답했다. 식구 하나도 없습니다. 세상을 개조할 꿈을 꾸고 있다가 모두 다 잃어버렸습니다. 몇 달째 자취하고 있어요.

첫눈이 내리는 날 그는 큰 봉투 세 개를 들고 우체국에 찾아왔다. 등기로 보내는 우표를 꼼꼼하게 붙이는 그의 손을 바라보며 정혜는 봉투 겉봉에 쓰여 있는 신문사의 이름들을 눈여겨보았다. 신춘문예에 응모하는 모양이었다. 미스 임이 잠깐 화장실에 다녀오겠다고 자리를 떴다. 비좁은 공간에 그와 함께 있게 되자 정혜는 잠시 숨이 막히는 것 같았다.

저기… 그녀는 서둘러 말했다. 오늘 저녁 우리 집에 오셔서 같이 식사하시지 않겠어요? 그는 놀란 듯 그녀를 응시했다. 그녀는 눈을 내리깔고 그가 내려놓은 큰 봉투의 오른쪽 귀퉁이에 붙은 우표가 떨어질까 겁내듯 힘주어 누르고 또 눌렀다. 그냥… 회색빛 고양이가 집에 있는데요. 한번 보여드리고 싶어서요.

고맙습니다. 그는 잠시 머뭇거리다가 대답했다. 지금은 너무 지쳐서… 사흘 밤을 새웠거든요. 정혜의 얼굴이 붉어지자 그는 얼른 말했다. 좋습니다. 오늘 가겠습니다. 정혜는 지친 그를 자기 집의 식탁에 앉게 하고 맛있는 음식을 먹게 하고 싶었다. 그리고 향이 좋은 따뜻한 차를 마시게 하고 싶었다. 여기에는 아무런 추잡한 감정이 없는 거야. 나는 전혀 부끄러워할 게 없어. 그녀는 자기를 타일렀다.

어째서 이렇게 순수한 사람보다 비양심적이고 부도덕한 사람이 뭐든지 더 많이 가지고 있는 걸까. 사회적으로 출세해서 가끔 신문에도 이름이 나는 그 친척 아저씨의 번들거리는 얼굴을 새삼스레 생각하며 정혜는 자기 이름과 집 주소를 그에게 적어주었다. 그는 일곱 시에 오겠노라고 하고 우체국을 떠났다.

정혜는 서둘러 제시간에 일을 끝내고 집에 오는 길에 슈퍼에 들러 고기와 생선, 야채를 샀다. 이렇게 여러 가지를 한꺼번에 사 들기는 오래간만이었다.

고기는 양념해 굽고 생선은 무를 넣고 조렸다. 야채는 싱싱한 채 씻어 물기를 빼고 바구니에 담아놓았다. 샐러드를 만들 참이었다.

일곱 시가 가까워지자 정혜의 가슴은 뛰기 시작했다. 멀리 지나가는 발자국 소리가 들리거나 엘리베이터 벨이 울릴 때마다 다시 옷매무새를 다듬었다. 그러나 일곱 시가 지나도 그는 오지 않았다. 조금 늦는 게지.

여덟 시, 아홉 시가 넘도록 그는 오지 않았다. 그녀는 힘없이 일어나 구운 고기를 고양이의 밥그릇에 넣었다. 자신은 아무것도 먹고 싶지 않았다. 그녀는 상보를 꺼내 식탁을 덮었다. 비참하고 절망적인 기분이 들었다. 갑자기 귓전을 울리며 구둣방에서 듣던 남자들의 폭소가 들렸다. 그 꼴에 남자를 초대하다니. 못생기고 더러운 게… 그것도 밖이 아닌 자기 집에… 정혜는 그가 했을지도 모르는 상상에 몸을 떨며 오래 앉아 있었다.

어떻게 그런 기가 막힌 용기를 내었을까.

회색 스웨터 빛깔이 참 좋다고… 요새는 무슨 책을 읽느냐고 묻던 그의 목소리. 그는 내게 그저 책을 팔기 위한 고객의 하나로 접근했던 것일까.

사람을 사귀는 일은 물건을 사는 일보다 훨씬 더 어려웠다. 정혜는 그저 이야기를 하고 싶었다. 이상하게도 그는 자신을 이해해줄 것 같았었다. 그 일이 있고 난 후 정신과 의사가 아닌 다른 남자가 괜찮아요, 하고 말해주는 소리를 듣고 싶었다. 그는 정혜를 조금만 친절한 남자에게도 정신없이 다가서는 여자로 생각했을까.

그러면서도 그녀는 기다렸다. 전혀 필요 없다고 생각해놓지 않았던 전화가 이럴 때는 있었으면 싶었다. 이렇게 비참한 기분으로 누구에게도 위로받지 못한 채 앉아 있는 것이 괴로웠다. 무엇 때문에 혼자 잘 지낼 수 있는 방법을 다 배웠다고 생각해놓고도 다시 사람과 마음속 이야기를 해보려고 했을까.

열 시가 지나자 정혜는 기운 없이 일어나 방과 부엌과 거실에 다 켜놓았던 불들을 껐다. 스위치를 내릴 때마다 마음속의 불도 하나씩 꺼졌다.

정혜는 잠들지 못하고 늦도록 앉아 있었다. 오늘 일어났던 모든 일들이 꿈만 같았다. 새벽에 겨우 잠이 든 정혜는 회색빛 전화기가 사방에서 시끄럽게 울리는 꿈을 꾸었다.

자는 듯 마는 듯 아침에 일어나 까칠한 얼굴을 쓰다듬고 집 열쇠를 챙기며 정혜는 자신에게 다시 다짐했다. 변한 건 아무것도 없어. 아무것도. 뭐가 더 나빠질 게 있는가.

길 건너 우체국 출장소 문 앞에 그가 서 있었다. 신호등을 기다리며 서 있는 동안 그와 눈이 마주쳤다. 정혜는 도망치고 싶었다. 그가 자기를 위로하기 위해 준비해놓았을 어떤 변명도 듣기 거북했다. 그는 몇 발짝 걸어 내려와 정혜가 건너려는 횡단보도 바로 앞에 섰다. 초록빛으로 신호가 바뀌자 거의 무의식적으로 정혜는 걸음을 앞으로 내디뎠다.

정말 미안하게 되었다고 그는 말했다. 한 시간쯤 눈을 붙이려고 누웠다가 깨어보니까 괘종시계가 울리지 않은 채 시간이 벌써 열한 시가 다 되었더라는 것이었다. 서둘러서 집을 나와 아파트 십이 층을 올려다보았지만 어디에도 불이 켜져 있지 않아서 잠을 깨울까 봐 가지 못했다고 그는 말했다. 불을 끈 채 울고 앉아 있었던 자신의 모습이 새삼 생각났다. 됐어요. 정혜는 담담하게 말했다. 그저 사정이 있으시려니 했어요.

언제 다시 찾아뵐 수 있을지요. 그의 당황한 표정에 부딪치며 정혜는 약해지려는 마음을 추슬렀다. 됐어요. 그녀는 마른 웃음을 띠어 보이며 출장소 앞으로 뒤따라온 그를 등지고 서서 말없이 열쇠를 꺼냈다. 출근하셔야지요. 잠깐 고개를 돌리고 정혜가 말하자 그는 무안한 듯 한 번 더 고개를 숙이고 멀어져갔다.

우체국 문 밖으로 버스를 기다리고 있는 그의 모습이 희미하게 보였다. 오고 싶지 않았던 거야. 내가 여자로 자기를 대할까 봐 겁났던 거야. 정혜는 걸레를 빨아 카운터와 책상에 내려앉은 먼지들을 닦아내었다. 문 옆에 걸린 작은 거울에 밤 사이 몇 년은 더 늙어버린 듯한 여자의 얼굴이 보였다. 그 얼굴은 준엄하게 정혜를 타일렀다. 망상을 버릴 것, 누군가 내게 관심을 가질지도 모른다는 헛된 생각을 잊을 것.

나는 정말이지 남자가 필요했던 건 아니야. 이제 그 일은 그가 나타나지 않았기 때문에 더욱 참담한 빛을 띠고 그녀의 기억 한가운데 남을 것이었다. 열세 살에 겪었던 악몽을… 대낮에 빈집에서 친척 아저씨가 옷을 벗기고 그녀에게 행했던 더러운 짓에 대해.

그때 방 밖의 골목길, 해가 쨍쨍 내리쬐는 길에서 고무줄놀이를 하며 소녀들이 부르던 어색한 고음의 노래, 착한 아기 잠 잘 자는 베갯머리에… 그 음성이 지금도 잠이 오지 않는 밤에 그대로 떠오른다는 이야기를… 방문 열리는 소리, 어머니의 비명과 그 이후 불 꺼진 삶에 대해서….

정혜는 그 사람에게 저녁을 차려주고 차를 찻잔에 따라주며 그 이야기들을 하고 싶었다.

이제 나는 여기서 밖을 오가는 사람들을 바라보기만 하고 그 안에 끼어들 생각을 버려야 해. 십이 층 창을 통해 바라보는 세상으로 그만 호기심을 잠재우는 것이 좋겠어. 인간관계는 텔레비전이나 책을 보는 것으로 족해. 누구를 돌볼 생각은 그만두고 너 자신이나 잘 돌봐. 이제 한동안 소홀했던 광고 보기도 다시 시작해야지.

정혜는 손가락으로 문질러도 먼지 하나 묻어나지 않을 때까지 걸레를 빨아 구석구석 닦았다. 미스 임이 출근하면서 호들갑스러운 소리를 내었다. 어머, 내가 할 일을… 왜 그렇게 다 닦으세요. 걸레를 뺏어가는 그녀에게 등을 돌리고 그녀는 책상 속에 있는 우표들을 정리하기 시작했다. 작은 네모 안에 갇힌 사람들의 얼굴이며 동식물의 모습, 눈 내린 산의 경치들이 그 작은 공간을 있는 대로 펼쳐내며 정혜를 위로하려고 들었다.

그는 한동안 나타나지 않았다. 그렇지 않다고 자신에게 매일 말했지만 정혜는 그를 기다리고 있었던 셈이었다. 저녁 무렵이면 그녀는 스스로에게 되뇌었다. 그는 오지 않는다. 그리고 오지 않는 것이 더 나에게 좋다. 그는 쓸데없는 감정만을 일깨워줄 뿐이다.

크리스마스 이틀 전 눈을 인 구름이 무겁게 드리우고 습한 기운이 도시를 덮었다.

갑자기 우체국 문이 열리고 그가 들어섰다.

그는 회색 옷을 입고 있지 않아 낯설고 다른 사람처럼 보였다. 얼굴은 활기와 기쁨에 넘쳐 있었다. 보세요. 그는 밤색 외투 주머니에 손을 넣어 종이를 꺼냈다. 당선되었어요. 편지가 왔어요. 소년처럼 자신이 있는 눈빛으로 그는 우표를 만지작거리며 말없이 앉아 있는 정혜를 내려다보았다. 아직도 그 초대가 유효한가요?

이 남자가 아니야. 정혜는 생각했다. 이제 그는 그녀의 이야기를 들어줄 사람이 아니었다. 이 사람은 행복한 사람들의 틈에 끼인 것처럼 보였다.

정혜는 냉정한 얼굴로 말없이 고개를 저었다.

그는 잠시 혼자 서 있다가 무어라고 말을 하려는 기색이더니 우표를 사러 다른 사람이 들어서자 그대로 돌아서 나갔다.

그날 밤 텔레비전 뉴스는 크리스마스가 다가와 온정을 베푸는 지방 풍경 속에 그 친척 아저씨의 모습을 비춰주었다. 고아 소녀를 안고 다른 고아들에 둘러싸인 채 웃고 있는 그는 착한 산타클로스처럼 보였다. 그러나 그는 닫힌 문이 있는 작은 방에서 가엾은 고아 소녀의 옷을 벗기고 그 영혼에 독을 부어 넣을 인간이었다.

다음 날 근무가 끝난 오후 그녀는 우체국 출장소에서 몇 걸음 떨어진 스포츠센터에 들렀다. 유리 진열장 안에 접는 칼들이 나란히 놓여 있었다. 점원은 친절한 미소를 지으며 다가왔다. 선물하시게요? 아드님한테요?

정혜는 몸을 꼿꼿이 폈다. 아니요. 아들은 없어요. 그 점원은 약간 머쓱한 듯했지만 곧 친절을 되찾았다. 그녀는 자기가 가게 문을 나선 뒤에 그가 큰 소리로 웃을까 봐 두려워 얼른 말했다. 내가 쓰려고 해요. 아주 간단한 걸로 하나 주세요. 선물 포장을 해드릴까요. 정혜는 고개를 저었다.

집에 돌아온 정혜는 저녁 내내 온 집 안을 닦았다. 혹시 집 안에 남아 있을 머리카락 하나, 손톱 하나라도 그녀의 혼을 붙들어 안고 있을까 봐 신경이 쓰였다. 열세 살 이후 그녀에게 가장 두려운 말은 더럽다는 표현이었다. 정혜는 잠들기 전에 목욕을 하고 공들여 머리를 감았다.

크리스마스 날 아침, 집을 나서기 전 그녀는 중간 크기의 부드러운 가죽 핸드백 속에 아끼던 우표책 두 권과 어제 산 칼을 담았다. 아파트 문을 잠그고 그녀는 고양이를 문 밖에 내어놓았다. 회색 고양이는 정혜가 들어선 엘리베이터 문 앞에서 유리알 같은 눈으로 정혜를 응시했다. 너도 이제 어딘가를 찾아서 다시 살아갈 수 있게 되겠지. 엘리베이터 문이 닫힐 때까지 내다보이는 고양이 때문에 마음이 아파 정혜는 눈을 감았다. 그리고 안에 들어 있는 접는 칼의 무게와 감촉을 다시 확인하려고 손으로 가방 한 귀퉁이를 꼭 쥐었다가 놓았다. 자기의 인생을 다 부서뜨린 그 친척 아저씨가 사는 곳은 알고 있었다. 그는 이제 자리 잡은 지방의 유지였다. 가해자가 떳떳하고 행복한데 피해자가 우울하고 불행한 일은 이제 그만 일어나야 했다. 무표정하게 서 있던 정혜의 얼굴로 슬픈 미소가 스치고 지나갔다. 어깨에 멘 부드러운 가죽 백에 담긴 우표책과 칼의 감촉이 허리께에 느껴졌다.

눈이 내리고 있는 밖으로 나서다가 정혜는 놀라 그 자리에 멈추어 섰다. 주차장으로 통하는 계단 아래 그가 서 있었다.

정혜 씨를 기다리고 있었어요. 그가 말했다.

그의 음성은 따뜻했다.

정혜는 눈물이 핑 돌았다.

한동안 아무 말도 하지 못하고 서 있던 그녀는 그저 걷기 시작했다.

그도 뒤따라 걸었다.

눈은 그치지 않고 내려 걸어가는 두 사람의 모습을 덮었다.

내 마음의 집 짓기

1판 1쇄 찍은날 2017년 11월 23일
1판 1쇄 펴낸날 2017년 11월 30일

지은이 | 우애령
펴낸이 | 조현주
펴낸곳 | 도서출판 하늘재

표지 | 엄유진
북디자인 | 꼬리별

등록 | 1999년 2월 5일 제20-140호
주소 | 서울시 마포구 망원1동 384-15 301호
전화 | 02-324-2864
팩스 | 02-325-2864
이메일 | haneuljae@hanmail.net

ISBN 978-89-90229-44-1 03810
값 12,000원

*한국출판문화산업진흥원의 출판콘텐츠 창작자금을 지원받아 제작되었습니다.

이 도서의 국립중앙도서관 출판예정도서목록(CIP)은
서지정보유통지원시스템 홈페이지(http://seoji.nl.go.kr)와
국가자료공동목록시스템(http://www.nl.go.kr/kolisnet)에서 이용하실 수 있습니다.
(CIP제어번호: CIP2017032049)